U0094776

青雲臺

第二部　不見青雲

中卷

沉筱之——著

目錄

CONTENTS

第十一章　求娶

六月中旬，陵川徹底入了伏，天熱得連知了的叫聲都懨懨的，人站在日頭下，不出半刻便是一身汗。

白泉把幾名官差送出官邸，取出兩貫銀錢，「辛苦諸位了，這是張大人一點心意，諸位且拿著吃茶。」

官邸的冰按例是五日一供，不過東安府尹為了討好張遠岫，連辰陽絳墨都捨得獻，怎麼會捨不得幾塊冰呢，自然日日送來。

官差忙說「張大人客氣」，接過銀錢，再三道謝。

白泉送走他們，很快回到書齋。

外間雖然炎熱，書齋裡倒是清涼，齋中擱著納涼的冰盆，夏風穿窗拂入，掠過冰盆，就成了清風送爽。

張遠岫正在拆信，信是送冰的官差順帶捎來的，一封章鶴書的，被他暫擱在一旁，手中這封是老太傅的。老太傅已是古稀高壽，字跡依然蒼勁有力，信上只稱是入夏後人愈發憊懶，兼之擔心耽擱張遠岫公務，所以上個月中未曾來信。

「至於重建洗襟之臺，依為師之見，臺起臺塌，天定自然，實則不必執著。近半年來，你案牘勞形，幾無一日休歇，不若辭去督管洗襟臺重建之差務，放空心境，陵川山秀水美，藉機遊歷一番，忘諸凡塵瑣事，焉知不得樂乎……」

張遠岫看到這一段，心中不由一嘆。

當初先帝提出修建洗襟臺，張正清力持先帝之見，老太傅彼時作為翰林掌院，早年與張遇初、謝楨等人又有師生之誼，也是竭力贊成築臺紀念的。可是洗襟臺出事以後，老太傅覺得是自己害了那些登臺的士子們，自責不已，竟辭官歸隱了。

張遠岫原以為重建洗襟之臺，恩師是樂見的，沒想到年初朝廷終於首肯重建提議，老太傅非但沒有半點振奮，看上去反是更加心灰意冷，及至今日來信，他也勸他不如放下此間事，就此不管了。

信後便說了些家常事，張遠岫看到最後一行，目光微微一滯。

白泉立在一旁，見一向從容不迫的主子這副形容，不由問道：「公子？」

張遠岫沒說什麼，把信遞給他，白泉接過，信的最後一行寫著這樣一句：「仁毓郡主已至婚配之齡，裕親王府意屬於你，借官家之口問為師之意，郡主出身高貴，柔嘉純良，堪為良配，然此乃你終身大事，為師以為當由你自己決定，卻不知你心意如何。」

白泉愣了愣，仁毓郡主？

印象中，仁毓郡主與公子結交甚淺，也就寥寥見過三兩回。公子這些年忙於公務，幾乎不近女色，唯一一個稍稍放在心上的，不是郡主，而是溫姑娘，只是那溫姑娘……

白泉一念及此，不由移目看向張遠岫，他已經開始拆看章鶴書的信了。

章鶴書的信是由樞密院顏盂代筆的，張遠岫安靜看完，這一回臉上倒是沒什麼情緒，淡淡道：「章鶴書要來中州。」

白泉的心思還在青唯身上，乍一聽這話，問道：「章大人去中州做什麼？他知道公子在中州給溫姑娘置了一所宅子？」

張遠岫倚著椅背，目光靜靜地落在書案上，「不像。他讓我近日去見他。」頓了頓，道：「應該和洗襟臺有關。」

他想重建洗襟臺，章鶴書也想重建洗襟臺，當初二人合作，自然是因為目的相同，至於這位章大人究竟揣著什麼心思，他懶得去猜。可眼下看來，小昭王追查洗襟臺坍塌之由步步緊逼，攪起漫天風浪，以至江海裡潛藏的大魚紛紛浮出水面。

而他涉江而行，被波及是遲早的。

「公子，那您要去見章大人嗎？」

張遠岫沉吟片刻，卻問：「章蘭若留在東安是在等封原將軍？」

「是，聽說小章大人與封原將軍要去附近的什麼地方視察，順帶找一位幾年前失蹤的大人，好像姓岑。」

張遠岫聽了這話，不置可否，拿過桌上的經綸匣，逕自去了隔壁院子。

章庭正在翻看底下人送來的案宗，聽是張遠岫過來，連忙迎出院中，「忘塵，你怎麼得空到我這裡來？」

張遠岫把經綸匣遞給他，「早上看完了，給你送過來。」

章庭近日得閒，幾乎每日寫一篇策論，擱在經綸匣送去張遠岫處請他指教。

「辛苦忘塵了。」章庭接過匣子，把張遠岫往屋中引，又吩咐底下的人去沏茶，「每回看了忘塵的批註，我都受益匪淺，時常自責為何凡事不能如忘塵思慮深遠。」

張遠岫道：「其實蘭若與我只是見解不同，並無高低之別，我看了蘭若的文章，也時常有豁然開朗之感。」

他說著，目光掠過章庭擱在一旁的卷宗，「蘭若有差事要忙？」

章庭道：「是，陳年舊案了，裡頭的枝節好像出了岔子，只好翻一下案宗。」

張遠岫呷了口茶，看著章庭，眸子裡是非常溫和的笑，「是，我聽說蘭若近日在找一個東安府失蹤的通判，名喚岑雪明，左右忘塵近日閒暇，不知此案可有忘塵幫得上忙的地方？」

歸寧莊。

「這支簪子是我們路過慶明，特地請匠人給少夫人打的。少夫人頭髮又多又密，太細的簪子簪不住，簪身粗的簪飾往往也繁複，少夫人不喜歡，這支正好。」

「還有這頂紗帷，少夫人身分不便，出行總要戴帷帽。這紗帷紗質密薄，從裡朝外看一覽無遺，從外朝裡，什麼都望不見，少夫人定然喜歡。」

拂崖閣內，駐雲和留芳把這一路為青唯採買的物件一一取出來，不過半刻，已經堆滿了一整張桌子，一旁還有七個木箱沒拆開。

謝容與和青唯重逢不久，很快寫了信讓留芳和駐雲來陵川，誰知兩人剛到慶明，忽然又接到德榮一封急信，稱是公子的意思，讓她們這一路慢慢兒走，最好拖足一兩個月，順道附上千兩銀票，讓她們沿途為青唯買些日常所需。

「這個錦匣裡裝的都是我們在臨港找的珍珠，挑的都是上上品，費了好些工夫呢，等以後回宮了，可以請司衣局的手藝姑姑鑲在少夫人的首飾和衣裳上，一樣的錦匣還有五個，瑪瑙與月長石也是有的。」

「這個箱子裡囤的是我們在中州特地尋來的布匹，又厚又韌，不易被劍劃傷，少夫人的軟玉劍囊磨損得厲害，留芳打算為少夫人另做幾個，少夫人可以換著用。」

「剩下箱子裡還有為少夫人新買的衣裳，少夫人缺的絨靴，少夫人的暖手香爐，少夫人喜歡的香片……」

朝天抱刀蹲在一旁，看留芳和駐雲如數家珍般一樣一樣歸整青唯的事物，撓撓頭：「怎麼都是少夫人的？妳們這一路就沒給公子買什麼？」

駐雲看他一眼，掩唇一笑，「公子又不缺什麼，少夫人缺的，才是公子缺的。」

留芳道：「給少夫人買，不就是給公子買了麼？」

朝天又撓撓頭，沒聽明白。

留芳打開木箱，從裡頭取出一沓方子，遞給德榮：「這個你拿著，這些都是我和駐雲到處尋來的食譜，公子說少夫人喜鮮不喜膩，回頭你給後廚一份，讓後廚照著做，少夫人定然喜歡。」

德榮道：「我再讓人抄錄兩份，裝訂成冊帶在身邊。」

駐雲笑道：「還是你想得周到。」

外間傳來腳步聲，幾人朝屋外一看，是謝容與過來了，謝容與邁進屋門，見留芳和駐雲還在收拾，說道：「東西放著吧，過會兒我來收。」

留芳訝異道：「公子親自收？」

謝容與道：「她的東西習慣放在特定的地方，妳們這陣子沒跟著她，收了我擔心她找不到。」

留芳和駐雲對視一眼，忍不住一笑。

她二人是今日早上到的，還以為能看到少夫人，沒承想少夫人半個月前去中州了，不在莊上。

駐雲道：「公子，奴婢聽說少夫人也是這兩日回來。」

謝容與頷首，「信上說是明日。」

一旁抱刀而立的朝天聽了這話，一下來了精神：「公子，少夫人和岳前輩明日就回來是嗎？」

他近來聊賴，傷好過後功夫也遇到瓶頸，唯盼著有高人指點一二。日前遇到的岳魚七，可不正是高人麼？

可惜高人與少夫人相逢不過兩日，匆匆去了中州，朝天甚至沒來得及在高人面前混個臉熟。

朝天雙目炯炯：「公子，岳前輩和少夫人明日幾時會到？小的願意去城門口候著。」

謝容與看他一眼，還不待回答，院外忽地傳來腳步聲，來人是一名玄鷹衛，「虞侯，岳前輩與少夫人回來了。」

謝容與愣了一下，「這麼快？不是說明日？」

「少夫人星夜趕路，是以比預計的快了一日，岳前輩與少夫人眼下已到莊門口了，虞侯可要——」

不等玄鷹衛說完，謝容與已然邁出門檻，疾步朝院外走去。

廊外另一邊也傳來匆匆的腳步聲，似乎有人也在朝後院趕，間或伴著岳魚七的叱罵：

「……讓妳去州府，非要先回莊子上，要是人不在，待會兒還要多跑一趟。這一路上也是，夜裡不睡覺急著趕路，妳是把魂落在陵川沒帶出來是嗎？多大的姑娘了，還這麼能折騰——」

聲音越來越近，謝容與繞過迴廊拐角，就看到廊盡頭出現一道青裳身影。

日光從廊外斜澆而下，青影頓了一瞬，霎時成風，與離開時一樣，下一刻便朝他這裡撲來，把他撞得險些後退一步。

叱罵聲還未歇止：「……晚一天見能怎麼著？也不怕跌壞了那畫匣子，那裡頭才是稀世珍——」

岳魚七拐入迴廊，展眼一望，「嘶」一聲倒吸一口涼氣。

青裳撞入一襲月白，像流霞化進了山嵐中。

岳魚七一時間只覺難以直視，他隨意點了一人，「那個誰，你過來。」

朝天殷勤上前：「岳前輩有事儘管吩咐。」

岳魚七抬手捂住眼睛，把頭偏去一邊，「趕緊找個大夫來，給我治治眼睛，快瞎了。」

「曲不惟的私宅隱祕極了，外頭看上去，就是一戶尋常人家，位置也刁鑽，居然在江留最熱鬧的一條街上，如果不是齊大人提前查好地方，我和師父到了那兒，單是找，就要找足個大半月。」

去衙門的路上，青唯坐在馬車裡，繪聲繪色地與謝容與說這一路的經歷。

「那宅子從外頭看統共兩進院子，實則利用街頭的死角圈進了幾間暗舍，暗舍通往地下，當中一條長道，左右庫房各三間，當中有四間堆放的全是白銀！我和師父點了點，如果洗襟臺的名額十萬兩一個，曲不惟大概賣了五個。另外兩間是他這些年從各地收羅來的寶貝，單是畫作就有兩百多幅。我們運氣不好，宅子最近加強了守備，夜裡巡衛每兩炷香就要來巡視一回，我們一幅一幅地找，一夜去兩回，兩百多幅畫都快看完了，直到第三個夜裡才找到〈四景圖〉。」

「你知道為什麼這麼晚才找到嗎？」青唯問。

謝容與眼裡帶笑，「為什麼？」

「曲不惟把〈四景圖〉這樣的稀世名品與幾幅名不見經傳的畫作放在一塊兒，隨意插在一支瓷瓶中，我和師父險些被他這一招『珠混魚目』糊弄了。」

謝容與看著青唯，盜取〈四景圖〉她眼下說來簡單，事實上想必驚險無比，這一點從私宅加強防備便能看出來，且曲不惟的手下都是正經出身的軍衛，如此重重戒備，還能神不知鬼不覺地取走〈四景圖〉，恐怕只有岳魚七和溫小野有這個能耐了。

謝容與溫聲問：「累麼？」

青唯仰頭看他，點點頭，「我趕著回來，路上都沒好好睡，能趕路的時候都用來趕路了。」

謝容與目光如水，抬手拂開她額前的碎髮，「小野姑娘這麼著急回來做什麼？」

青唯卻被他這一問給問住了，愣了一下才說：「不是你讓我早去早回的麼？」

她目不轉睛地盯著他，聲色緩緩，「你說，你讓我這麼早回來做什麼？」

本來一句玩笑，被她這麼一反問，竟惹上了一點旖旎意味，謝容與凝眸注視著青唯，正要開口，外頭傳來「吁——」一聲，德榮道：「公子，少夫人，州衙到了。」

緊接著，朝天殷勤的聲音隔著車簾傳來，「岳前輩，您只管進去，小的為您拴馬。」

齊文柏迎出衙外，見岳魚七與謝容與果真到了，喜出望外，「沒想到岳小將軍此行如此順利，半個月就回來了。」

到了會客的偏廳，尹家三人已經到了，衛玦與眾玄鷹衛也從兵營趕了過來。

偏廳當中擱著一張鑒畫的長桌，青唯把畫匣打開，將裡頭的〈四景圖〉取出來，說道：「這畫雖然是從曲不惟的私宅取的，為了確保是真跡，還請尹二少爺、尹四姑娘先行驗過。」

她將底畫展開，隨後一一罩上覆畫。

底畫的「陵川鬧市晚照」已然巧奪天工，喧嘩之景躍然紙上，覆畫一蓋，景致由動及靜，流霞成了林間溪流，樓閣成了山中古剎，懸於天邊的夕陽化作山巔古鐘，畫境悠遠深曠，彷彿有鐘音迴蕩山間。

眾人雖然聽說過〈四景圖〉之妙，大師之作就是大師之作，聽之不過爾爾，得見才嘆為觀止。

難怪曲不惟肯拿一個洗襟臺名額換這樣一幅畫。

尹婉仔細看過餘下覆畫，說道：「諸位大人，這幅〈四景圖〉確是東齋先生的真跡無疑。」

齊文柏催促道：「快取出妳父親留下的覆畫看看。」

尹婉點了點頭，依言取出覆畫覆於四景圖上。

映入眼簾的是一片翠竹林，下方柵欄合抱，柵欄外還擱著幾塊形態各異的奇石。

章祿之看了這畫，疑惑道：「這不是沈瀾留下的證據麼？怎麼又是一幅畫？」

岑雪明保下沈瀾，就是為了讓他留下一個可以指向曲不惟的證據，章祿之以為底畫與覆畫相結合，哪怕不是一封書信，起碼也該是清晰明瞭的一行字，哪裡知道居然只是一幅畫作。看來還要解畫。

眾人圍著長桌看畫，一時間深思不語。

謝容與看尹婉一眼，見她幾番欲言又止，不由問：「尹姑娘可是有什麼見解？」

尹婉躊躇片刻，怯聲道：「我……我不知道我說得對不對。」

謝容與道：「在座諸位中，姑娘的丹青造詣最高，術業有專攻，姑娘但說無妨。」

尹婉抿抿唇，說道：「〈四景圖〉是東齋先生用墨技法上登峰造極之作，墨深墨淺自有一番文章，所謂光中藏筆，影中埋線，是以為此。爹爹留下這幅覆畫，既然是為了告知線索，我……我以為，不該將它當作畫來看，應該只看光影。」

她說著，見眾人似乎不解，猶豫了一下，在長桌上抹平一張白宣，身旁的尹弛會意，立刻取筆蘸墨，將筆遞給她。

尹婉接過筆，神情便靜下來。她不再是那個怯乏的小姑娘了，左手扶袖，右手懸腕提筆，筆落紙上，頃刻就把幾根遒勁的翠竹復刻下來，「父親既然是用畫傳遞線索，那麼他唯一可利用的就是畫中光影。竹林左後方，右側的四根翠竹，柵欄的左側，是用墨最淺，看上去最不經意的地方，我以為，要在一幅畫上藏東西，只能選在此處。我把這幾根翠竹柵欄單獨畫下來，諸位請看，像什麼？」

四根竹節橫生枝椏，與下方的柵欄相結合，不正是一個「曲」字？

沈瀾留下這幅畫，無疑是告訴他們當初販賣洗襟臺名額的人正是曲不惟。

衛玦道：「可是岑雪明這麼費盡心機地讓沈瀾畫覆畫，不可能只是為了留下一個似是而非的『曲』字，這個曲字也不能成為呈堂證供，他必然留下了別的線索。」

章祿之道：「別的線索會不會在這幾隻番鴨身上啊？」

眾人一聽這話，一齊轉頭看他，齊文柏率先問道：「番鴨？哪裡有番鴨？」

章祿之指著竹林下，形態各異的奇石道：「這幾隻不是番鴨麼？三隻立著，一隻臥著。」

眾人定眼一看，果然是幾隻誤入竹林的鴨子。

在場皆是文人雅士，就連青唯與岳魚七受溫阡薰陶，多少也欣賞得了雅趣，所以依照常例，將竹林之下的模糊墨跡認作奇石，反倒是章祿之胸無點墨，一眼看出真諦。

齊文柏道：「正是了！『番鴨入曲林』，岑雪明受曲不惟之託販賣洗襟臺名額，這幾隻番鴨，極可能是岑雪明的自喻。」

祁銘道：「岑雪明將這幅畫交給尹姑娘就失蹤了，那麼這些番鴨，會不會意示著岑雪明眼下所在的地方？」

謝容與聽了這話，立刻吩咐：「齊州尹，宋長吏，即刻起重新審查岑雪明失蹤前後案宗，把一切與『鴨』有關的、類『鴨』的線索，全部呈遞給我。」

「是。」

「是。」

「衛玦，你帶著玄鷹司去周邊探查，盡量找出類鴨的城鎮、村落，包括山湖。」

「尹四姑娘，這幅畫便由妳帶回去仔細研看，如果有新的線索，煩請告知州府。」

「殿下放心，民女知道了。」

尹弛道：「殿下，此事月章也可以幫忙。」他看了尹婉畫的竹枝一眼，很靦腆地笑了一下，「沒想到婉婉的畫藝這麼好，單是這幾筆，已足夠我討教的了。我……畫藝不如婉婉，但是在丹青裡浸淫的年份不比婉婉少，我願與她一起細研先生留下的覆畫，相互切磋商量，盼能幫得上殿下。」

他當真是個畫癡，查找線索都不忘了要切磋畫藝。

而他看尹婉畫作的那一眼中，有歆羨，有嘆服，更多的是欣喜，唯獨沒有嫉妒。

可能一個人真正熱愛什麼，得知山外有山人外有人，反倒會有一種吾道不孤的慶幸吧。

謝容與看著尹弛，頷首道：「尹二少爺若肯幫忙，自然很好。」

衛玦是個雷厲風行的脾氣，一時議罷，很快回兵營調派玄鷹衛去了，齊文柏本欲相送謝容與一程，不想岳魚七在後頭喚道：「那個誰，小昭王是吧，你留下。」

謝容與頓住步子，回身一揖：「是。」

岳魚七隨即跟其餘人擺擺手，「行了，你們都走吧。」

偏廳中，除了岳魚七和謝容與，只餘青唯一人。

岳魚七瞥她一眼，「妳還杵在這兒幹什麼，怕我吃了他？」

青唯垂眸不語。

她其實知道師父從前說什麼要打斷她的狗腿，送誰誰誰去見閻王都是玩笑話，當不得真，但她就是不想走，她擔心師父刁難他。

謝容與看青唯一眼，溫聲勸道：「去吧，我也有話想與岳前輩說。」

青唯猶豫了半晌，終於點了點頭。

瞧著青唯的身影消失，岳魚七反倒收起了一身頤指氣使的煞氣，負手邁出廳門，淡淡道：「跟我來。」

暮色剛至，霞染雲端，岳魚七回到住處，回屋取了一壺酒，逕自在院中竹椅上坐下，抬目看著謝容與，「說說吧，我家這丫頭野成這樣，你是怎麼把她拐到手的？」

謝容與道：「我和小野是……」

「打住。」不待他往下說，岳魚七又出聲提醒，「如果你想說你和小野是陰差陽錯假成親，後來不知怎麼漸漸習慣彼此，又不知道怎麼回事慢慢就動心了大可不必，這些話這一路上我已經被那丫頭灌了一耳朵，你們當我好糊弄是嗎？既然是假成親，何必把戲做得這麼真？你二人打從新婚第一夜沒有分床睡起，這事就不對勁。」

謝容與聽了這話，怔了怔，沉默半晌，他道：「岳前輩說得是，要說新婚夜沒有分開睡，這事賴我。其實……我以為娶的是崔氏，早就讓德榮在書齋裡備好了臥榻。」

他當夜之所以喝得酩酊，就是為了藉著酒意去書房睡一晚，等到隔日，便把一切事由與崔芝芸說明。

可是，蓋頭揭開，他改主意了。

「我知道小野這些年寄人籬下，無依無靠，好不容易撞到了我這……」謝容與停了停，「所以我沒有一走了之，怎麼說都是新婚夜，我不想讓她覺得她嫁過來仍是孤身一人，是不被人喜歡的，雖然我知道她未必會這麼想。」

岳魚七聞言，忍不住看了謝容與一眼，「如果我記得沒錯，你此前和小野只有一面之緣。」

「是，昭化十二年秋，我去辰陽請溫叔出山，在山間與小野見過一面。」謝容與道：「後來在柏楊山，溫叔與我提過不少小野的事，他說等洗襟臺建好，小野會來的，他也一直盼著她來。」

岳魚七淡淡道：「你發現小野嫁過來，實則是為了利用你玄鷹司都虞侯的身分，查清洗襟臺坍塌的真相，與你的目的似乎一致，所以你把她留在身邊，一步一步試探？」

「是，彼時我不知道她背後之人是誰，不敢貿然攤牌，只能試探。」

「你們想查清洗襟臺背後真相，這一點我理解，但你有沒有想過——」岳魚七傾身坐起，盯著謝容與，「有一天，你會失敗。」

「換句話說，也許你傾其所有，都無法得知洗襟臺坍塌的真相，又或者，你查到了真相，但溫阡是總督工，不管是誰偷換了木料，是誰最終造成洗襟臺的坍塌，他都得為這場事故負責，他的罪名或許本身就是無法洗清的，小野也將一直是罪人之女。更甚者，也許洗襟臺坍塌的真相本身，已足以讓人心灰意冷，到那時，你又該怎麼辦？」

謝容與沉默許久，吐出八個字，「盡己所能，聽天由命。」

他道：「只要有一絲希望，我都會往下查，畢竟洗襟臺的坍塌牽連了許多條人命。可是，如果真的到了查無可查的那一天，必須要直面真相的那一天，任何結果，我都可以接受。我從前囿於心結，總覺得洗襟臺的坍塌我有責任，可是循著線索一步一步走到今日，我想我問心無愧，溫叔更是盡心盡責坦坦蕩蕩，既然如此，小野是不是罪人之女又有什麼要緊呢？最壞的結果……」

他低眉，很淡地笑了一下，「那我就帶她走，一起亡命天涯也無妨。」

岳魚七目不轉睛地看著謝容與，片刻，往椅背上閒閒一靠，「不錯，不將責任大包大攬，不鑽牛角尖，拿得起，也放得下，盡人事，也能聽天命，這樣的人無論在何種境地都活得出來。」

他以臂為枕，望著天邊的夕陽，「到底一場浩劫，除了天，誰能左右呢？」

謝容與見岳魚七一副悠遠的樣子，默了片刻道：「岳前輩，晚輩也有一問。」

「洗襟臺坍塌的兩個月後，朝廷下了緝捕溫氏親眷之令，岳前輩稱自己在陵川被捕。」謝容與淡淡道：「其實岳前輩不是被捕的吧，您是主動投案的，為了……小野。」

岳魚七的目光仍落在天際殘陽，嘴角一勾，露出一個意味不明的笑，沒有吭聲。

謝容與繼而道：「洗襟臺坍塌，無數士子百姓喪生，民怨沸騰，先帝先後斬了魏升、何忠良、玄鷹司老指揮使也不夠，溫叔作為總督工，無論如何都該為樓臺坍塌負責，可是溫叔早已死在了洗襟臺下，濤濤民怨沒有宣洩口，只好轉向了溫氏親眷，而小野作為溫阡之女，更是首當其衝，是故在彼時，只有一個法子把小野從這風口浪尖隱去，就是岳前輩以溫氏親眷的身分，主動投案。」

「您是岳氏後人，在長渡河一役中有功，是為數不多的倖存將士，曾經更被授封為將軍，而洗襟臺的修築，就是為了紀念長渡河的將士。只有您投案，人們才會想，算了吧，他是有功之將，不也作為溫氏親眷承擔罪責了麼，看來朝廷公私分明，功為功，過即是過，功過不相抵，於是重拾對朝廷的信任，不去追究流亡在外的溫氏女。」

海捕文書上捉拿溫氏親眷這一條，僅是朝廷之意、先帝之意嗎？

不，那是大災之後民怨所致。

是故只有平緩民怨，才能息事寧人。

若不是岳魚七投案在先，僅憑謝容與在「溫氏女」三個字上畫上的一道朱圈，未必能保下青唯。

謝容與接著道：「岳前輩說，後來您跟隨御輦回京，先帝策劃了一場劫因，爾後就把您放了。依晚輩之見，劫因的確是先帝策劃的，但其目的並不是為了放了您，不過是幫您免去死罪，讓您蟄伏起來罷了。如果晚輩所料不錯，岳前輩這幾年，應該被軟禁在宮中，直至何氏傾倒，官家掌權，您才被放出來。這也是這麼多年，小野一直找不到您的原因。」

昭化帝到底是帝王，慈悲亦無情，不會因為覺得誰無辜，就好心放人。

他凡事都會從大局出發，如果貿然放了岳魚七，有朝一日百姓在民間見到他，得知岳魚七與溫氏女皆未被治罪，失了對朝廷的信任該怎麼辦？

昭化帝可以保住岳魚七的命，可在當時的情況下，他必須把他軟禁起來。

岳魚七聽完謝容與的話，終於移目看向他。

良久，他道：「這些事，你不要告訴小野。」

他淡淡一笑，「這幾年她背負得已經很多，不要讓她覺得自己欠了誰。」

她是辰陽山間一隻輕逸自在的小鳥兒，是清泉水畔一隻野天野地的小狼，他希望她能一直如初。

「小野伶俐至極，有些事……」謝容與說到這裡，稍稍一頓。

他想說，有些事即便他不說，日子久了，青唯也能想得通透，然而話到一半，他又把話頭收了回去，只點頭道：「好，晚輩記得了。」

他終於知道溫小野為何會是這樣明媚堅定，獨一無二的了。

因為她被這樣好地教養長大。

岳魚七也好，溫阡、岳紅英也好，在辰陽的那些歲月裡，給了她足夠的自由與守候，足夠到她竟能獨自支撐著走過後來那些暗無天日的年頭。

暮色鋪了一地，為岳魚七的雲色衣擺染上淺墨，岳魚七道：「行了，你回吧，記得尋個吉日，把你跟小野的事告訴她的父母親。」

謝容與聽了這話卻是一愣，他稍作一揖，「恕晚輩多問一句，岳前輩這是首肯我與小野的事了？」

岳魚七掃他一眼，「我且問你，小野初上京時，是什麼樣的？」

其實與青唯重逢之初，岳魚七也覺得奇怪，按說洗襟臺坍塌過後，青唯痛失生父，或是寄人籬下，或是流亡在外，應該是飽經苦難的，可今次在東安見到她，她居然和當初辰陽山間那個野丫頭沒什麼兩樣，彷彿從不曾受過傷。

岳魚七原本想直接問小野究竟經歷了什麼，但他知道，許多事單靠問，是得不到真正的答案的。所以他不等謝容與來提親，自顧自把小野帶走了半個月。

其實在中州盜取〈四景圖〉，並不像青唯說得那麼簡單。曲不惟早有警覺，私宅布防重重，哪怕功夫臻入化境如岳魚七，也得謹慎非常。然而令岳魚七沒想到的是，青唯竟然冷靜得出人意料，她在鬧市潛藏數日，也曾外出打探消息，卻無一人能夠真正認得她。她甚至非常疏離，幾乎不相信任何人，為了等待一個時機，能夠一言不發地蟄伏上一整夜。

可以說，這回盜取〈四景圖〉，青唯才是魁首，岳魚七是從旁掩護她的那一個。

岳魚七始知，原來在外流亡的五年，在青唯身上不是沒有烙印的，而烙印這樣深，以至於她遇到危機，冷靜應變幾乎成為她的一種本能。

初上京時，青唯是什麼樣的？

謝容與只記得她初嫁到江府時，除了與他相互試探，別的時候話非常少。

但岳魚七看著青唯長大，卻是可以想像的。

她初上京當日，為了逃脫玄鷹司的追捕，帶著芝芸躲於山間矮洞之下，又或是被衛玦提到公堂之上，直面玄鷹司的咄咄逼問，與曹昆德周旋時挖空心思，掩護薛長興逃走，罩著斗篷引開追兵不得不撞灑江家少爺的酒水，以及立在斷崖邊起誓，軟玉劍青芒急出，投崖而下只為尋找薛長興留下的證據。

那副藏在疏離表象下的枕戈待旦，一點風吹草動就不得不睜眼天明的無措彷徨，才是這五年來的青唯。

岳魚七道：「如果一個人，可以在兵荒馬亂，顛沛流離中平息下來，那麼一定有另一個人，在這一年之間，毫無保留地，無微不至地待她。」

將她視為眼中之珠，心上月光，給了她無盡的安寧與溫暖，才讓她終於做回了那個辰陽山間的小青鳥。

看上去就像從沒有受過傷一樣。

謝容與回到拂崖閣已是月上中天了。

青唯一直等在院中，見他回來，立刻上前，「我師父沒刁難你吧？」

謝容與看著她，眸中盛滿小池塘裡浮浮沉沉了一夜的月色，幾乎是帶著嘆息，喚了一聲，「小野……」

青唯直覺他目光有異，「嗯」了一聲。

下一刻，他便低頭吻住了她。

這個吻來勢洶洶，與以往的每一次都不太一樣。

帶著炙熱的吐息與說不清道不明的情致，青唯甚至來不及相迎，很快被他攻城掠地。他伸手攬過她的腰身，把她逼得步步後退，她幾乎是倒退著跨進屋門，跌坐在小榻上。

盛夏的炎熱已被夜暮洗去，屋舍裡清涼宜人，卻被他送來的氣息掀起一股接一股的熱浪。

熱浪在半空中浮沉，將這一舍意動釀化成蜜，帶著甘醇的、清冽的酒香，迷離之間要讓她醉在這裡。

「不是問我，讓妳這麼早回來做什麼。」謝容與喘息著道，眸色深幽，「這就是我想做的。」

眼前的女子被他微微鬆開，碎髮凌亂地拂在鬢邊，激吻過後呼吸也微微急促起來。今日在馬車上，她那一句類似逼問的又並不經意的「你說，你讓我回來做什麼」，讓他直至眼下都心旌神搖。

「妳呢？」他的聲音很低，又重新問一遍，「妳這麼急趕著回來是要做什麼？」

青唯望著謝容與。

修長的眉下是一雙非常好看的眼，長睫微垂，清冷的眼尾被夜色隱去，餘下眸中星河與暮靄融在一起，將他的目光變得很深，深深的沉下去，沉到她的心裡。

這世上怎麼會有這麼好看的人呢？

青唯不由得想。

她沒有出聲，伸手抵在他的肩頭，仰臉湊上前去，落在他的唇角。謝容與偏過頭來，很快相迎。

氣息再度糾纏在一起，與適才他的入侵不同，她亦流連著領略其中滋味，彷彿誤入小園幽深徑，跟著他分花拂柳而行。

纏綿不知時久，他們才稍稍離分，青唯猶豫了一下，輕聲道：「可是今日不方便。」

「我知道，岳前輩說了，我們得先尋個吉日，把我們的事告知岳父岳母。」謝容與的聲音輕而沉，「我的小野，是好人家的姑娘。」

上回成親，彼此都沒有用真名，遑論拜高堂呢？

她是好人家的姑娘，他應該禮數周到才是。

可嘆這麼久了，離別相逢皆是匆匆，俗物絆身，竟忘了要把成親的事告知泉下尊長。

「倒不全因為這個。」青唯垂下眸，「我今日……身上不方便。」

謝容與愣了愣，片刻明白過來她的言下之意，笑著道：「無妨。」

他把她打橫抱起，輕輕放在床榻上，俯下身來，理了理她微亂的髮，柔聲問：「浴房的水備好了？」

他是個好潔淨的人，回來沒有洗過，適才那般纏綿也只在小竹榻上。

青唯點點頭：「備好了，留芳每隔一刻會添熱水。」

謝容與笑了笑，落了一吻在她的眼瞼，「等我，我很快回來。」

屋子裡點著宜人的香片，駐雲和留芳是正經宮女出身，極會伺候人，早在日暮時便用艾草驅了蚊蟲，又在風口擱上納涼的冰盆，眼下軒窗微敞，涼風送爽。

謝容與洗好回來，只留了一盞微弱的燭燈，掀簾進帳，一勾手便將青唯撈入懷中。

她的髮間有清淡的皂角香，身上的中衣是新的，柔軟的紗質，幾乎能直觸肌膚。青唯很瘦，在上溪重逢時，環臂一抱幾乎瘦骨如柴，好在眼下養好了許多。不過她也長不胖，身姿纖纖的，白日裡她總穿著掩人耳目的玄鷹袍，是故身形不大瞧得出來，似乎她的婀娜柔軟只在夜裡依偎在他懷中時呈現。

以後等真相大白了，要讓她多著裙裳才是。

懷裡的人動了動，青唯仰起臉來，輕輕喚了聲：「官人。」

她已經許久沒這麼喚他了。

一聲「官人」入耳，謝容與心間微微一動，很輕地「嗯」了聲。

「眼下我們盜了〈四景圖〉，曲不惟那邊只要一查庫房就知道，我們接下來該怎麼應對？」

謝容與低眉看她，失笑道：「好不容易回來了，妳眼下就在想這個？」

倒不是在想這個。

這個顧慮在她回來的路上就有了，但是一直不知道該怎麼解決，所以想著回來問一問他。

謝容與道：「曲不惟知道〈四景圖〉被盜是遲早的，恐怕眼下不單是曲不惟，章鶴書、章蘭若那邊，包括停嵐也有異動了。」

章庭、曲茂未必知道事情的真相，可他們作為章曲二人之子，眼下又在陵川，多少會被捲入其中。

「到了這個境地，衝突也許是無法避免的，眼下我們唯一能做的就是快。」

快一步找到岑雪明留下的證據。

青唯點點頭，「我知道了。」

懷裡的人又安靜下來，連呼吸都很輕，謝容與以為她睡著了，垂眼看她，卻見她微斂著雙眸，眸色如霧。

「在想什麼？」謝容與溫聲問。

「官人，我跟你說一樁事。」青唯默了許久，道：「我師父騙了我。」

謝容與看著她，沒有吭聲。

「當年朝廷下令緝捕溫氏親眷，師父說他是被朝廷官兵緝捕的。其實不是，他是主動投案的。」

「那段時日我一直在柏楊山，身邊有曹昆德護佑，崇陽縣上是什麼情形我很清楚。縣中戒備森嚴，要避開幾個官兵還是很容易的，只要有心躲，我都躲得過，師父怎麼可能輕易落網？他是主動投案的，他是為了……我。」青唯安靜地道：「師父是有功在身的岳氏，只有他投案，平復了民怨，朝廷不會花大力氣搜捕我，否則即便是曹昆德，也無法在那樣的情形下幫我掩去身分。這幾年，我雖不知道師父究竟在哪兒，但他一定不是自由身，否則他不可能放我孤身一人，一定會來找我的。」

謝容與將青唯稍稍攬緊了些，「什麼時候想到這些的？」

「當時師父一提，我就覺得奇怪。」青唯道：「後來很快就想明白了，結合當時的時局，沒什麼難猜的。」

她說著，抬眸看向謝容與，眸子乾淨得像明鏡一般，「不過我不會告訴師父我什麼都猜到了。師父騙我，是不希望我背負得太多，他希望我能像在辰陽那些日子一樣，一直自由自在的。」

那麼她便裝作什麼都不知道，如岳魚七所願好了。

青唯望著謝容與，「師父今日把你留下，和你說什麼了？」

謝容與道：「我跟他求娶妳，他想了想……答應了。」

「師父這就應了？」

謝容與「嗯」一聲，「應了。」

「那師父除了讓我們尋吉日告知阿爹阿娘，還說過什麼？」青唯問。

謝容與垂眼看她，柔聲道：「岳前輩沒說什麼，倒是妳，妳有什麼要求，再辦一次親事？只要是妳希望的。」

他都可以做到。

青唯搖了搖頭，輕聲道：「不要再辦親事了。」

謝容與問：「為何？」

青唯看著他。

微弱的燈色透紗澆入，在床帳中凝成朦朧的霧。那霧罩在他清雋的眉眼，一時間如夢如澤。

再辦一次親事要等到什麼時候？

青唯張了張唇，可是這樣的話總是無法堂而皇之地說出口的。

她只好勾手攬過他的脖間，幾乎是貼身而上，緊挨著他的耳廓，聲音非常非常地輕，「官人，我不想再等了。」

這句話幾乎是被風送入耳中的，在他心口緩緩落地，「不想等」三個字如細小的絨毛在他心尖上微微一擦，霎時間，一望無際的荒野烈火燎原，不待青唯反應，謝容與抬手抵住她的後頸，別過臉來與她唇齒相接，隨後撐起身子，另一隻手攬過她的後腰，將她環在自己下方。

天生清冷的眸中染上一團迷離的火，他的呼吸愈發粗重，小園香徑分花拂柳地走下去是美不勝收的人間極景。

他喘息著道：「小野，我是不是說過，夜裡不要這樣……」

可是他們緊貼著彼此，她甚至能非常清晰地感受到他的異樣，努力克制之下依舊情難自禁。

他覺得難捨難分，拂開她的髮，蜻蜓點水一般，不斷地落在她的耳側，眼瞼，鬢邊，下頷……

彷彿這樣就能緩解，亦只能這樣緩解。

「官人。」青唯輕聲喚道。

謝容與啞著應了一聲。

「如果你想……」她稍稍推開他，望入他的眼，「我幫你吧？」

謝容與停了停，「妳幫我？」

青唯點點頭，雙手撐在他的肩頭，「不是說還有許多別的法子？可以用手，還可以……」

她似乎覺得難以啟齒，咬了咬唇，被深吻過的唇水光瀲灩。

謝容與也看著她，眸色很深，「妳是從哪兒……聽說這些的？」

青唯道：「我在外那麼多年，有些事自然能聽說。」

她想了想，解釋道：「我在岳州時，有一回外出尋找師父，為了避開官兵，躲進一間勾欄裡，那勾欄有位妓子人很好，非但收留我，還為我打掩護。她夜裡接客，我就睡在梁上，有時她和她那些姊妹閒聊取悅客官的法子，我就是那時聽來這些事的。」

其實當時聽了也不全懂，後來流亡日久，三教九流均有接觸，漸漸就了悟了。

青唯的手順著謝容與微敞的襟口往下，輕聲道：「官人，我是願意的。只是我不太會，你教我好不好？」

謝容與注視著她，她的中衣早已半褪，長髮如瀑般散在枕上，襯得她肩頭肌膚如雪。

他看了她許久，最終還是握住她的手，低聲道：「還是不要了。」

「一旦開始，我未必停得下來。」

「再說這是妳我的第一次，總不能委屈了妳。」他帶著她的手，放在唇邊輕輕一吻，「今次算了，以後我慢慢教妳。」

他坐起身，將青唯攬在懷中，溫聲問：「妳身上這個，還有幾日才方便？」

「今天是第一日，總要五六日才徹底乾淨吧。」青唯道。

可她想了想，很快又說，「如果快的話，三四日也是可以的。」

謝容與不由失笑，低眼看她，「五六日就五六日，身上的事不能馬虎，哪有跟自己身子討價還價的？」他道：「也好，我近日多看些卷宗，順道等吉日了。」

青唯道：「你之前沒日沒夜地看卷宗，把自己折騰得精疲力盡，是因為這個？」

那自然是為了案子。

謝容與低低笑了，「是啊，這麼動人的小野姑娘夜夜在我身邊，我怎麼可能什麼都不想……」

第十二章　濤瀾

東安近來十分熱鬧，洗襟臺重建過半，朝廷命官、商人商戶，通通往這裡湧，早上城門一開，往來城中的百姓絡繹不絕，以至章庭一大早出城，被行人擠得是三步一停，五步一頓。好在車室寬敞通風，否則憑他這一身厚重的官袍，非得熱出一身汗來。

不多時，五里亭就到了，車外扈從張頭望了半晌，但見官道上三人打馬而來，當中一人緋衣束甲，不是封原又是誰，扈從忙道：「大人，封原將軍到了。」

陵川西邊有一座礦山，叫做脂溪，盛產鐵礦。昭化十二、十三年，脂溪礦產的數目與最後報給朝廷的對不上，朝廷也是今年查帳時才發現出入。

前陣子章鶴書寫信給章庭，讓他協助封原將軍辦的差事就是這個。

礦監隸屬戶部，出了紕漏，照理該由戶部派人過來，不過五年前的這批礦有點特殊，是朝廷特批給鎮北軍的軍備，是故樞密院比戶部更上心，派了一名四品大將過來。

封原下了馬，逕自將馬扔給隨行軍衛，不待與章庭見禮，立時就問：「岑雪明有下落了嗎？」

他是典型的武將模樣，生得虎背熊腰，一圈亂糟糟的絡腮鬍，脾氣也風風火火的。

章庭沒答，先將他請上馬車，「章某這裡暫沒有岑雪明的下落，案件的所有相關線索，章某已整理成卷宗，將軍可以先行看看。」

封原是個粗人，見字就暈，見手邊厚厚一疊卷宗，壓根沒有翻看的心思，跟章庭道：「這案子的關鍵還是在岑雪明，當初礦上的帳目，就是經岑雪明核實後呈報朝廷的，他是通判，他要是不放水，區區一個鐵礦山，怎麼敢幹欺瞞朝廷的勾當？岑雪明你究竟查沒查？」

章庭盯著封原看了一會兒，淡淡道：「查了。不過這個岑雪明身上沒什麼疑點，那帳本到他手裡，已經轉遞過兩回了，除非親自到礦上視察，很難發現紕漏，章某倒是認為岑雪明的失蹤與這個案子關係不大。」章庭說著，頓了頓，「章某翻看案宗，發現岑雪明曾經效力於虎嘯營，如果章某記得不錯，當時虎嘯營的統將正是將軍，照理將軍應該與這位岑通判相熟才是，他的下落，將軍一點都不知嗎？」

封原究竟是誰的人，章庭很清楚。

當年封原與岑雪明所在的虎嘯營隸屬征西大軍，彼時征西大軍的軍帥，正是曲不惟。

章庭這話大有試探之意，明面上說的是岑雪明的失蹤，暗地裡則是在追問封原此番來陵川的目的。

章庭年輕，浸淫朝廷年歲已久，明白水至清則無魚的道理，地方呈報上來的帳目與朝廷核算的有出入，這是常有的，有時候都不是因為貪，而是因為一些非常小的事故，因此只要出入不大，朝廷一般不會細查。昭化十二、十三年脂溪礦山的帳本章庭翻了，差額尚算可以接受，這一點從戶部壓根懶得派人過來就可見一斑，樞密院卻煞有介事地派了一名四品將軍調查此案，章庭所以才想問問封原：你這麼大費周章地來陵川，究竟是來查案子呢，還是案子只是一個幌子，你是打著查案的名頭，尋找這個五年前失蹤的通判岑雪明？

章庭見封原不語，語氣緩和了些，「那麼依將軍的意思，眼下我們的重點，應該是找到岑雪明？」

封原頷首：「正是，非但要找到他，還要查他留下了什麼罪證。」

章庭「嗯」一聲，示意自己明白了。

封原看章庭一眼，欲言又止。

眼下小昭王已經查到了岑雪明，一旦岑雪明留下的罪證落到小昭王手裡，他們這一群人全都吃不了兜著走。

封原本來想跟章庭挑開說明的，誰知他來之前，曲不惟切切叮囑，說自己當年賣的名額雖然是從章鶴書手上拿的，但章庭半點不知情，當在言語上多注意，萬不可把祕密說漏了。

封原一個粗人，哪裡會打什麼言辭官司，幾句話讓章庭看出破綻，他是一點辦法也沒有，想了想，乾脆往下問，「那個沈瀾你也查了嗎？」

「查了。」章庭道。

此前封原來信上說過了，岑雪明失蹤前，和一個洗襟臺下倖存的士子有接觸，這個士子叫做沈瀾，後來因為傷重不治，不幸在昭化十三年的八月故去了。

章庭道：「沈瀾家中是做字畫買賣的，早年中過舉，被遴選登臺不怪，身上並沒有可疑之處。」他說著，一雙狹長的眼直視封原，「說起來，岑雪明也是在洗襟臺坍塌不久後失蹤的，將軍又著力查這個沈瀾……怎麼，難道岑雪明的失蹤，與洗襟臺有關係？」

他稍稍一頓，「眼下小昭王也在查洗襟臺坍塌內情，將軍不如去問問殿下？」

封原被章庭這麼一噎，一時間簡直不知說什麼好。

他知道章庭這話只為試探，倒不怕他跟玄鷹司那邊漏了風聲，只是這麼藏著掖著的，實在太難辦差了。

他左右為難，張嘴「總之，反正，大概……」了半晌，沒憋出一句完整的話來，閉了嘴，掀簾朝車窗外看去了。

很快到了官邸，兩人剛下了馬車，只聞一陣疾馬橐橐之音，一人策馬從巷口趕來，到了近前下馬，對章封二人各一拜，匆匆道：「將軍，借一步說話。」

卻說此人姓杜，領著七品致果校尉的銜，乃封原的手下，此前封原不在，陵川這邊的差事都是由他辦的。

封原跟杜校尉步去一邊，俯身聽他耳語了幾句，臉色大變：「你說什麼？！」

他意識到自己反應過激，朝章庭那邊看了一眼，走得更遠了些，壓低聲音問，「怎麼回事，侯爺中州的私宅布防嚴密，〈四景圖〉怎麼可能被盜？」

杜校尉道：「消息確鑿無疑，想來岑雪明的確與沈瀾合謀留下了證據，證據的關鍵就在被盜的〈四景圖〉上，侯爺知道了心急如焚，還請將軍立時想法子應對。」

封原問：「確定〈四景圖〉是小昭王派人盜的？」

「除了小昭王，沒人有這樣的神通。」杜校尉道：「玄鷹司雖然沒有動作，但……不知將軍可知道，小昭王去年娶了一位夫人，此人化名崔氏，實則姓溫，正是築匠溫阡之女，名噪一時的岳小將軍就是她的師父，她的身手極高，去年僅一人帶著十數死士，便劫了城南大獄，中州私宅那邊說，盜取〈四景圖〉的人，應該正是溫氏女。」

杜校尉說著，憂急道：「將軍，如果〈四景圖〉真的在小昭王那裡，玄鷹司先我們一步取得罪證，後果不堪設想。」

封原擰眉深思一陣，沉聲道：「此事尚不確定，我們先不要亂了陣腳。再說小昭王是局外人，能從〈四景圖〉上看出什麼還兩說，他手上的線索未必有我們多，不一定比我們先找到姓岑的。」他稍一頓，「這樣，我這邊還是按照計畫來，先跟章家這位少爺一起查岑雪明和沈瀾，你去找五公子，讓他到小昭王那邊打聽消息。」

「五公子？」杜校尉稍稍一怔，「將軍的意思是，曲五爺？」

他很快道：「不行，五爺就是個紈褲子弟，正經的忙根本幫不上，侯爺的事他一概不知，跟他說了他也未必懂，不攪和就不錯了，哪能指著他？」

封原道：「眼下哪裡是讓他正經幫忙，就是讓他攪和的。他這五年與小昭王交情甚篤，先頭幾次辦砸差事，哪回不是小昭王幫他收拾的爛攤子，朝廷不處置他，是看在侯爺的顏面嗎？看的都是小昭王。五爺是個講義氣的人，他二人關係這麼好，小昭王卻派自己的手下到他家裡偷東西，你說這口氣他能嚥得下去嗎？嚥不下去他就得鬧，你就讓他跟小昭王鬧去，你只要從旁聽一聽，就知道〈四景圖〉究竟在哪兒了。」

杜校尉明白了，這差事好辦，激怒曲茂就成。

事不宜遲，他立刻道：「將軍好主意，那屬下這就去辦了。」

曲茂今日起得早，尚趕得及吃午膳。

上溪案結，他眼下在東安已沒了差事，按說早該帶著一干巡衛回柏楊山駐紮，可天這樣熱，他去了洗襟臺那邊，哪還有官邸的好日子過？東安府那個府尹近來巴結張遠岫，成日往官邸裡送冰，他跟著沾光，涼快得哪兒也不想去，連白水湖畔的汀蘭澗也懶得光顧了。

說起來，汀蘭澗的姑娘也好，各有各的姿色，可是相比之下，還是京中明月樓的畫棟姑娘更有韻味，更令他魂牽夢縈。

曲茂坐在廊下的搖椅上，一閉眼，眼前全是畫棟的淺笑，勾魂的玉手纖纖，伏在他耳畔的嚶嚀，恨只恨這回出來辦差，沒跟畫棟討一張香粉帕子，眼下拿出來蓋在臉上，做夢也美啊。

曲茂想著想著，一時間睏意上頭，正待與畫棟一起墮入夢鄉，只聽尤紹匆匆從外院趕來，「五爺，杜校尉來了。」

曲茂不耐煩地睜開眼，正待問誰壞了曲爺爺的美夢，看清院中來人，立時起了身。

杜校尉他知道，封原的人。封原是他爹的親信。

曲茂今次來陵川，闖的大小禍事不計其數，雖然回回都有謝容與幫他兜著，曲不惟那一關未必過得去。

曲茂滿連忙把人往正廳裡請，吩咐尤紹去備茶。

杜校尉把茶接在手裡，不待吃，問道：「不知五爺眼下方便否，能不能去小昭王那邊一趟？」

曲茂看了看屋外的天，實在太熱了，「為什麼啊？屋裡待著不好嗎？」

〈四景圖〉被盜，杜校尉心中憂急，單刀直入，「五爺應該知道，侯爺在中州有一處私宅，收集了些古玩字畫。」

曲茂道：「知道啊。」

那些古玩字畫有的他還看過，其中有一幅叫四什麼的圖，可以變幻不同的景，他爹很喜歡，卻不知道為什麼，一直放在中州不肯拿回京，要不他前陣子在順安閣看到類似的〈山雨四景圖〉，怎麼會一擲千金地買下來呢？不就是為了討他爹歡心麼。

杜校尉一拍大腿，「五爺有所不知，侯爺藏在中州私宅的〈四景圖〉被盜了！盜畫的人，正是小昭王！」

曲茂端著茶的動作一下頓住，簡直目瞪口呆：「有這樣的事？」

他似乎不肯相信，「我看清執不像是幹這種事的人啊。」

「還有更不得了的呢！」杜校尉道：「小昭王去年娶了個妻，身手厲害得緊，五爺記得麼？」

「記得啊，不就是我弟妹麼？」曲茂道。

後來他弟妹丟了，清執日日讓人找，曲茂在風月場裡混慣了，誰動心誰鬧著玩一眼就看得出來，他知道清執是當真把這溫氏女放在了心尖上。

「五爺有所不知，其實小昭王已經在陵川找到溫氏女了，那〈四景圖〉就是她盜的，只有她有這樣的身手。」

他這麼一說，曲茂前後一想，一下子就串起來了。

難怪近來清執身邊總跟著幾個罩著紗帷的玄鷹衛，其中一個見了人幾乎不怎麼行禮，想來這人應該就是弟妹。

此前他想搬去歸寧莊與清執同住，清執說什麼都不肯，原來他果真是金屋藏上嬌了！

曲茂拍案而起：「前陣子我跟他一起去順安閣，他跟掌櫃的說喜歡前朝東齋的畫風，喜歡四什麼的圖，還跟我借我買的〈山雨四景圖〉，原來他是早就瞧上我家的藏畫了！」

杜校尉道：「照五爺這麼說，此事果然是那小昭王做的，五爺趕緊去問問看吧！」

曲茂怒從中來，恨不能把手中茶盞捏碎，「這事不可能就這麼算了！我自然得去問問看！」

「五爺與小昭王多年知交，當初小昭王假扮那江家少爺，五爺氣了兩個月，後來也不與他計較了，沒想到他眼下居然盜上門來，枉他生得一副謙謙君子的好皮囊，居然幹這種勾當。」

曲茂把茶盞放下，負手來回疾走，藍衫子簡直掀起風來，「你說得對，他太過分了，實在欺人太甚——」

「欺人太甚！」杜校尉附和。

曲茂轉頭盯著杜校尉，「他謝清執跟我曲停嵐什麼關係？不就是想要一幅畫麼？怎麼不來直接和我說？早來與我說，我曲停嵐定是親自幫他把畫取來，犯得著讓人去偷去搶？這是瞧不起我曲五爺嗎？！」

杜校尉繼續附和：「瞧不起五……啊？」

曲茂：「還讓弟妹親自去！我爹那宅子好些兵衛守著，也不擔心傷了弟妹！」

杜校尉：「……」

曲茂也不怕天兒熱了，提著袍子逕自往院外走，「不行，我一定得親自找清執問個明白！那幅畫再值錢不過就是萬兒八千兩，他是覺得我拿不出這筆銀子，我爹問起來我不好交差，沒法幫他跟我爹把畫買下來？哼，他可太小瞧我曲散財了……」

杜校尉盯著曲茂風風火火的背影。

激怒是激怒了。

可是……好像哪裡不對？

「根據〈四景圖〉的覆畫，這是我們找到所有跟『鴨』有關的線索。」

書齋中，衛玦手裡握著一沓竹簡，一個一個的擺在桌上，「以鴨聞名的村落，一共七個；有關鴨的傳說，一共四則；以鴨食著稱的食館，太多了，我們這裡只列舉了二十三個；類鴨的地形山貌，大致六處，不過地圖涵蓋的地方有限，有些小的山丘湖泊不在其中，也許有遺漏；另外還有一些無法歸類的，大大小小算起來有百餘樁。」

祁銘接著道：「岑雪明是通判，地方上許多案子都得經過他報給朝廷，單是他失蹤的前兩年，他經手的案子統共就有七八十個，其中明面上跟鴨有關的似乎沒有，當然如果往深處查，不排除有發現新線索的可能，只是……枝節太多太雜了，這樣事無鉅細地查下去，要查到什麼時候？衛掌使那邊的任務更繁重，在陵川的玄鷹衛卻不到三百，就算有州府的幫助，我們人手也不夠。」

章祿之聽了二人的話，有點沮喪，「本來以為少夫人順利取來的〈四景圖〉，我們就離真相大白不遠了，沒想到這臨門一腳竟這麼難，你說這岑雪明，反正都留下線索了，怎麼不乾脆把線索寫明？非得讓我們在大海裡撈鴨子。」

謝容與聽了章祿之的話，稍作深思，說道：「我以為岑雪明留下的線索未必這麼隱晦。」他看向眾人，「你們可曾想過岑雪明為何要把線索留在〈四景圖〉上？」

「為什麼？」章祿之問。

「因為〈四景圖〉在曲不惟手上。」一旁的青唯說道：「岑雪明之所以失蹤，就是不想做曲不惟的替罪羊。可是一個人要在人海裡掩藏身分，他的日子必然不會好過，故而他一定盼著早日重見天日。他想了一個法子，確保自己可以晚曲不惟一步被擒，這個法子，就是把線索留在〈四景圖〉上。因為〈四景圖〉被查獲，說明朝廷已經開始懷疑曲不惟，他在這個時候現身，一來不至於做曲不惟的替罪羊，二來，他還可以拿出曲不惟的罪證，將功補過，以免死罪。」

祁銘聽了這話，恍然大悟：「少夫人說得很是，這麼看來，岑雪明並不想把線索留得這樣隱晦，只是他當時可利用的只有〈四景圖〉，而沈瀾畫技有限罷了。」

青唯點頭道：「對。」她的目光落在衛玦擱在桌上的竹簡，從中抽出兩片，「所以我認為，這隻『鴨』應該非常直觀，傳說、食館什麼的應該不大可能，玄鷹司不如多查查以鴨命名的村落，或者是類鴨的地形。」

「以及案子。」衛玦道：「既然岑雪明也希望我們找到他，他所在的地方，很可能就在他經手過的案子中。」

章祿之嘟囔道：「可是小祁銘適才不是說了，案子太多了……」

衛玦看向謝容與：「虞侯，早上官家那邊來了急信，信上稱樞密院為了一個礦山的案子，派封原將軍來陵川了？」

「這案子虞侯已經在讓屬下細查了。」祁銘接話道：「礦山叫脂溪，在陵川西北，幾年前報上去的礦產數目與戶部核實的對不上，這案子岑雪明也曾經手，只是奏報到他手裡，已經轉了兩回手，他就是署個名而已，跟他關係並不大，屬下……」祁銘看謝容與一眼，猶疑著道：「屬下私以為，這案子也許就是個幌子，封原將軍或許是打著這案子的旗號，來陵川找岑雪明的，不知虞侯與衛掌使怎麼看？」

衛玦沉思片刻，「我也覺得是幌子。」他緊蹙著眉頭，「少夫人先才所言不虛，岑雪明留下的線索應該非常直觀，只是，我們尚缺一個突破口，如果能從曲不惟那邊探得消息，想來一切應該容易很多……」

衛玦話音沒落，外間一名玄鷹衛忽然來報，「虞侯，曲校尉過來了。」

章祿之急人之所急，「定是曲不惟察覺〈四景圖〉被盜，讓曲校尉過來興師問罪了，虞侯您可千萬不能見他。」

然而這話出，一屋子人一齊看向他，沒一個吭聲。

章祿之環目而望，撓撓頭，「怎麼了？屬下說錯話了？」

祁銘年紀輕，沒忍住笑了一笑，「瞌睡來了有人遞枕頭，虞侯自然要見。」

衛玦道：「曲校尉這個時機過來必然不簡單，還請虞侯和少夫人一起會一會他，如果能找到突破口再好不過。」言罷，拱手一拜，帶著一眾玄鷹衛退出書齋。

書齋的門敞著，衛玦剛退出去不久，曲茂就風風火火地到了。

他一身冰絲藍衫子，頂著大太陽走了一遭，熱出一腦門子汗，到了書齋，掃了謝容與和一旁罩著紗帷的青唯一眼，大剌剌坐下，隨後看著謝容與，笑得森冷。

謝容與不動聲色，吩咐趕過來的德榮：「去給停嵐沏盞解暑的銀針。」

曲茂大手一揮，涼涼道：「不必了，我可吃不起小昭王殿下的茶。」

謝容與言辭溫和，「怎麼，是誰招你不痛快了？」

曲茂心道自然是你。

但他不回答，甚至還賣起關子，圓眼在青唯身上一掃，一副「我早就看穿了妳是誰但是我就不說」的樣子，淡淡道：「這位生面孔，從前貌似見過啊。」

謝容與看著他，沒吭聲。

曲茂隨即四下張望，「你這書齋也太素淨了，實在襯不起你王爺的身分，照我說，怎麼都該掛上幾幅名畫才是啊。」

他說著，稍一抬手，把書齋外候著的尤紹招進來，命他把手裡捧著的幾個卷軸通通放在桌上，很是從容地道：「要不我這幾幅送你吧，看你怪喜歡的。」

桌上的畫軸謝容與太熟悉了，儼然就是尹婉所作的〈山雨四景圖〉，日前他從岳魚七處尋回底畫，已經連著覆畫一併給曲茂送回去了。

屋中氣氛頗有些詭異，尤紹無聲退了出去。

曲茂滿以為自己這一番表現端的是從容大度，見謝容與不吭聲，不禁有點耐不住性子，催促道：「快說啊，你收是不收？」

謝容與看著他，沒答這話，淡淡只道：「小野，還不與停嵐見過。」

一旁的青唯應聲，揭開紗帷，「曲公子，久違了。」

曲茂怔了怔，沒承想謝容與這麼快就和自己攤牌了，剛要開口，謝容與卻攔住他，溫聲說道：「我的確是在上溪找到她的，不告訴你是因為小野畢竟是欽犯，左驍衛一直在追捕她，我知道你脾氣，你若知道她在，一定會幫我保她，保她就要和左驍衛起衝突，如果巡檢司與左驍衛生了嫌隙，事後縣衙暴亂未能及時鎮壓，你豈非還要背上一個包庇瀆職的罪名？所以我想了想，還是盡力不給巡檢司添麻煩。」

曲茂今日氣沖沖前來，哪裡是為了什麼盜畫呢？就是覺得清執沒拿他當知己，這些大事沒提前告知他一聲，眼下聽了他的解釋，氣焰頓時消了一大截。

德榮適時進來，為曲茂沏上銀針，「五爺，您消消火，我家公子也是為您著想。」

朝天也跟著德榮進屋，將手裡的畫匣擱在桌上。畫匣打開，裡頭赫然是〈四景圖〉的四幅覆畫。

謝容與接著解釋：「至於取畫一事，我其實沒想瞞你，只是〈四景圖〉曲侯收得隱祕，我若相借他未必會肯，而我有事急需用畫，不得不出此下策，原想著用完立刻歸還，沒想到你先一步聽到風聲，這樣，這四幅覆畫我先還你，餘下的底畫等我用完了，即刻歸還。」

曲茂看著謝容與，見他言辭坦然，絲毫不掩飾自己盜畫之過，且畫雖然是從中州私邸那邊盜的，還卻還在了他這邊，足見他對自己的信賴。

這能叫盜畫嗎？這就是借上一借罷了。

曲茂的氣霎時全消了，負手來回疾走兩步，「你早說啊！你若喜歡這畫，有什麼是我不能給你取來的？要不是梯子不夠長，天上的星星我曲停嵐都能給你摘下來！」他的目光落在〈四景圖〉的畫匣子上，登時往回一推，「這畫你拿著，什麼借不借還不還的？你這不辱我麼！這畫就當我這個做兄長的送給弟妹了，弟妹妳拿好了，我爹那邊要有什麼，我全扛了！」

青唯：「……多謝。」

曲茂又數落起謝容與，「你也真是，弟妹身手再好，這畫讓幾個玄鷹衛去偷不成？再不濟，你來找我，我給你派幾個梁上功夫好的，我家的私宅我熟啊，我還能畫個圖給你！你讓弟妹去算怎麼回事呢？你方才說弟妹畢竟是欽犯的身分，這話我就不愛聽了！什麼欽犯，在我這裡一概不認，你說那樓臺塌的時候，弟妹才是個半大的姑娘，那能怪到她身上嗎？照我看，朝廷建這樓臺純屬多此一舉，六年前不該建，眼下也不該重建，幾千駐軍跟樁子似地在這大熱天裡輪班杵著，那是人過的日子嗎？要不是曲爺爺能在官邸混吃混喝，眼下怕是已經曬死在那工地上了，你說是不是？」

謝容與：「……是。」

曲茂說完這一通話，深覺自己大義凜然，他身心暢快地往椅子裡一坐，端起銀針來猛吃幾口，「對了，你說你是因為急事才讓弟妹取畫的，究竟什麼事兒啊？」

謝容與看著曲茂。

停嵐心思單純，可今日促使他來鬧這一通的人可一點不簡單。

定然是曲不惟那邊有人覺察到了盜畫一事，特地慫恿曲茂來試探的。

不過這也正中他的下懷，他們既然派人過來攪和，他自也可以攪和回去，曲不惟是局內人，手上定然有他不知道的線索，再攪和一通，對方陣腳一亂，謎底自現。

謝容與淡淡道：「洗襟臺當年有一個登臺士子，叫做沈瀾，是一名舉人。他家祖上是做字畫買賣的，與中州謝氏有些淵源，曲侯手裡的這幅〈四景圖〉，最初就在沈家。這個沈瀾早年有一個女兒，後來送人了。五年前洗襟臺塌，沈瀾死在洗襟臺下，〈四景圖〉不知怎麼流傳到了曲侯手裡。名畫易主，這其實沒什麼，只是近來沈瀾之女找到謝氏，稱是希望能看一看〈四景圖〉，畢竟那是她父親唯一留在世上的東西，我沒法子，才出此下策。」

「居然還有這樣的內情。」曲茂道：「這是好事啊，你怎麼不提前和我說？」

謝容與卻不答這話，問：「早上封原將軍是不是到東安了？」

曲茂道：「是啊，還是章蘭若去接的。」他從鼻子裡哼出一口氣，「這個章蘭若，我都不愛說他，他成日嫌我住在官邸裡混日子，他呢？你說樞密院的差事，跟他有什麼關係，他非要來湊一頭？還不是因為東安那個府尹巴結張忘塵，官邸的冰每日一供，他跟我一樣圖涼快麼……」

謝容與道：「我不提前和你說，正是因為封原將軍著手的這個案子，也許和沈瀾有關，沈瀾遺留的物件，包括這幅〈四景圖〉，不便現於人前，所以我不得已，只能讓我娘子去中州盜畫。」

曲茂聞言咋舌，「沈瀾一個清白士人，他能犯什麼案子？」

謝容與看著他，良久，淡淡道：「是啊，我也覺得稀奇，一個清白的登臺士人，能犯什麼案子？聽說還是和陵川一名岑姓大人有關，實在百思不得其解。」

曲茂斟酌了片刻，拍案而起，「我知道了！定是那章蘭若搗的鬼。我就說，樞密院的差事，他一個工部侍郎在裡頭攪和什麼？他來陵川是監管洗襟臺修築的，這差事只要能跟洗襟臺扯在一起，他以欽差之名協助調查，不就能名正言順地留在東安納涼了麼？」

曲茂一提起章庭，也不嫌政務繁瑣了，對謝容與道：「這樣，你再和我仔細說說這案子究竟怎麼回事，我幫你回去問那章蘭若。」

謝容與頷首，很快說起岑雪明、沈瀾云云，曲茂越聽越義憤填膺，走的時候腳底下都快擦出火星子了。

謝容與看著曲茂的背影，喚來一名玄鷹衛，「跟著去官邸看看，聽到什麼回來稟與我。」

官邸中，封原正被章庭灌了一耳朵礦山案大小枝節，他是武夫，跟人明刀明槍地碰撞慣了，不明白查案是需要坐下來慢慢梳理的，一時間心急如焚，對章庭道：「這樣，你我兵分兩頭，你先在這裡理著線索，我過去蒙山營一趟，先把兵馬派去脂溪礦山再說……」

他一想到小昭王步步緊逼，一刻也不願耽擱，話音落，起身就要離開。還沒到院中，迎面跟曲茂撞了個正著。

曲茂今日在大熱天裡來回奔波，臉曬得通紅，到了章庭的住處，逕自進了正堂，毫不客氣地端起一盞茶水猛灌一口，隨後坐下身，冷笑著望著章庭，「忙著呢？」

章庭的臉色沉下來。

下人適時上前，為他把被曲茂吃過的茶水換了。

「曲停嵐，本官眼下有公務在身，你有事便說，否則，本官勸你莫要在這裡丟人現眼。」

曲茂不屑地「嘁」一聲，臉上掛著冷笑，「怎麼，許你無中生有給士子添加罪名，藉著查案的名頭賴在東安，就不許我來摻一腳？章蘭若，你倒是教教我，怎麼才能像你一樣偷懶偷得正大光明呢？」

章庭根本不知道曲茂在說什麼，他也不在乎，「尤紹，把你家少爺領回去。」

曲茂站起身，甩甩袖子，上下打量著章庭，「你不認是吧？來的路上我都打聽清楚了，你眼下在查的案子跟一座礦山有關，至於你為什麼能摻和進來，因為你把這案子跟早年東安府一個叫岑雪明的人串聯起來，眼下岑雪明失蹤了，你覺得他的失蹤跟洗襟臺登臺士子有關係，所以你就名正言順地留在東安查案了。」

章庭聽了這話，不由看了封原一眼。

封原詫異無比，他可什麼都沒跟曲五爺說啊。

章庭不想跟曲茂多解釋，說道：「朝廷的案子自有朝廷的處置辦法，曲停嵐，你素日不關心政務卻在我這裡信口開河，不如先檢討檢討自己成日遊手好閒是否犯了瀆職之過。」

「我信口開河？」曲茂有備而來，被章庭反戈一擊，絲毫不慌亂，「我且問你，你們當真是在查礦山的案子嗎？還是打著查案的幌子，暗地裡找那個姓岑的？我也不怕告訴你，就你找的那個姓岑的，他在上溪的案子裡就不乾淨，眼下你不就是利用他，把一盆髒水潑在沈瀾身上麼？」

章庭聽了這話，怔了怔，「岑雪明在上溪的案子裡不乾淨？」

這個他怎麼沒聽人提過？

封原連忙在一旁打圓場，「我們怎麼不是為了查礦山的案子？蒙山營那邊幾百號人馬等著趕赴礦山，章大人先才還催老夫趕緊發兵呢。」

他們三個人的關係有點微妙，按說章庭一個從三品侍郎，封原一個四品將軍，犯不著理會區區校尉，但是曲茂和章庭是從小一起長大的，且曲茂的爹又是封原的「主子」。

曲茂又「嘁」一聲，「什麼派兵去礦山，我看就是你們的瞞天過海之計，你們適才說在議政務，你們議的是怎麼找到岑雪明吧？」

章庭沒有吭聲。

曲茂看他一眼，知道他被自己說著了，心中得意極了，連來時的那點火氣也消了，「行了，左右岑雪明的失蹤不簡單，沈瀾當年死得也冤枉，你出於私心，想把案子往他們身上套，留在東安躲懶，我呢，也不拆穿你，不過你既然知道沈瀾是冤枉的，我勸你做事莫要太絕，他留下一兩幅名畫譬如〈四景圖〉什麼的究竟去了哪兒，你睜一隻眼閉一隻眼，便不追究了吧？」

曲茂難得在章庭這占便宜，見他一直不語，只當他是默許了自己的要求，不會追回〈四景圖〉，滿意地抖抖袍子，領著尤紹離開了。

正堂又靜下來。

曲茂可能不知道自己究竟說了些什麼，章庭卻聽得明白。

岑雪明在上溪的案子裡就不乾淨，士子沈瀾死得也蹊蹺，而封原此番前來，明擺著要查這兩個人，難道封原的目的，當真跟洗襟臺有關？

若是這樣，父親此前來信讓自己協助封原，究竟知不知道內情？

封原見章庭一副冷容，知道他聽了曲茂的話很難不多想，一時間也不知道怎麼解釋，躊躇再三，卻聽章庭先行開了口，「將軍不是要趕去調兵麼？時候不早了，將軍這就去蒙山營吧，別的事待我理好線索再議。」

封原聽了這話，鬆了口氣，心道是緩緩也好，這麼大的事，讓他說都不知道從何說起，隨即道：「好，那老夫先行一步。」

封原離開後，章庭一個人在正堂裡坐了良久，午後夏光入戶，將整個堂屋照得明澄，章庭狹長的冷眸在這一片澄淨中深淺不定。

片刻，他喚來底下一名扈從，「去問問曲停嵐今日去了哪裡。」

曲茂的去向不難打聽，扈從很快回來了，「公子，曲五公子今日去了小昭王那裡。」

章庭靜了半晌，「我知道了，你下去吧，我一個人待一會兒。」

曲停嵐一個酒囊飯袋，差務上的事一概不知，所以礦山的案子，岑雪明、沈瀾的相關線索，一定是小昭王告訴他的。

小昭王去上溪，是為了查當年洗襟臺坍塌的內因，具體查到了什麼不得而知。章庭只是聽說，當年上溪竹固山死去的山匪，還有日前上溪的暴亂，通通和洗襟臺有關。

曲停嵐說岑雪明在上溪的案子裡就不乾淨。

這是不是說，上溪死去的縣令和師爺，冤死的那麼多山匪，都和岑雪明有關係？

既然這樣，封原為什麼還要碰這個人？父親為何還要讓自己幫著封原找這個人？

難道曲侯、父親，也與當年坍塌的洗襟臺有關？

可是，為什麼啊？章庭想。

父親這樣清正的一個人，從來勤勉克己，為什麼會攪在這樣一樁案子當中？當年父親仕途坎坷，高中進士本該鵬程，卻被族中推出來為一名嫡系子弟背罪，數年才得以昭雪，父親自此最恨冤屈，更一度與章氏大族劃清界線，甚至不顧自己世家子弟的身分，多次為寒門之士鳴過不公，這樣的父親，眼下為何攪在了一攤渾水之中？就算朝堂之上時局紛亂無法獨善其身，總該有原則與底線吧。

章庭搖了搖頭，他想，或許是自己想錯了，父親說不定也被蒙在鼓裡呢？這樣大的事，如何能僅憑管中窺豹就妄自揣測呢？

章庭離開正堂，往書齋走去，吩咐跟來身邊的扈從，「備筆墨，我有私函急發京中。」

扈從聽了這話，卻問：「公子可是要寫信給老爺？」又道：「公子，老爺眼下並不在京中，似乎去了中州。」

章庭的步子一頓，心往下更沉了沉，「什麼時候的事？」

「半個月前吧。」扈從道：「小的也是今早才接到消息。」

章鶴書雖掌軍務，樞密副使卻是個文差，等閒是不離京的，父親卻在這個時候趕來中州，這說明了什麼？

章庭不安的感覺愈盛，心上一塊危石搖搖欲墜，只覺得一刻不弄清此事，那危石就要將他砸得血肉模糊。他想起封原適才欲言又止的模樣，立刻對扈從道：「備馬，我要去見封原將軍。」

封原正在趕去蒙山營的路上。

他被曲茂鬧了一通，心中其實也躊躇不安，是故路上走得並不快，剛出城不久，只聽身後傳來疾馬馳奔之聲，竟是章庭打馬追上來了。

暮色將合，章庭很快勒停馬，開門見山，「封原將軍，我想知道實情。」

封原咋舌，「什麼……什麼實情啊？」

駿馬在原處徘徊了幾步，章庭緊盯著封原，「你來東安，就是為了找岑雪明的對嗎？如果我所料不錯，小昭王眼下也在找岑雪明，你們為什麼要跟小昭王對著幹？當年洗襟臺的坍塌，是不是跟你們有關係？還有，我父親他……是不是也攪在這案子裡頭？」

封原被章庭這一連串的詰問逼得無可奈何。

曲不惟叮囑過他什麼都不要和章庭說的。

可這個章蘭若又不是三歲小兒，隨便瞞一兩句就過去了，他是工部侍郎，浸淫朝廷年歲已久，一點風吹草動就能看出端倪，眼下再被曲停嵐這麼攪和一通，該聽的不該聽的灌了一耳朵，哪裡還糊弄得過？

封原心中狠狠一嘆，也罷，那就繁事簡說吧，「其實真計較起來，這事跟章大人關係不大，當年朝廷不是修築洗襟臺麼，章大人手上意外有了些登臺名額……」

章庭從城外回來的時候，夜色已至。

他忘了是怎麼打馬回的官邸，也忘了自己是怎麼下的馬，門前的扈從相迎，他像是聽見了，又像是沒有聽見，腦中浮響的全是封原適才跟自己說的話。

封原說的簡單，甚至沒多提幾句上溪的案子，只稱章鶴書當年透過一樁事故，意外得了些洗襟臺登臺名額，後來曲不惟生了貪念，臨時起意賣了三四個名額，爾後被章鶴書阻止。眼下小昭王追查洗襟臺坍塌緣由，不慎把此案掀了出來，曲不惟想要抹去罪證，是故章鶴書才讓他幫忙。

封原還說，不管是章鶴書還是曲不惟，他們都不希望洗襟臺坍塌的，他們盼著洗襟臺建成還來不及呢，否則從他們手上流出的登臺名額該怎麼辦呢。

封原的言辭雖隱晦，章庭還是聽明白了。

明白得他甚至一點都不敢往深處想，不敢想竹固山的山匪是怎麼死的，經自己之手處置的上溪暴亂之案又是因何而起。

他也不敢往屋子裡走，他覺得那些被他隨手擱在手邊的卷宗通通化成了附身纏人的妖鬼，要把他拽著墮入一場夢魘。

他只好立在院中，想著，不管怎麼說，還是先去一趟中州，親自問過父親。

或許封原是騙他的呢？或許父親跟洗襟臺一點關係也沒有呢？說不定父親也被蒙在鼓裡呢？

他始終還是相信父親的。

「蘭若。」

章庭也不知在院中立了多久，直到身後傳來一聲輕喚。

章庭深吸了一口氣，回過身，眉目間的情緒便已掩去了，「忘塵有事？」

張遠岫不知道什麼時候過來了，身邊還跟著白泉。

「日間聽到你這裡起了爭執，想著封原將軍在，不方便過來，你……」張遠岫看著章庭，雖然章庭已經掩飾得很好了，張遠岫還是在他的眼底辨出了一絲彷徨，「你沒事吧？」

章庭搖了搖頭，低聲道：「沒事，只是……可能有點累了。」

張遠岫的聲音溫潤得如清風一樣，「是不是因為沒有尋到岑雪明的蹤跡？」他說著一頓，「說來慚愧，日前我說過要幫蘭若找這位岑姓通判，無奈一點忙都沒幫上。」

章庭道：「沒什麼，忘塵不必往心裡去。」

張遠岫看出他似乎談興不高，溫聲道：「好，蘭若你早些歇息，我先回去了。」

他說著，便要轉身離開。

「忘塵。」

章庭看著張遠岫的背影，不由喚了一聲，「岑雪明這個人……不必再找了，我料理完手邊的事，過兩日要去中州一趟，這案子……就擱置了吧。」

張遠岫看著他，微微頷首。

章庭沒在院中逗留太久，很快回了自己屋中。

張遠岫也往自己的院子走，夜風盤旋著，不聲不響地捲走白日裡的滾滾暑意，拂過四下擱著的冰盆，整座官邸都像浸在一片溫涼的水中。

這樣靜的夜裡，空中卻傳來撲稜拍翅之聲，張遠岫抬目望去，是一隻白隼歇在了高處的簷角。

白泉也看到這隻隼了，隼的左腳上還捆著一個傳信用的小竹筒，白泉輕聲道：「公子，曹公公那邊來信了。」

張遠岫「嗯」一聲，只淡淡道：「紙終究包不住火啊，暗湧漸激，濤瀾將起，駐足岸邊的人都要被捲進去了。」

他往書齋走去，「取信吧。」

隼很聽話，在張遠岫回信的當口，就著白泉的手吃了粟米，乖巧得近乎不像猛禽。

張遠岫很快寫好信，把白箋遞給白泉，「章鶴書快到中州了？」

「應該這兩日就到了。」

張遠岫斂眸深思片刻，「你去衙門告假，稱我近日急病，概不見客，回來把行囊整理好，明早天不亮，即刻趕赴中州。」

隼得了信，在高空盤旋數圈，很快掠過東安上空，往上京的方向飛去了。

東安已是深夜，從隼的視野看去，竟有許多戶人家還點著燈，其中有一間偌大的莊子，一個身著玄鷹袍的人在莊前下了馬，疾步往莊中走去。

此人正是白日裡，謝容與派去官邸打探消息的玄鷹衛。

「稟虞侯，曲校尉回到官邸，與小章大人起了爭執，已經將岑雪明的犯案根底，沈瀾之死的隱情，大致透露給了小章大人。」

章祿之問：「小章大人可提到過什麼？」

玄鷹衛搖了搖頭，「小章大人似乎對此事根本不知情，聽後只是震驚。」

謝容與問：「封原呢？」

「封原將軍也不好多說什麼，中途曲校尉質疑他們是打著幌子暗中找岑雪明，封原將軍幫忙打圓場，說他們就是為了查案，還打算派兵去脂溪礦山。」

章祿之冷笑一聲：「派兵去？他們戲做得挺真。」

書齋中的眾人沉默下來。

「鴨」這條線索太籠統了，即便一再縮小範圍，沒有十天半個月，難以找到突破口，本想著讓曲茂去攪和一番，封原幾人情急之下會透露點什麼，到底沒能如他們所願。

這時，謝容與忽問：「派兵去了脂溪礦山？封原的原話是什麼？」

玄鷹衛仔細回想了一番，「封原將軍辯解說，他們來陵川，就是為了查礦山的案子，蒙山營那邊幾百號人馬等著趕赴礦山，正等著他發兵呢。」

幾百號人馬？

謝容與眉心微蹙，眸底驀地微光乍現，「祁銘，你立刻抽調十八名玄鷹衛精銳，隨我前往脂溪。」

「是。」

「衛玦，你回蒙山營點兵，等封原的人離開，立刻帶領餘下兵馬趕赴脂溪，路上記得盡量掩飾行蹤。」

衛玦拱手稱是，猶疑著問，「可是虞侯，為何是脂溪？那礦山不是一個幌子嗎？」

謝容與道：「這礦山看上去的確是一個幌子，但是你們想想，我們取得〈四景圖〉後，曲不惟、章鶴書等人，知道我們拿到的線索是什麼嗎？」

章祿之搖頭：「不知道。」

「是，他們不知道，所以他們會往最壞的情況想，他們會猜岑雪明留下的線索是一封直截了當的信函，又或是一個已經指明的地點，而非一幅意味不明的畫。所以，這個時候，他們要做什麼？」

青唯道：「他們一定要趕在我們之前銷毀證據。」

「換言之，他們爭取的是時間。」謝容與頷首道：「曲不惟五年來沒找到岑雪明並不代表章鶴書找不到。早在上溪案起之時，章鶴書已經介入此事，他們找了這麼久，眼下應該已經發現岑雪明的蹤跡。既然發現了蹤跡，他們一定會以最快速度銷毀證據，否則晚一步，就被手中有『清晰線索』的我們捷足先登了。」

衛玦恍然道：「虞侯的意思是，封原為了爭取時間，來到陵川後，一定會直奔主題——前往岑雪明的藏身之所。」

「但是他們又不能不防我們一手，所以他們會怎麼辦？」

「以幌子……掩護幌子？」青唯遲疑著道：「他們昭然若揭地把脂溪礦山這一個看似牽強的案子攤開擺出來，讓所有人都以為，礦山是一個幌子，分散我們的注意力，實際上，礦山根本就是他們的目的地，而他們以幌子掩護幌子，要的就是我們被虛晃一招後，那一兩日的時間差？」

莫要說一兩日，只要能提前半日找到岑雪明，足夠他們銷毀證據了。

青唯不由得問：「可是……他們的心思這樣深，官人是怎麼看出來的？」

謝容與溫聲道：「我沒有看出來，是封原說漏嘴了。」

封原面對曲茂的質問，情急之下稱蒙山營那邊幾百號人馬等著趕赴礦山。

如果時間不這麼緊迫，拿幾百號人馬做戲說得過去。

可是曲氏一門包括封原的性命都繫在岑雪明留下的證據上，他們在這個時候把大部分兵馬調去礦山，這就很古怪了。

衛玦道：「屬下明白虞侯的意思了，脂溪礦山路途遙遠，快馬也要跑十來日，還請虞侯帶著精銳先行前往，至於岳小將軍那邊……」

「師父那邊我去說。」青唯道。

她說走就走，言罷，一刻不逗留，風也似地出了門。

謝容與的目光從青唯身上收回來，他深思了片刻，吩咐道：「今日之事記錄在案，日後算停嵐告密有功，還有……」他的目光落在桌上曲茂執意要贈給青唯的〈四景圖〉上，「還有這幅〈四景圖〉，也算停嵐、岳前輩，還有我娘子一齊呈遞的證據，如實上報朝廷。」

不到子時，岳魚七便和青唯一起趕來歸寧莊了。行囊早就準備好了，六月酷暑深夜，二十餘人輕裝簡行，打馬穿過陵川夜色，朝西北的方向趕去。

第十三章　執念

中州，江留城。

七月流火，還沒徹底出伏，中州已經涼爽了許多。

這日一早，一輛馬車在一間宅院前緩緩駛停。這間宅院位於江留城西一個僻靜的街巷，聽說是京中一名官員所置，用來作老來閒居之所。

宅前閽人很快出來相迎，對馬車上下來的年輕公子與僕從躬身一揖，「張二公子，章大人已經等在廳中了。」

進門是一個鯉魚過龍門的四方影壁，繞過影壁，張遠岫帶白泉進了廳中，對章鶴書拜下，「學生見過先生。」

章鶴書淡淡笑了笑，「忘塵一路奔波辛苦了，茶已經備好了，快用些吧。」

他說著，請了張遠岫在右首坐下，自己也端起茶盞。

章鶴書此番來江留，為的是性命攸關的要事，但他臉上絲毫不見急色，反是安靜地與張遠岫一起品茗了片刻，提起些不相干的，「對了，老夫來前特地拜訪過老太傅，聽他說，官家意欲為你和仁毓郡主指婚，這事是真的？」

張遠岫淡淡道：「真的。」

章鶴書「唔」一聲，「這是好事啊，你考慮得怎麼樣了？」

張遠岫看著他，片刻，笑道：「這不是被先生一封信召來中州，沒來得及多想麼？忘塵急人之所急，這一路上考慮的都是先生究竟遇到什麼麻煩了，自己的事反倒擱在了一邊，還沒顧得上給京中回信呢。」

章鶴書被他反將一軍，不急也不躁，呷了口茶，「這樣也好。你我師生一場，老夫跟你說句不見外的話，仁毓郡主麼，單純是單純，人也天真爛漫，應該走不進忘塵你的心裡。照老夫看，忘塵看似一副清淨脾氣，實則心底藏著一團火，能被你放在心上的人，除了得有盎然生意，還得是堅韌冷靜的，要是身上帶了些俠肝義膽，兼之自在又有趣，那就最好不過了是不是？可惜啊，這樣的女子太少了，可遇而不可求，偶爾邂逅那麼一個，撞不上好時機，怕也讓人捷足先登了。」

章鶴書這話究竟在說誰，再明顯不過了。

張遠岫眸中笑意隱去了，語氣又涼又淡：「先生一路辛苦到中州，就是為了操心忘塵的姻緣？這不是先生的脾氣吧。忘塵如果記得不錯，先生早年遭受牢獄之災，僅僅十餘日，腿腳就落下了毛病，若不是出了性命攸關的大事，先生怎麼捨得舟車勞頓一場？」

章鶴書喟嘆一聲：「知我者，忘塵也。」

他悠悠道：「沒法子啊，眼下小昭王已經查到了老曲買賣洗襟臺登臺名額，事情到了這一步，我若不先行一步，未雨綢繆，等著我的就是野火燒身了。」

他提起這樣大的事，語氣卻這樣稀鬆平常。

「那先生決定怎麼辦呢？」

「忘塵喜歡棋嗎？」章鶴書問，「應該是喜歡的吧。老太傅將你閒養，傳授你最多的不是詩書，而是棋畫。弈棋一道，訣竅有許多，什麼入界宜緩，不得貪勝，到了危機關頭通通不頂用，在我看來，都頂不過一句棄車保帥。」

張遠岫一語道破玄機，「哦，先生是覺得，到了這個關頭，曲侯爺肯定保不住了，所以想犧牲曲氏，保住自己？」

他淡淡道：「可是曲侯堂堂一個三品軍侯，哪裡是這麼好捨的？先生眼下與曲侯就是綁在一根繩上的螞蚱，他下了油鍋，您還盼著他不會跳出來咬您一口？」

「軍侯又怎麼樣？軍侯也是人，是人就有軟肋，有軟肋，就不怕沒法子讓他閉嘴。」章鶴書道。

張遠岫盯著章鶴書：「先生想利用曲停嵐？」

章鶴書道：「我沒奈何啊，這不趕巧了，停嵐眼下剛好在陵川。」

他又嘆道：「我也不是想利用他，只是讓他坐實他父親的罪名罷了。當年曲不惟從我手中拿走洗襟臺的名額，你以為只是為了錢財，沒有一點對朝廷的不滿？他不滿得很呢，長渡河一役，他是主和的將帥之一，事後岳翀打了勝仗，昭化帝不滿他畏戰的態度，將他召回上京，常年拘在京中方寸之地。他一個戰前拚殺的將帥，在這京裡待著算怎麼回事呢，兼之他自覺他當年主和沒有錯，心中憤懣，這才攪和到洗襟臺這場事端裡來的。」

「一個將軍不滿朝廷，這是什麼？往大了說，這就是起了反心，只是這反心藏在暗處，暫且沒人瞧見罷了，我讓停嵐把這反心剖出來，這也是為朝廷立功啊。」

張遠岫聽了這話，忍不住冷笑出聲：「先生還真是欲加之罪何患無辭，單憑曲侯對朝廷處置的一點不滿，非要給他扣上一頂『謀逆』的帽子，我看先生哪裡是想棄車保帥，先生是想把曲氏一門盡數滅口吧。」

張遠岫道：「曲停嵐有什麼錯？不過是一個心思單純的紈褲子弟罷了，先生想要曲侯閉嘴或許容易，但你陷害到曲停嵐身上，他的母親周氏難道會坐視不理？慶明周氏可不是好惹的。」

章鶴書道：「老夫自有老夫的法子，這個就無須忘塵操心了。到時候，忘塵只需幫老夫一個小小的忙就好了。」

「什麼？」

「封原不是小昭王的對手，他的手下也敵不過玄鷹司，岑雪明遺下的證據，包括他這個人，最終應該會落到小昭王手裡。忘塵你呢，始終游離於事端之外，沒有人會對你起疑，到時你只需稍稍先行一步，把證據裡，關於章氏的那一部分抹去即可。」

張遠岫聽了這話，不置可否，「其實我一直有一個疑問，當年朝廷決定修築洗襟臺，登臺名額盡數給了翰林分配，先生一個樞密院的官員，手上為何會有名額？」

「因為一樁案子，翰林與我做了一點置換。」章鶴書淡淡道，他看著張遠岫，「忘塵還要往下聽嗎？其實這事說來簡單，老夫可以知無不言言無不盡。」

當時翰林院的掌院是老太傅。

也就是說，拿名額與章鶴書做置換的人是太傅？

張遠岫猶豫片刻，沒有吭聲。

章鶴書看出他的心思，並不往下說，而是道：「多的你不必問。你只需要知道，曲不惟買賣名額的事端捅出去，朝廷尚能防微杜漸，任小昭王這麼查下去，最後一層遮羞布被揭開，於忘塵你而言非但是一場枉然，朝廷恐怕也不會再修築洗襟臺了。當年洗襟臺修建之初，朝廷就有過異聲，若非你兄長力持先帝之見，柏楊山間怎見高臺？而今忘塵承襲父兄之願，最渴盼的，不正是柏楊山中，高臺入雲間嗎？」

張遠岫聽了這話，沉默許久，淡淡道：「若要人不知，除非己莫為，看來先生也沒有神通之力，到了這個當口，還不是要託人幫你抹去罪證。」

「人在泥垢裡麼，難免會沾上汙斑，擦去不就成了？老夫相信，憑忘塵的才智，不必老夫教，到那時自然知道該怎麼做。」章鶴書說著，端手一請，「快吃茶吧。」

廳中再無話。

已近暮時了，尋常人一般不在這個時辰吃茶。張遠岫呷了一口，別過臉去看院子。宅院中，那個鯉魚過龍門的照壁是雙面的，面門的那一面，一群鯉魚簇擁在龍門下，周遭浪濤四起；而朝裡的這一面，一隻鯉魚已高高躍在了龍門之上，尾鰭甩出數點浪花，似乎牠正是那個得天獨厚的弄潮兒。

一名僕從匆匆自院外趕來，「老爺，不好了，少爺到宅邸了。」

章鶴書一愣：「庭兒？他怎麼會來？」

僕從見張遠岫也在廳中，猶豫著應否回答，聽章鶴書稱無妨，才道：「似乎是曲五爺到少爺那裡鬧了一場。」

「〈四景圖〉被盜，封原將軍擔心小昭王已經知道了岑雪明的下落，糊弄曲五爺去試探，誰知道曲五爺從小昭王那裡聽來一些岑雪明的案情根底，試探回來，反而質問起少爺，曲五爺嘴上沒個把門，什麼都敢說，少爺聽了，對老爺您起了疑心，所以……」

章鶴書的臉色沉下來。

這個封原簡直跟他主子一樣愚蠢。〈四景圖〉被盜就盜了，關鍵是怎麼應對，這個時候去試探小昭王，他是擔心小昭王知道得不夠多嗎？

恐怕眼下連脂溪礦山的蹊蹺也被小昭王看出來了。

章鶴書冷著臉沒吭聲，倒是張遠岫放下茶盞，說道：「看來先生還有家務事要處理，那忘塵就先行一步了。」

尚未出伏的天，秋涼已現端倪，暮風一陣一陣地捲過地面，掀起陣陣寒意。

張遠岫剛離開不久，章庭就到了。他在宅子門前下了馬車，推開門前閽人，疾步入了宅院，或許因為思慮所致，額上竟出了一腦門子汗，迎面撞上立在廳前的章鶴書，張了張口，竟沒說出話來。

章鶴書見他這一副急匆匆的樣子，淡淡斥道：「重為輕根，靜為躁君，是以君子終日行不離輜重，為父怎麼教你的，你是忘了嗎？」

章庭聽了這話，稍忍了忍，頓住步子拱手一揖，「父親。」

章鶴書「嗯」了聲，折身回屋，「進來吧。」

「忽然來中州，所為何事？」章鶴書將茶盞擱在案上，理了理袖口，慢條斯理地說道。

章庭個子高，立在廳中，修長孑然，他和章鶴書長得像，只是他看上去更加冷傲些，顴骨高，眉眼也狹長，「兒子在陵川，聽到了一些傳言，稱是……父親讓我幫忙找的岑雪明，在上溪的案子裡就不乾淨，五年前，他的失蹤也與洗襟臺有關。」

暮風四起，也不知怎麼，這夜的風格外盛烈，猝然而生的秋寒，像極了章庭眼中抹不去的倉皇。

「上溪的案子，兒子託人問了，似乎是上溪的縣令與師爺，裹挾著竹固山的山匪，一起買賣洗襟臺登臺名額，而讓他們這樣做的人，正是岑雪明。」

買賣名額一事雖為祕辛，章庭身為從三品侍郎，卻是不難知道，何況小昭王那邊也無意瞞著他。

章鶴書看著章庭，淡淡道：「所以呢？」

所以呢？

章庭訝然抬頭，愣了許久，「所以，這些事情，父親是知道的？」他覺得難以接受，頓了片刻問，「父親早就知道岑雪明涉及洗襟臺名額買賣一事？早就知道竹固山山匪之死或有冤屈，甚至知道洗襟臺下士子沈瀾也是冤死的？您既然知道，為何還要我幫助封原尋找岑雪明？難道……難道你真的攪在了這場事端裡面？」

章鶴書不慍不火地道：「攪在裡面自有攪在裡面的理由，你不必管，辦好自己的分內之事即可。」

「什麼才是我的分內之事？助紂為虐幫助封原找岑雪明跟小昭王對著幹嗎？」章庭萬分不解，「父親！岑雪明一個地方通判，他手裡哪裡來的洗襟臺登臺名額？莫不是跟您與曲侯拿的？可那時您和曲侯，一個三品軍侯，一個樞密院掌事官，又是哪裡來的名額？」

「如果你不辭辛勞趕來中州，只是為了問一問我手裡的名額是從哪裡來的，我可以告訴你。大概六年多前，洗襟臺修建之初，朝廷流放過一批士子，我施以援手，用了些手段救了他們，翰林於是以名額相贈。」

「可是……可是父親要這些名額來做什麼？」章庭問，「父親為人最是清正。當年您高中進士，大好前程在前，卻被章氏推出來為一名賄賂高官的嫡系子弟背罪，十餘日在獄中受盡折磨您寧死不肯畫押，爾後仕途坎坷，直至幾年後才得以平冤昭雪，這段經歷父親忘了嗎！你平生最恨構陷不公、暗中勾連，最恨這些世家裡的骯髒，甚至不惜與章氏一門劃清界線，可是為什麼，為什麼您眼下卻做出了您曾經最痛恨的事，犯下了這樣的彌天大錯？」

「彌天大錯？」章鶴書聽了這四個字，不由冷笑，「為父錯了嗎？那你告訴我，我究竟錯在哪裡？什麼又是對，什麼又是錯？」

他看著章庭，這個被他養大的兒子實在太過剛正了。可有的時候，太剛正的人，難免天真得可笑，永遠不明白是非對錯黑白之間，哪裡有什麼極正與極惡。

章鶴書的語氣非常平淡，「我也不怕告訴你，正是因為這段經歷，我才不希望由翰林來分配這些名額。」

「朝廷最初遴選洗襟臺登臺士子，只在上京與寧州、中州幾個地方挑選，後來才延伸到陵川、同州等窮困之地，你知道促成這一切的人是誰嗎？是我。如果我手上沒有這些名額，翰林怎麼可能答應聯合一眾寒門朝臣與文士，力駁那些世家重臣之見，把名額均分到各地？你以為不經一番挫骨之爭，均分名額這麼簡單？」

「你當那些秀才、舉人，何故會拿到洗襟臺的登臺名額？為何翰林會以才學、德行到各處選定登臺士子，而並非以出身論之？是我。我不想讓這麼珍貴的名額牢牢握於那些貴胄子弟之手，我正是不想我的經歷，要在其餘人身上再來一次！」

章庭道：「父親是覺得由父親來分這些名額，就能做到真正的公正？許多跟您一樣的旁文，甚至一些寒門子弟，也能獲得出頭之機？可是您又怎麼保證自己是公平的呢？從您手上，漏給曲侯的名額又如何解釋呢？」

「曲不惟那是意外。我事後得知，已盡力補救。」

「補救的結果就是竹固山山匪一夜之間被屠戮致死？上溪的縣令與師爺也在多年後一場暴亂裡喪生？」

「那是曲不惟自己做的，他利慾薰心，殺戮無道，並且頭腦簡單心思愚蠢，此事若換我來，手腳必不會這麼不乾淨，法子也不會這麼粗暴蠢笨。歸根究柢，這樣珍貴的名額，十萬兩一個，太便宜了，它該是無價的，我根本就不會拿出去買賣。」

屋外的風聲更猛烈了些，聲聲恍然獸吟，夜色已經降臨了。

章庭逼視著章鶴書，「那麼在父親眼裡，這些名額是什麼？是實現自己理想的一道天梯嗎？還是補救自己缺憾過往的一枚築夢之石？您覺得那些陷於泥垢裡的寒門之士，那些所謂的不公只有您能拯救，您的鴻鵠之志青雲之夢只有這座樓臺才能實現，所以在您看來，這些名額應該是無價的？可是洗襟臺只是一座樓臺！它是為當初投江士子的赤誠之心修築的！是為長渡河犧牲將士的忠勇之心而修築的！它是無垢的，它不該成為一種手段，它不該成為你們平步青雲的……」

「你既然匆匆趕來中州，想必小昭王這一年中查到了什麼，你大致都有了解。」章鶴書不等章庭說完，打斷道：「那麼你去問問小昭王，問問那溫氏女，這一路上，他們究竟看到了什麼，經歷了些什麼。」

「最初的徐述白，他為何要登洗襟臺？因為他一無錢財二無官職，所以他選擇登上洗襟臺，為的是有了名望後為自己喜歡的妓子贖身！」

「上溪的蔣萬謙，一個商人辛勞了半生終於攢下了花不盡的錢財，年少的贅婿之辱卻始終是他的惡夢，他想光耀門楣無奈兒子不爭氣，考中秀才便停滯不前，所以他不惜為方留買下洗襟臺登臺名額，為的是今後百尺竿頭更進一步，讓蔣氏一族在鄉里更有顏面！」

「還有東安的沈瀾，他愛妻愛女卻懦弱無能，家中尊長要把他陰時陰刻出生的小女送人他竟無力抗阻，事後卻假惺惺地去尹家做什麼教書先生，考中舉人數載碌碌無為，又擔心一生無法要回女兒自苦自責，最終決定以〈四景圖〉換洗襟臺登臺名額，以待平步青雲成為高官，正大光明地從尹家討回尹婉！」

「這還只是小昭王查到的，還有許許多多沒有查到的呢？那些士人，他們當中的每一個，或是為了名，或是為了利，或是為了心中的欲望，為了再也無法實現的夙願，才登的洗襟臺，他們中，有人真的是為了紀念那些士子，那些將士而登臺的嗎？！沒有。既然如此，我希望借我之手來分配名額又有什麼錯！我與他們一樣，也為了實現自己的夙願！」

「可是……可是父親這樣……」狂風拍打門窗，章庭聽了章鶴書的話，茫然了許久，「可是父親這樣，洗襟臺就不是洗襟臺了，你把它當作了實現自己願景的天梯，一座登上去就能觸及青雲之巔的墊腳石，它不再是洗襟臺，而是青雲之臺。」

「正是青雲臺！」章鶴書道：「從先帝決定要修築這座樓臺伊始，從它被賦予意義的那一刻伊始，當所有人爭相看著是誰被遴選成為登臺士子，期盼著自己能成為登臺士子的那一刻，它就不再是單純地為了那些赤誠的士子與將士而建，它滿足每一個人的欲望，它實現每一個人可望而不可即的夢想，它從來就不是洗襟臺，它是青雲臺！」

「不，不是這樣的，父親錯了……」

章庭聽了章鶴書的話，一時間只覺得空茫無著，可是父親究竟哪裡錯了，他卻說不上來。那些被小昭王查到的士子，沈瀾、方留，包括徐述白，他們難道不是為了心中的欲望而登的洗襟臺嗎？甚至洗襟臺登臺名額流傳之初，那些蒙受恩蔭的世家子弟，不也爭相盼著自己能登上洗襟臺麼？

章庭想說，可是，這就是人啊。

這就是人啊，善也好，惡也罷，心中永遠有抑制不住的蓬勃欲望。

何故要期待純粹？

以至於洗襟臺最終變成了青雲臺，而他的父親，為了彌補自己的缺憾，把控了幾個登臺名額，又有什麼錯呢？

章庭只覺得自己這一路行來，那顆高高懸在心上的危石不知何時已落了下來，將他一直以來堅守的信念砸得支離破碎，只剩下多年來的教化搖搖欲墜地支撐著他說出接下來的話，「但是……在我看來，滄浪水，洗白襟，那麼多登洗襟臺的人中，那麼多看著這座樓臺建起來的人中，哪怕有一個記得當年士子投江的赤誠，洗襟之臺就不算徒有其名，譬如……譬如小昭王，忘塵，還有溫氏女……」

「溫氏女？」章鶴書不由冷笑，「你且問問那故去的溫阡，他為何願意出山修築洗襟臺？難道不是為了祭奠他的亡妻？小昭王被派去柏楊山時只有十七，你以為自小被封王接進宮中，承載著士子投江後那麼多人的希冀是他心之所願嗎？他厭惡得很呢，他的父親謝楨為他起名容與是盼著他能隨心自在，可他活著的這麼多年裡有過一天自在嗎？幼年喪父，少年時被拘於深宮之中，哪怕前幾年頂著另一個人的皮而活，不也被心魔所困舉目不能見日？你以為他這一路為何孜孜不倦地尋找真相？僅僅是為了那些喪生的士人嗎？不，他也是為了自己。沒有任何一個人比他更盼著能掙脫枷鎖，從這泥潭裡抽身而出，只是他掩藏得很好，芝蘭玉樹昭昭為王，外人瞧不出來罷了。」

「哦，對了，還有張忘塵。他倒是和小昭王不一樣，小昭王拚了命想從這場事端裡掙脫出來，他呢，卻拚了命想要攪進去。老太傅為他賜字忘塵就是憐他命苦，盼著他能忘諸塵世紛擾，可是你看看他，你以為他離京兩年置身事外就是謙謙君子不染纖塵了，從溫氏女上京伊始，他摻和得還少了？他做這一切又是因為什麼？不過是擔心柏楊山中不見高臺，百年後世上無人再記得他枉死的父兄！」

「我早已說了，青雲臺滿足每一個人的欲望，所以小昭王也好，張忘塵也罷，還有那溫氏女，他們都是為了自己，從來不是為了其他人。」

章庭怔怔地看著章鶴書，曾幾何時，在他眼中清正、偉岸的父親變得這樣陌生，連說出來的話都讓他無所適從。

或許是他從來就不夠了解父親吧。

父親除了是他的至親，也是一個有血有肉的，獨立的人，他從幼時，到年少，再到今日垂垂老矣，一路經歷的喜悲坎坷，釀就了他如今的執念與夙願，這其中有許多，都是章庭身為人子，無法窺探的光景。

他甚至沒有資格去指摘。

章庭垂下頭，年近三十的人了，這一刻他再也不是那副孤冷的樣子，目光彷徨而無助，甚至透露著些許懵懂。

章鶴書見他這副模樣，語氣微緩了些，「封原那邊你不想幫忙便不幫了，岑雪明你也不必再找，回到陵川，你如果不想留在東安，可以去柏楊山繼續督工，若是不想督工了，寫封奏請回京，官家應該不會勉強你，總之，脂溪礦山你不要去了。」

「為何不去脂溪礦山？」章庭為官這麼多年，嗅覺還是敏銳的，他安靜地問，「礦山那邊，近日會出什麼亂子嗎？」

「這些你不必管。」章鶴書道：「你走吧，若是被人知道你忽然來了中州，對你我而言都沒有好處。」

章庭聽了這話，張了張口，似乎想說什麼。

可他終究什麼也沒說，垂眸無聲地苦笑了一下，折身往院外去了。

他在院中駐足片刻，看向那鯉魚躍龍門的影壁。這影壁是章鶴書當年請匠人特製的，一尾平凡的魚兒躍上了無上之巔，從此便能鵬程萬里，實現心中所願嗎？

章庭不知道了。

夜風澎湃似浪濤，猛烈地灌進廳中，章鶴書沉默地看著章庭離去後，空蕩蕩的院子，挺直的背脊終於鬆弛下來，變得佝僂。這場爭執讓他精疲力盡，他頹然坐在椅凳上，一瞬間似乎蒼老了許多。

老僕無聲進屋，為他奉上一碗薑湯，說，「老爺，當心身子。」

說起來，這名老僕當初也是一名士人，後來被人冤枉鋃鐺入獄，一生仕途無望，幸得章鶴書相救，從此跟隨他的身邊。

章鶴書接過薑湯，「忘塵呢？」

「張二公子一刻前已經自行離開了。」老僕道：「老爺，可要派人追上去再叮囑一二？」

「不必，忘塵是個明白人，知道關鍵時候該怎麼做。」章鶴書道，頓了片刻，又問，「蘭若也走了吧。」

「少爺離開的時候似乎很難過，老奴擔心，少爺這樣的性子，剛則易折，只怕會頹唐許久了。」

可是又能怎麼辦呢？

他千辛萬苦走到今日，眼看著洗襟臺就要再建，萬不能在這個時機出了岔子。

章鶴書淡淡道：「隨他吧。調兵的急令，已經命人送出去了麼？」

「送出去了，上頭的……假印也蓋好了，只待曲五公子署名，急兵一發，事情就成了。」

地方的兵馬也是朝廷的，想要發兵，單憑一名將軍之令可不成，還得有朝廷發的虎符。不過在形勢最危急之刻，還有另外一種法子，即由一名駐軍將領從樞密院請一張急令，先行調兵，爾後再上報朝廷。

調兵的急令上需要有駐軍將領的署名，所調兵馬不能超過一千，而之後是功是過，署名的駐軍將領需要全權負責。

封原的兵馬會和小昭王的玄鷹司在脂溪礦山撞上，衝突無法避免。

而章鶴書想要自保，只需要在這場衝突裡耍一個小小的花招。

封原不是帶兵去了脂溪礦山麼，但他的兵是用來找人查案的，可不能用來打仗，是故一旦他的人馬跟玄鷹司有了摩擦，他只能退讓。但他真的會退讓嗎？他不會，因為只要被小昭王拿到罪證，等著他的就是死罪。是以到了最壞的情況，他必須跟玄鷹司動兵。

而章鶴書要做的，就是把這兵亂之過，嫁接到曲茂頭上——他讓自己的人糊弄曲茂簽下一紙假的調兵急令，做出封原發兵，是曲茂受命的假象。

如果兵亂之下，封原先小昭王一步拿到了罪證自然最好；如果罪證還是落到了小昭王手裡，曲不惟因為洗襟臺而被問罪，這個時候，章鶴書就可以把這張急令拿出來給曲不惟看。

他可以告訴曲不惟，你看，你不招出我，那麼單憑買賣名額的罪名，死的只是你和你的幾個手下。你如果招出我，我就把這張你兒子署名的急令交給朝廷。京中的人都知道，停嵐是個紈褲子弟，他違逆朝廷急調兵馬，那肯定是你授意的。你一個侯爺，指使一個將軍跟玄鷹司動兵，這是什麼？這是行使了帝王之權，這是謀逆啊！你當年買賣名額，本就有對朝廷的不滿，曲氏一門父子二人皆反，誅九族是板上釘釘的。所以你好生想清楚了，究竟是你不招出我，死你一個人呢，還是我把這張急令拿出來，你我連同曲氏一門盡皆伏誅？

兩害相權取其輕，是人都知道該怎麼選。

章鶴書閉目養了一會兒神，緩緩睜開眼，「眼下小昭王不在東安，忘塵、蘭若也來了中州，曲停嵐一個人在官邸待著，好糊弄得很，你督促底下的人讓他簽完急令，想個法子把他弄去脂溪。動作利索些，岑雪明再難找，憑小昭王的本事，在礦山逗留幾日，不難發現他的下落。」

脂溪是陵川西北一個深山小鎮，因為地處偏僻，鎮上許多人家早已搬離，僅剩的幾十戶大都是礦工的親眷，家中的男人去深山採礦了，婦孺們便在家中務農。

鎮上沒有官邸，只西邊勉強有一個客舍，凡有來客，都在客舍安頓。

這日一早，礦監的掌事聽說小昭王要來脂溪，嚇了一跳，臨時派了一個吏胥前來相迎。

這名吏胥多年窩在山中，莫要說王，怕是連縣令、州尹這樣的人物都沒見過，一時間只覺得神仙下凡了，提心吊膽地在鎮口等了小半日，但見馬蹄揚塵，數匹駿馬疾馳而來，連忙提袍迎上去，跟當先下馬的一個清俊模樣跪下參拜，「草民恭迎昭王殿下……」

祁銘好不尷尬，解釋道：「足下誤會了，末將乃玄鷹司下將卒，昭王殿下身邊護衛，姓祁，身後這位才是昭王殿下。」

吏胥仰起頭，祁護衛身後諸人個個器宇軒昂，險些把他晃花眼，不過小昭王還是不難認的，當中最引人矚目的那個就是。吏胥連忙作揖賠不是，躬身起身，把人往客舍裡請。

「小的姓陶，是礦監劉掌事身邊一名吏胥，殿下與諸位大人稱呼小的一聲陶吏即可。劉掌事也是我們這裡的鎮長，今早他聽聞殿下到了，急忙要出山相迎，奈何天沒亮，山路難走，所以吩咐小的先行接待，還望殿下與諸位大人莫要怪罪。」

到了客舍，茶水已經備好了，陶吏念及諸人一路趕路辛苦，讓掌櫃的備菜去了。

「殿下如果有吩咐，可以先交代小的，小的識字，也念過書，許多差事小的這裡都辦得。劉掌事已經在往鎮上趕了，估算起來，再有一日就出山了。」

來前青唯看過地圖，脂溪礦山的面積很大，礦監的衙署卻離鎮上不遠，要說出山需要一整日，沒到鎮上她肯定不信。眼下卻信了，都說陵川多山，地勢險峻，在東安等地其實是感受不出來的，到了脂溪這邊，才真正知道什麼叫崇山峻嶺——玄鷹司腳程算快的，短短幾百里路，他們一行人愣是走了十餘日，有時候遇上險峰惡徑，不得不棄馬而行，幾乎有半數時日都宿在野外。

這樣也好，他們慢，封原帶著那麼多兵一定更慢，只要先封原一步找到岑雪明，這一番辛苦就不算白費。

很快上了吃食，眾人在外也不講究，分了幾桌坐下，德榮趁著這個當口，拿了青唯、岳魚七，還有玄鷹衛們的水囊子，去問小二的要水了，陶吏從後廚那邊過來，見眾人桌上除了青菜，肉食少得可憐，誠惶誠恐地道：「這客舍往常就是礦工光顧，幾個粗面饅頭就著乾菜，對付了完事，月中鎮口劉二家宰了頭牛，送了點牛肉來，白水煮著也香啊，可昨兒幾日也不知怎麼，天忽然熱了一陣，掌櫃的怕牛肉放壞了，乾脆分給輪值回來的礦工吃了，小的適才去後廚看了，實在沒什麼能入口的，讓殿下與諸位官爺見笑了。」

陶吏非常內疚，玄鷹衛們倒是不在意，他們是來辦正經事的，又不是要當饗客，章祿之逕自問：「封原將軍也要來脂溪，這事你知道嗎？」

「知道知道，將軍再兩日就該到了，好像要查一樁案子，什麼案子沒細說。」

沒細說也正常，封原是打著查案的名號來找岑雪明的，沒必要提前告知雜七雜八的人。不過玄鷹司既然先到一步，倒是可以打聽了。

祁銘道：「幾年前東安府有一名姓岑的通判，你也知道？」

「岑通判？」陶吏努力回想了一陣，恍然道：「是不是一個叫岑什麼明的？知道啊，聽說我們這裡的大小事務，最後就是透過他呈遞朝廷的。」

「那你見過他嗎？」

陶吏搖了搖頭：「沒見過。」

一名玄鷹衛拿出一幅人像畫給陶吏看，「確定沒見過？」

人像畫上的人年近不惑，長得慈眉善眼。

陶吏知道這個人就是玄鷹衛問的那位岑大人，細看了半晌，篤定道：「真沒見過。」

岳魚七問：「你在脂溪多久了？」

陶吏道：「回官爺，小的原是陵川周口縣人，昭化十一年來脂溪，眼下跟著劉掌事已經有六七年了。」

岳魚七「嗯」一聲，頓了頓又問：「脂溪這一帶有沒有類似鴨子的地形，或者以鴨命名的地方？」

陶吏怔了怔：「鴨子？」

「沒有。」他說，「別說像鴨子的地方了，我們這裡連鴨都沒得吃。」

祁銘問：「那礦山裡面呢？」

「礦山裡面可大著哩，往深裡走，能走個七八日，不過那就不全是脂溪鎮的地盤了，歸礦監軍管。」陶吏說著，見眾人不明，解釋道：「脂溪礦山太大了，所以分成外山、內山。外山靠近鎮上，鎮上礦工多在外山務工，可是這麼大一個地方，單靠這些本地礦工怎麼開採得盡？內山就是大山深處了，那裡產礦多，監督挖礦的是礦上的軍衛，底下有許多流放來的囚犯。內山的日子可苦哩，小的跟劉掌事進去過幾回，冬天餓得只能吃草根子，春夏倒是能採果子，有糧食救濟，到了秋，要看能不能獵到野豬，鴨子那是萬萬沒有的……」

他三句不離吃，彷彿這天底下所有的事情都沒有填飽肚子重要，哪怕是最尊貴的王來了，那也得吃飽了吃好了才算他接待好了。

很快用完飯，眾人把行囊擱回房中，稍歇了片刻，謝容與趁著這個當口，帶著青唯去鎮上走了走。

脂溪鎮的人口雖少，鎮子卻不小，有些人家甚至建在崇山峻嶺之中，好在往礦山走只有筆直的一條道，要探清楚周遭環境並不難。

回到客棧，謝容與吩咐道：「祁銘、章祿之，你倆抽調十二名玄鷹衛隨我去礦山深處探過，天黑前回來。」

「是。」

「小野，妳跟著岳前輩，還有餘下玄鷹衛把鎮子探清楚即可。」

青唯還沒答，岳魚七就道：「我覺得這麼安排不妥。」

他朝礦山那邊看去，「這礦山深得很，今天這大半日，不說到內山，我們起碼得把外山探個七七八八，這樣，德榮，你留在客舍看東西，祁銘，你在鎮上側應，剩下十八名玄鷹衛，章祿之，你們全跟著我去礦山。」

朝天立刻道：「岳前輩，小的也想跟著您。」

岳魚七看他一眼，點頭道：「行。」

章祿之撓撓頭：「可是這麼安排，就沒人跟著虞侯和少夫人了，不如這樣，我留下來保護——」

「你留什麼留？保護什麼保護？」不待章祿之把話說完，岳魚七就道：「你家虞侯沒事不需要人保護，這丫頭獨來獨往慣了，也不需要人跟著。咱們這些人一路趕到脂溪，誰都不是吃閒飯的，該幹活都得幹活，想要偷懶，乾脆留在東安別來啊。就這麼說定了，所有人都跟著我去礦山，鎮子交給小野和容與，總之天黑後，詳盡的地圖能出來就成。」

午過山風輕拂，岳魚七草草分派完人手，很快帶著人走了。

主鎮很好探，以一條平緩的山道為中心，兩邊錯落分布著人家，難的是沿著山道往深處走，東西兩面的深山裡還有數條曲直向上的陡峭小道，如果岑雪明真的藏匿在這裡，每一條小道通往何方，勢必要弄清楚的。

好在青唯輕功好，走到山腰棄了馬，鳥兒一般躍上樹梢高處，把下頭的場景一覽無餘。探過東側山間，他們又如法炮製到了西邊。西面是風口，到了山端，山風一下子變得猛烈，青唯站在一顆高岩上看了一陣，縱身而下，對謝容與道：「這裡的地形我記下了，回去我說，你來畫。」

謝容與頷首，他沒有立時離開，而是走到適才青唯立的高岩旁，舉目看去，岩邊有崖，崖下是一個山谷，谷不深，不知為何，這山裡四處都鬱鬱蒼蒼的，唯獨這山谷裡亂石縱橫，黃土遍布，狂風颳過，發出碌碌脆響。

謝容與看了一陣，說：「這裡有點像戈壁。」

青唯問：「官人去過戈壁？」

謝容與搖了搖頭：「沒去過。」他稍一頓道：「我去過的地方太少了，許多也只是在書上看過，說是劼北戈壁，風沙一線，亂石如星，又說中州雲水，人在船中臥，如在天上游。我兒時反覆看，閉目就能默誦，想著以後若有機會，一定要親眼去看看。」

他立在崖邊，風鼓動他的衣衫，眼中是無限神往之色。

玉衣飛袂，人若芝蘭，看上去就如忽然現世的天人一般。

青唯看著，也不知怎麼，忽然道：「官人，我身上乾淨了。」

謝容與怔了怔，別過臉來，「怎麼說起這個？」

青唯也不知道自己為何忽然說起這個，可是剛才那一刻，她腦中閃過的念頭就是這個，然後她這麼想，就這麼說了。

「之前不是說好的麼。」

謝容與看著青唯，她一頭墨髮全都束在腦後，被山嵐吹得紛亂，謝容與把她拉近了些，抬手拂開她頰邊的髮，溫聲道：「我數著日子，這不是趕路沒機會麼。」

青唯定定地看著他，非常認真地點頭附和：「是啊，本來以為到了脂溪就能有機會了，那客舍的屋子我看了，屋子間的牆是空心竹子，聲響大了四下裡聽得一清二楚，我師父還在隔壁躺著呢，他一點動靜就醒的。」

謝容與怔了半晌，低低地笑起來，「小野，妳怎麼淨與我說這些？」

青唯望著他，「可是你是我官人，我不跟你說，我該跟誰說？」

謝容與靜想了片刻，覺得是這個理。

他俯下臉來，「妳說得對，妳只能和我說。」

青唯順勢勾上他的脖子，把他壓得低了些，低到她的鼻尖觸碰到他的鼻尖，彼此之間感覺不到風聲，她望著他，「官人，我聽說會很疼，是嗎？」

謝容與眸色轉深：「我不知道，我沒試過。」

青唯輕輕湊上去，貼在他的唇畔，「要不，這裡試試。」

謝容與很快相迎，在她唇齒間的花叢遊走，聲音沉得要落在她心裡，「這裡怎麼試？」

「我不知道，要是有人來了就不好了……還是算了吧。」青唯的聲音膩得像剛從水中撈起來，好不容易才等到他放開她，埋頭在他頸窩，無不遺憾道：「委屈我官人了。」

「可不。」謝容與把她攬入懷中，笑著道：「都成親一年了，委屈死我了。」

「……沿山徑往下，筆直一條道，左面一共四戶人家，呈『口』字狀，分布在口字四角，右邊三戶人家，都在道旁……」

回到客舍，謝容與取筆蘸墨，青唯便把自己看到的山徑道路、住戶分布說與他聽。

謝容與看她一眼，見她一副無精打采的樣子，溫聲問：「還在為『初試不成』遺憾？」

青唯趴在桌前，望著謝容與，「你說，我這是不是有賊心沒賊膽？」

謝容與笑了笑，「也不是，這樣的事，最好不要挑在外面，不乾淨對身子不好。」

他落筆從容，畫下來的地圖與青唯描述得分毫不差，青唯看了一會兒，忽然意識到了什麼，「你不是說你從沒試過嗎？你怎麼知道乾淨不乾淨的？」

謝容與頓了頓，「我問過。」

「問過？什麼時候？」

「……去年在江家，我回過一趟宮。」

其實也不是問，阿岑姑姑知道他娶了妻，擔心他過去十多年拘在深宮勤學苦讀，於男女一事上不甚明白，特地帶了個閹黨來，隱晦地跟他提過幾句。阿岑實屬多慮了，謝容與十七歲之前雖然拘在深宮，但扮作江辭舟的那幾年，成日跟曲茂一幫紈褲子弟混在一塊兒，許多事聽都能聽懂，曲茂還塞過不少奇書畫冊與他共賞，可惜彼時他心疾難癒，翻了翻就扔在一旁了。

青唯想起來了，折枝居被炸毀後，他確實回過一趟宮，「原來那麼早開始，你就對我意圖不軌了？」

上山的小徑畫好了，謝容與看她一眼，眸中帶笑，聲音卻很靜，「再往上呢？」

「再往上就是我們適才逗留的山崖，崖下有一個亂石谷，對面的山通往……」

她兒時念過書，表述非常清晰，謝容與垂下眼，依照青唯所說，將亂石斷崖繪於紙上，心中想著姑娘家還是應該像小野一樣，小時候念些書，長大了就做自己喜歡的。或許不只姑娘家，以後生了小子，也要這樣教導，念書明理不求聞達，隨心又自在。

很快畫完圖，岳魚七一行人也回來了。玄鷹衛中有專門繪製地圖的，到了客舍，立刻把外山的地貌也畫了下來。

「我們到衙署打聽了一下，鎮上的這些礦工，負責的主要是礦石的運輸和看守，真正採礦的都是內山的駐礦軍和流放來的犯人。衙署的人少得很，我們查過了，沒有可疑的，可能還要在鎮上仔細找找。」章祿之向謝容與稟道。

祁銘道：「下午我和德榮在鎮上走訪了一圈，幾十戶人家，除了輪值回來休息的，男人都去了山裡，看樣子岑雪明也不在這裡。」

鎮上與外山都沒有人，難不成要進內山裡找？眾人一時陷入思慮，岳魚七道：「關鍵的線索還是在『鴨』身上，我們好不容易從〈四景圖〉上找到線索，總不能擱在一旁不管。」

正說著，一名玄鷹衛進來通稟：「虞侯，劉掌事和陶吏過來了。」

客舍的門敞著，劉掌事顯見得是剛從礦上趕回來，身上的行囊還沒擱，立刻就跟謝容與見禮。他四十上下年紀，額間的皺紋卻很深，臉色蠟黃，顯見得是苦日子過慣了。

窮鄉僻壤的官員與富庶地方的官員可是天壤之別。

中州一個有來頭的吏胥出行都是前呼後擁的，然而到了脂溪這樣的深山小鎮，劉掌事雖然兼著鎮長，身旁除了一個陶吏，底下行走的吏目幾乎沒有了，許多事都得親力親為。

謝容與見他這樣辛苦，語氣不由得溫和幾分，「難得劉掌事出山相迎，路上多有勞累。」

劉掌事大為感動，忙說只要能見到昭王殿下，一點都不勞累，「下官身上帶著乾糧，終歸餓不著，就是沒時間獵兔子，要是能稍帶幾隻野兔子回來，殿下到脂溪也能吃得好些。」

民以食為天，這個掌事的與陶吏一樣，三句不離吃。

祁銘記著岳魚七的提醒，溫聲道：「敢問掌事的，這鎮子上有類似鴨的地形，或者以鴨命名的地方嗎？」

這個問題他們上午已經問過一回了。

「鴨子？沒有，別說像鴨的地方了，我們這裡連野鴨子都難得見著一隻。」

祁銘問得更深了些，「鎮上與外山沒有，那內山呢？內山是採礦之地，聽說占地極廣，那裡也沒有嗎？」

劉掌事聽了這話，仔細回想了一陣，說道：「倒是有一個鴨子坡。」

眾人聽了這話，相互看了一眼，祁銘繼續問，「鴨子坡是什麼地方？」

鴨子坡顧名思義，是一個內山中產礦的矮山，這裡的山都沒名字，鴨子坡是礦上人自己的叫法，連脂溪鎮上的人都甚少聽說。

祁銘打聽清楚了鴨子坡，轉而又問起其他，他年紀極輕，性情又溫和，男女老少都愛與他攀談，劉掌事也不例外，竹筒倒豆子似的，把脂溪鎮上有的沒的說了一籮筐，及至亥時才離開。

等他走了，章祿之掩上客舍的門，向謝容與稟道：「虞侯，屬下總覺得這個劉掌事和陶吏有點古怪。」

「我也這樣覺得。」祁銘道：「上午我們問起『鴨』，陶吏推說不知，眼下我們探完地形回來，劉掌事就把內山的鴨子坡說出來了。似乎他們原本想瞞著我們，又怕我們先一步查到，計較一番，這才老實交代。」

朝天撓撓頭：「可是我看劉掌事一副老實巴交的樣子，不像是會幹壞事的人啊。」

「作惡不至於，有事瞞著卻不假。」謝容與淡淡道：「這裡流放的犯人多，礦上許多事說不清楚，他小小一個掌事，很多時候莫可奈何。只是不知，他瞞著我們的，與岑雪明有沒有關係。」

岳魚七道：「把他提過來審一頓不就行了？」

謝容與卻沒答這話。

先不說劉掌事沒有犯事，刑審究竟合不合規矩，哪怕非常之時行非常之事，他們剛入山，許多情況還沒摸清楚，這就提審鎮長，只怕會打草驚蛇自斷線索。

還是先去鴨子坡看看再說。

謝容與思量一陣，問祁銘：「封原是不是快到脂溪了？」

「應該再有一日就到了。」

謝容與道：「送信給衛玦，讓他進入脂溪地界，直接帶兵去內山。今晚早些歇下，明天一早，我們即刻趕往鴨子坡。」

第十四章　再偷

「還有多久才到啊——」

翌日一早，天剛濛濛亮，山間傳來一聲長嘆。

遙遙望去，入鎮的山徑上一行七八人，幾乎都著勁衣短打，然而當中有一個穿著冰絲藍衫子的，居然伏在其中一人的背上，適才那句喟嘆就是他發出的。

此人生得圓頭圓眼，腰間還墜了一枚極其名貴的玉佩，一看就是富貴人家出身，不是曲停嵐又是誰。

卻說曲茂本來在東安躲閒，半個月前，忽然有人找到他，說封原帶兵辦差，忘了簽調兵的急令，讓他幫忙簽了補過去。

封原曲茂知道，他爹的人嘛，來找他的這幾個家將曲茂也熟，常年在侯府杵著。曲茂於是二話不說，拿到急令，閉著眼就簽了。

可是這調兵令不是簽了就算完的，既然是他署名的，兵就算是他調的，他還得親自送過去。

曲茂此番來陵川，屢屢辦砸差事，眼下賴著不回去，就是怕回京後被曲不惟打斷腿。眼下好了，封原辦差出了岔子，他給補上了，算是在他爹那裡立了大功，曲茂心想，不就進個山麼，左右苦過這一程，他回京就有好日子過了，咬咬牙便應了。

然而一進山曲茂就後悔了，這山也能叫山？頂峰高聳直入雲間，這是天梯吧？叢林間滿是獸印泥坑的小道也能叫路，連塊墊腳的青磚都沒有，仔細髒了曲爺爺的雲頭靴。

結果可想而知，入山還沒走出十里，曲茂往道邊一躺，寧肯死在這，怎麼也不肯去脂溪了。一眾家將們沒法子，聯合尤紹一起，只好輪番背著他走。

好在眾人都有功夫在身，身手矯健，背著曲茂，腳程半點不慢，就這樣，曲茂還叫苦呢。覺得自己一輩子沒受過這樣的委屈，伏在人背上，比馬背上還要顛得慌，半個月下來，人都狠狠瘦了一圈。

「五爺，您忍著點，脂溪就在前面，到了那兒就有客棧住了。」

行吧，曲茂想，他爹要是知道他忍著辛苦，辦了這麼大一樁好事，回去非得給他萬兩黃金枕著睡，他還偏不要，金銀於他如糞土，他只要把畫棟姑娘接回來當小妾。這麼一想，足下的路也美了起來，曲茂心境為之一寬，剛欲小憩片刻，一晃眼，忽見前方山道上有一個熟悉的身影。

曲茂一愣，這世上除他以外，居然還有別的傻帽到脂溪這破地方來？

等等，這個傻帽……怎麼看著有點眼熟？

曲茂揉了揉眼，瘦高個兒，一身襴衫，背著個行囊，不是換了便服的章蘭若又是誰？

曲茂不由怔住，章蘭若怎麼到這兒來了？

是了，封原要去脂溪，那個什麼找岑雪明的案子，章蘭若好像也有摻和。

可是，他怎麼一個人來呢？身邊連個隨從都不帶。

曲茂一念及此，「喂」了一聲。

他拍拍身下的家將，「放我下來。」隨後闊步追上前去，「喂，你怎麼一個人啊？」

章庭頓住步子，看清是曲茂，稍一愣：「你怎麼會在這？」

「你管你曲爺爺做什麼？」曲茂四下看了看，確定章庭身邊沒人跟著，愕然道：「你一個人也敢進山？」

章庭也不想一個人到這裡來，可是在中州與章鶴書一番爭執後，他再也不信身邊的人了。章鶴書後來叮囑他萬不可到脂溪來，章庭思來想去，擔心脂溪出岔子，離開中州，沒有回東安，反是直接繞來礦山了。

曲茂見章庭不語，又「喂」一聲，「問你話呢？」

章庭只當曲茂是來脂溪找封原的，覺得他一個傻帽，什麼都不懂，何須理會，拂袖冷哼一聲，繼續趕自己的路。

曲茂追在一旁，出聲譏諷，「你一個文弱官員，這山路你走得了嗎？我可告訴你，再往裡走，山勢陡峭得很哩！你忘了小時候，你跟我比爬假山，被我踹下池塘了？你忘了後來你跟我比爬樹，我都掏到鳥窩了，你還抱著樹杆子哭呢？」

章庭根本不理他，自顧自往前走。

曲茂又說，「這深山老林的，可不比京中，到了夜裡，你一旦瞌睡了，仔細要被野獸豺狼叼走，到時可別指著曲爺爺給你收屍。」

章庭還是不理他，言語間已甩開他一大截。

曲茂盯著章庭的背影，「嘶」一聲罵道：「這廝——」

身後的家將追上來了，探問一句，「五爺？」

曲茂也不知怎麼，憑空得來一股力氣，推開家將，「起開，別擋曲爺爺的道。」隨後也不嫌羊腸小徑沒有青磚墊腳了，挽起袖子，卯足力氣追上前去，很快趕超了章庭，隨後回頭得意道：「看到了沒，你曲爺爺永遠都是你曲爺爺！」

章庭冷著臉沒回話。

然而曲茂還沒得意太久，旁邊一個人風也似地掠過，原來不經意間，曲茂又被章庭超過了。

曲茂不由得咬緊牙，再度急追而上。

陡峭的山坡上，餘下家將們愣怔地看著前方二人相互趕超，越走越快幾欲成風，把他們一行有功夫的人狠狠甩在了後面。

五爺倒罷了，當朝三品侍郎竟也如此……少年意氣。

尤紹好不尷尬，揩著額汗，「諸位先吃口水，看來最多半日，脂溪就能到了……」

「將軍，沿著山路往上，就是脂溪鎮上了，如果不去鎮子，那就從右邊山道走，腳程快，兩天就能到內山。」

這日一早，劉掌事和陶吏本來要跟著玄鷹司去礦上，臨時聽說封原將軍到了，匆匆趕下山來相迎。

山下旌旗獵獵，數百官兵令行禁止，封原高坐於馬上，聽了劉掌事的話，淡淡問：「小昭王是昨日到鎮上的？」

「是，昨天早上到的，今日天不亮，昭王殿下已經往內山去了。」

封原聽了這話，目光稍稍一凝，「往內山去了？他可向你們打聽過內山的流放犯？」

「流放犯？」劉掌事與陶吏俱是不解其意，「什麼流放犯？」

封原沒吭聲，擺擺手，讓他二人去後方隨行了。

見劉掌事與陶吏走遠，一名參將催馬趕上前來，「將軍，您這麼直截了當地跟這掌事的問起流放犯，小昭王那邊得了消息，只怕要疑心岑雪明藏在流放犯中。」

封原冷哼一聲，「你以為他不知道嗎？內山那邊，除了礦監軍就是流放犯，他能先我們一步趕過去，說明他早就對內山起了疑心。就算他不知道，我們到了內山，第一樁事就是排查流放犯人，這事又瞞不住，小昭王一看什麼都明白了。」

數月前章鶴書親自整理岑雪明經手案宗，其中有一樁盜竊案頗為蹊蹺，說中州一個半瘋癲的竊賊，誤打誤撞盜了一戶富貴人家價值千兩的玉佩，後來富貴人家把這竊賊告上公堂，這竊賊非但不認罪，還當著富貴人家把玉佩砸得粉碎，出言辱罵父母官，以至衙門最後只能從重懲處，將本來的鞭刑改判為流放。

這案子明面上看著沒什麼，好在章鶴書細緻，往下一查，發現這竊賊並非流民，而是戶籍清白之人，無奈他的親友盡皆亡故，生若浮萍罷了。他與岑雪明同年出生，再一看畫師所繪的人像畫，與岑雪明竟有五六分相像。

讓章鶴書真正起疑的是這案子的判處時間，中州衙門早在昭化十二年末就定了竊賊的罪，按說最慢三月，這竊賊就該流放至脂溪礦山了，然而及至是年八月，陵川這邊才予以回應，稱是春夏一批囚犯已安置妥善，而回應的人，正是岑雪明。

昭化十三年的八月，洗襟臺已經坍塌，陵川各處一片繁亂，岑雪明開始為自己籌劃後路，這一點從他暗中保下沈瀾就看得出來。

岑雪明八月回應完這樁案子，九月就消失得無影無蹤，時間也對得上。

再者，有什麼比一張有名有姓來處可查的皮更能讓人隱匿行蹤呢？

照這麼看，早在洗襟臺建成前，岑雪明就在這樁盜竊案中找到了後路，後來洗襟臺坍塌，他暗中頂替流放犯的名字，躲來了脂溪礦山。

章鶴書查到這些，立刻告訴了曲不惟，曲不惟於是急派封原來到陵川，以脂溪礦山的帳目作為幌子，帶兵排查冒名頂替流放犯的岑雪明。

一眾官兵緊趕慢趕，很快到了礦山，礦監軍那邊得了吩咐，立刻調了幾批流放犯過來，封原查完卻沒了動靜，及至這日暮裡，他在礦山空曠地帶紮起營帳，命隨行軍衛四面把守，再度分批次排查起囚犯。

「……封原的人查得很細緻，有時候一個囚犯要盤問一炷香甚至更久，他擔心有錯漏，只分了兩隊同時排查，由封原和參將輪番盯著。」

祁銘探完消息，回到礦監軍衙署，向謝容與稟道。

章祿之「呔」一聲罵道：「難怪我們幾方人馬找了岑雪明這麼久都沒能找著，這廝挺能藏啊，置之死地而後生，居然躲進了流放犯裡。要不是他跑路前留了個『鴨子坡』的線索給我們，只怕我們眼下還在脂溪鎮子上瞎晃悠呢。」

不怪章祿之有這話，流放的苦可不是每個人都能吃的，背井離鄉還是其次，時而遭受監軍虐待，到了寒冬，大片大片地死人，飽受多年折磨，更不得自由，有的囚犯寧肯被處死，也不願被流放。

章祿之說著，似想到了什麼，「不對啊，之前我們也查過岑雪明經手的案子，怎麼沒發現什麼流放犯？」

謝容與道：「應該是章鶴書先我們一步找到此案的端倪，命人把這案子從案庫裡隱去了。」

岳魚七問：「小祁銘，你方才說封原早上到了內山，跟礦監軍那邊調過幾批囚犯，之後沒了動靜，到晚上才大張旗鼓地排查起來？」

祁銘點點頭，「岳前輩，有什麼問題嗎？」

岳魚七道：「封原那邊既然知道岑雪明頂替的這個人叫什麼，犯了什麼案子，到了礦山，直接把這個人揪出來即可，可他眼下查完了又查，還擺出這樣的陣仗算怎麼回事？除非……」

「除非他根本沒有找到岑雪明。」青唯道：「也就是說，封原知道岑雪明頂替的這個人叫張三，可他到了礦山，叫礦監軍提來張三，要麼，礦山沒有張三這個人，要麼，他看到的張三不是他要找的張三？」

章祿之道：「那我們問問礦監軍不就行了？」

青唯看他一眼：「礦監軍那邊未必知道實情。」

祁銘道：「會不會有一種可能，就是封原上午已經找到岑雪明了，並且把他暗中送離了礦山，眼下擺出這樣的陣仗，就是為了混淆我們的視聽？」

謝容與搖頭：「衛玦已經快到脂溪了，如果封原暗中送人出山，逃不過他的耳目。」

眼下衛玦沒有傳信，說明暫時沒有可疑之人離開礦山。

一眾人又安靜下來，他們比封原先半日到內山，早上先去所謂的鴨子坡瞧了瞧，鴨子坡經多年開採，早已沒了鴨子狀，附近大小山更是一點景致也無，光禿禿的連株樹都少見，風起漫天沙塵如霧，倒是很像謝容與嚮往的劼北戈壁了。

半晌，章祿之嘆氣道：「唉，我就是個榆木腦袋，原以為這個封原跟我差不多，也是個傻大個兒呢，想著等他把岑雪明揪出來，我們蹲在邊兒上，正好撿個便宜，他眼下弄得這一齣倒是把我難住了，該不會是這岑雪明有神通，扮作流放犯到了礦上，還能消失得無影無蹤吧？」

「想要弄清楚實情，也不難。」謝容與道：「封原剛到礦山，對此地並不熟悉，兼之他不信任礦監軍，如果找到了岑雪明，他相信的只有自己，所以他只能把人安放在帳子中，此其一。」

「第二種情況，他沒有找到人。岑雪明再能耐，到了礦上只是個流放犯，一個流放犯能有什麼神通？封原找不到人，只能說明案宗上有些枝節被他遺漏了，我們要弄清楚情況，只要看一看案宗即可。」

「可是我們根本不知道岑雪明犯的什麼案子。」章祿之道。

「這個簡單。」岳魚七坐在衙署的長椅裡，雙手枕著頭，「我有法子。」

「什麼法子？」

岳魚七懶洋洋吐出一個字：「偷。」

「偷？」

岳魚七翹著二郎腿，「偷啊。我們先去封原幾個帳子裡探探，要是沒關著人，說明他沒找到岑雪明，那我們就去把他手上的案宗順過來。他一個傻大個兒，那案宗擱他手裡跟張廢紙似的，還不如物盡其用，交給你們虞侯幫他看看，要是得了線索，等我們拿到罪證，事後不要忘了到他墳前道個謝，也算沒虧了他麼。」

章祿之沒怎麼聽明白岳魚七這一通強盜論理，怔道：「可是，我們都偷過〈四景圖〉了，這回又偷，是不是不大……」

「說你傻你還真傻，事急從權麼，反正都偷過了，一回生二回熟，怕什麼？撐死膽大的餓死膽小的。」

一眾人尚未發話，朝天立刻毛遂自薦：「岳前輩說得對，岳前輩，讓我去吧，我的功夫您知道。」

「你不行，你的身手太硬了，」岳魚七道，隨手一指青唯，「小野，妳去。」

祁銘道：「那我保護少夫人。」

岳魚七道：「一看你就沒做過賊，偷盜這種事，能一個人最好別兩個人，仔細暴露了行蹤，再說你以為封原是個真傻子，沒派人盯著我們這裡？你一個玄鷹衛忽然不見了，他的人會不知道？想幫忙，你們幾個包括我，只能給她做側應。」

岳魚七這話說完，眾人臉上神色各異，怕謝容與不悅還是其次，主要是擔心，同行這麼久了，一路共經甘苦，青唯幫助玄鷹司良多，怎麼都有點情分在的。

岳魚七見狀不由安慰：「放心吧，她就是個慣偷，去年劫獄今年盜畫，小時候還悄悄偷學我的武功，順走我烤熟的野兔子，眼下偷份卷宗怎麼了，只要不亂來，自保綽綽有餘，不信你們問她，這事是不是只能她去？」

慣偷青唯：「……行，我去。」

入夜時分，礦上一片靜謐，只有山間空闊地帶還點著燈，封原的人馬正在一個一個排查此處的流放犯。

青唯換了夜行衣，藉著一株巨木掩藏身形，遠遠望過去，偌大的營地上，只有零星幾間帳子。每間帳子前都有兵衛把守，前方相隔一段空地支起桌椅，流放犯每兩人同時上前接受篩查，每一次篩查，一盞茶到一炷香的工夫不等。其餘尚沒被查過的流放犯都在西北角等著，由封原自己的人馬看守，青唯略數了數，流放犯尚有百餘，照這麼看，封原應該要篩上一夜。

青唯想起出來前謝容與叮囑自己的話：「妳此行的目的有兩個，第一是探清帳子裡有沒有關押著囚犯，如果沒有，說明封原尚未找到岑雪明，那麼妳就需到封原的帳中，把岑雪明頂替的流放犯案宗取回來。」

青唯躍下樹梢，墨黑的斗篷幾乎與夜色融在一起，她很快掠到帳子附近。

「封原的人為了趕路，臨時捨棄了不少軍帳，營地上的幾間都是軍中校尉、參將等人的住所，帳前有兵衛把守，妳要進帳，最好不要驚動兵衛，否則封原的人提前戒備，妳之後再想取卷宗就很難了。」

青唯掩身在一間帳子後，勾手拾起一顆石子兒，隨後併指往遠處一擲，石子撞擊到山岩，發出一聲脆響，帳子前的守衛被這聲動靜吸引，移目望過去，與此同時，青唯取出匕首，鋒利的匕尖劃破帳壁，一刻不停地鑽了進去。

帳中空空如也，連陳設都少得可憐，更別說人了。

青唯並不氣餒，找準時機出了帳，又如法炮製地探過餘下幾間帳子。

「當然帳前的兵衛也可能是封原擺的空城計，妳探過帳子，如果沒人，那麼就要去主帳取卷宗了，妳需等到戌時三刻，到時我會託礦上的劉掌事以送囚犯名錄為由，把封原支開半刻。」

餘下的帳子俱是空空如也，看來岑雪明眼下還真不在封原手上。

可是岑雪明究竟去了哪裡呢？

看來唯有取得當年案宗，才能知悉其中因果了。

青唯貓身到了主帳，藉著附近一個巨岩掩藏入夜色中，悄無聲息地等著，到了戌時三刻，前方營地有人喊「將軍」，她展眼望去，封原果然跟著一名兵衛離開了。

「我派人看過，主帳前後都有人把守，妳要進主帳，一定會被人發現，所以從哪邊進，只能由妳自己判斷。好在岳前輩會在附近側應，屆時他能夠幫妳轉移大部分兵衛的注意力。

切記，這種聲東擊西的法子只能用一次，兩次勢必會惹人生疑。」

青唯嘬指作哨，發出一聲鳥鳴，不多時，西北角流放犯處果然發出一陣騷動，附近巡邏的官兵皆被吸引，匆匆趕過去了。

青唯快步掠過夜色，閃身出現在了主帳後方，帳前兩名把守兵衛乍然見到她，剛要出聲，便被她左右手各抵住嘴，她的手上沾了致暈的粉末，隨後駢手為刃，在兵衛的頸側一劈，兩名兵衛徹底暈了過去。

主帳的正前方還有兵衛守著，青唯不敢弄出太大聲響，伸手接住其中一人，將另一人踹入帳中。

「封原不可能離開太久，他回來後，如果發現帳前兵衛有異，必然會第一時間檢查帳子，所以從妳進帳，到離開營帳，只有一盞茶的時間。」

「小野。」謝容與看著青唯，叮囑道：「案宗能找則找，倘若找不到，切記不能勉強。這案子我總有法子往下查，沒什麼比妳的安危更重要。」

微弱的燈色從帳外透進來，好在青唯早已適應了黑暗，她目力好，這黑漆漆的帳子於她而言幾乎是一覽無遺的。

封原的帳子十分簡陋，青唯很快翻找起來，臥鋪、矮几、盔甲，甚至隨意擱在一旁的刀鞘她都仔細找過了，絲毫不見案宗的身影。

時辰一點一滴流逝，眼看一盞茶的工夫就要過去，青唯不得不從頭搜尋。

官人說過的，封原此行任務艱巨，饒他是個粗人，平時最恨識文斷字，也會把案宗帶在身邊隨時查閱。且岑雪明的下落攸關他的性命，除了把案宗放在自己的帳子裡，他不可能藏在別處。

官人從來不會出錯，案宗必然在這裡，一定是自己哪裡找漏了。

這時，帳外忽然傳來遙遙的腳步聲，緊接著一聲粗糲的吩咐，「把這份名錄謄抄一遍，一一核查。」

這聲音一聽就是封原。

封原已經回來了！

青唯強迫自己冷靜下來，她閉上眼，心思急轉，封原此行雖然是被曲不惟急調到陵川，但他來前就知道自己的對手是謝容與，一定是做足了準備防著他的。流放犯的這份案宗事關機密，是曲不惟手上唯一優於玄鷹司的線索，所以即便案宗交到了封原這裡，也不可能堂而皇之地擱在帳中，它一定藏在了常人看不見的地方。

什麼是看不見的地方？

青唯立在帳中，目光銳利地朝周遭望去，她適才找的臥鋪、盔甲都看得見，帳頂她也探過了，腳下則是黃土，唯一還沒找的地方，從她眼前隱去的地方……是了，帳壁！

「將軍。」帳外兩名守衛似乎在朝過來的封原拜見。

「怎麼只有你們兩個，他們兩人呢？」

另兩人被她打量了擱在帳中呢。

青唯不為所動，冷靜地一寸一寸在帳壁上摸過去。

一盞茶的時辰早就過去了，她知道她這麼做是在涉險，可是她也有自己的判斷。偷取案宗不比上次在中州盜〈四景圖〉，她只有一次機會。謝容與雖然面上不顯，青唯知道玄鷹司與封原早已到了劍拔弩張的境地，一旦封原的人馬找到了岑雪明，玄鷹司能從旁撿到便宜還好，一旦撿不到，罪證被封原毀了，非但要被他們倒打一耙，惡人逍遙法外，這些日子來這麼多人的辛苦都白費了！

岳魚七有一句話說得對，他們這些人一路趕來脂溪，誰都不是吃閒飯的，每個人都得起作用，包括她。

而她眼下最大的作用就是取回這份卷宗。

她必須搏一回。

青唯的手觸及一處帳壁，壁上肉眼看去並無異樣，然而細細觸摸，帳布緊繃得幾欲撕裂，一探便知是有夾層。

青唯毫不遲疑，匕首劃開帳布，伸手往裡一探，果然是一本簿冊。

她將簿冊揣入懷中，剛要從後門出去，只聽後門外，幾名兵衛疾呼道：「將軍不好了，張錯他們兩人不見了！」

下一刻，簾帳被掀開，進帳的封原迎面就與青唯撞了個正著。

屋中矗立的黑影猶如中夜的精魅，封原登時一驚：「什麼人？！」

青唯抬起頭，兜帽遮住大半張臉，她似乎一點也不慌，聲音壓低到沙啞：「將軍是不是沒在礦上找到岑雪明？」

封原沒防著她竟來了這麼一句，一時間被她帶跑偏了去，「妳是……」

青唯隨即淡淡道：「料你也找不到，岑雪明……他在我的手上。」

兵不厭詐，饒是封原只有一刻的分神也足夠了，青唯即刻閃身出帳，趁著門前兵衛尚未集結，將身法提到極致，如離弦的利箭一般，飛也似地突圍而出。

與此同時，封原看到帳壁上的刀痕，什麼都明白了，他大呼一聲：「不好！」立刻出帳，「快追上那女子！」

遼闊的營地上迅速響起一聲接一聲的傳令。

「有竊賊，快追——」

「快追上那女賊——」

那女賊到底是個慣偷，逃得這樣快，身手也厲害得緊，官兵反應過來前人已經到了營外山間沙徑上，怎麼輕易追得上呢？

好在封原的手下也不是吃素的，很快調來了快馬。封原被偷到頭上，正是氣急，見有了馬，當即跨馬而上。

青唯見封原打馬追來，心知自己跑得再快，人力有限，哪裡比得過千里馬？加之礦山這一帶經過開採，山勢相對平緩，她也不能藉著地形甩開封原。

眼看著封原越來越近，青唯躍上一塊高岩，在封原掠過的一刻，竟是飛身落在了他的刀柄上，阻止了他拔刀而出。封原也不含糊，立刻將刀柄一轉，刀尖朝下棄掉刀鞘，如水的刀芒在夜中擴散出一泓危光。青唯避開他的刀鋒，足尖在馬背一點，腕間的軟玉劍借勢揮出。封原是軍中人，早就聽說過軟玉劍的厲害，收刀要擋，沒想到軟玉劍沒往他身上招呼，泠泠幾鞭全都抽在了駿馬身上。駿馬吃疼，加之對馭馬人不夠熟悉，一時間瘋了般撒蹄子狂奔。青唯心道馬兒對不住了，又不知從哪裡變出一根細鐵索，打向封原的盔甲，封原以攻為守，揮刀前劈，細索卻凌空變了方向，一頭穿過封原身後的甲扣，一頭在鞍韉上狠繞幾圈，繫了個死結，把他牢牢固定在馬上。

封原被青唯接連不斷的下三濫招數震驚得啞口無言，殊不知岳魚七的師門講究的是「只要能勝，怎麼都行」，還不待破口大罵，就被軟玉劍打瘋了的駿馬載著遠去了。

應付完封原，身後又有四匹疾馬追來，不遠處還跟著密密匝匝的官兵，跟捅了春天的蟻穴似的。

青唯「嘶」一聲抽了口涼氣，封原一定氣糊塗了，把能調來追她的官兵都調來了。

不過四匹馬麼，反而比單個一匹好對付。

她很快攏了數顆小石子兒，藉著地勢高，騰身而起，把石子打向迎面而來的四人。四人只當她是有什麼暗器，避身要擋，青唯趁著這個當口，逕自掠上其中一匹馬。她勾肘卡住馭馬官兵的脖子，回身一個倒翻，逕自把人往馬下帶去，隨後腳上用力狠狠一踹，人就被甩在了馬下。青唯奪了馬，卻不立刻策馬逃走，而是急調馬頭，馬兒在疾行之下一個迴轉，前蹄高揚，幾乎直立而起，反而向餘下三人奔去。

青唯早有準備，見狀立刻棄馬後撤，餘下三人反應卻慢她一步，被這一計「回頭馬」撞得人仰馬翻，順道攔住了追來的一群兵衛。

與此同時，山間傳來利箭離弦之音，青唯舉目看去，利箭逕自襲向了身後的兵衛，原來是謝容與聽聞她驚動了封原，派人來接應她了。

可是青唯清楚，單憑她一時的小聰明與十餘名玄鷹衛，或許能應付封原的人手一時，但是熬不到天亮就會力竭。

且她始終記得，今夜最重要的，是要把案宗交到謝容與的手上。

青唯見官兵暫未追來，繞過一條岔口，掠向山間，把偷來的簿冊取出來，逕自塞到一名玄鷹衛手中，急聲道：「拿給你們虞侯，讓他快看。」

「少夫人呢？」

「我帶他們兜幾圈。」青唯朝逼近的兵衛望去一眼，見玄鷹衛目中擔心不減，「放心，我有分寸，不會有事的。」

身後又傳來追兵的聲音，青唯倉促間只道一聲：「快走。」躍下山坡，把自己暴露在追兵的視野中。

夜色茫茫，她眼下所處的地方是山間一條沙徑，沿著山徑向下，就是通往外山的路，左右山間也有小路，右邊一條可以回到礦監軍衙署，左邊不能去，適才瘋馬就是載著封原往那邊去了。

青唯一咬牙，乾脆往外山逃，她眼下最重要的任務是掩護揣著簿冊的玄鷹衛回到衙署，自然是把追兵引得越遠越好。

從內山通往外山這條路她來時走過一回，熟悉不說，這裡山勢崎嶇，有助於掩藏身形，她只要拖到天亮，謝容與一定會派玄鷹衛來接應她，就算玄鷹衛路上被絆住了也沒關係，她多撐了一會兒，衛玦正帶人趕來內山，只要與衛玦碰頭，她也能脫險。

青唯飛也似地往山裡竄，見她跑得這樣快，身後的追兵也急了，高呼一聲：「在那邊——」隨即馭馬的馭馬，搭箭的搭箭，火把的光幾乎能點亮半劈山野。

山中流矢簌簌飛來，青唯聽見這破風之聲，心中不由罵道，封原這老賊，怕是早起了要跟玄鷹司明刀明槍搶奪罪證的心思，連弓矢都備好了。

她左躲右避，像一隻本來就生長在深山的小野狼，一忽兒閃身在了矮岩後，一忽兒又躍上了樹梢，箭矢如流星般在她身邊擦過，就是碰不到她，腳下的步子還絲毫不慢。只是這樣一來，她的體力消耗極大，如果不盡早脫身，怕是撐不到天亮。

青唯正在想轍，忽見下方一條山徑上隱隱有火光，一行七八人正在往內山裡來。

青唯愣了愣，這都什麼時候了，怎麼還有人往山裡趕？

她一邊逃，耳根子一邊動了動，在風裡捕捉這些人在說什麼，居然聽到一句，「五爺，您再忍忍，再有一個時辰就到了……」

青唯定眼看去，那個伏在人背上的藍衫子不是曲茂又是誰？他附近不遠處，一張冷臉的瘦高個兒，不正是章庭？

真是瞌睡來了有人送枕頭，曲茂就是她的救星，只要他能夠助自己緩上半刻，青唯就有把握度過今夜這一劫。

身後再次傳來箭矢破風之聲，青唯這一回不躲也不避，任利箭擦破自己的右臂，她悶哼一聲，伸手捂住傷處，滾落山坡，來到下方山徑上，又往臉上抹了些血汙，跌跌撞撞地朝曲茂走去，喚了聲：「五爺……」

夜半時分的深山裡，曲茂聞得這一聲喚，汗毛都立起來了，「什、什麼人？」

青唯又走得近了些，「曲公子，是我……」

曲茂一聽這聲音，實在耳熟，隨後拍拍身下馱著自己的人，小心翼翼地走近一看，愕然道：「弟妹，妳怎麼會在這？」

他非常震驚：「妳怎麼受傷了？哪個王八羔子幹的？我那兄弟知道了沒讓人宰了他？」

青唯道：「曲公子，幫我，封原的人要殺我——」

「殺妳，封叔？」

曲茂驚訝極了，封叔不是他爹的人麼，沒事動他弟妹做什麼？

青唯點點頭，「五爺您知道的，我到底是個逃犯，他們稱是奉朝廷之令辦事。」彷彿就是為了印證她這話似的，山野裡傳來追兵之聲，間或有人道：「這裡有血跡！她從這裡滾下去了——」

曲茂聽了這話，臉上一陣紅一陣白。他早就在清執面前說過，弟妹的罪名他根本不認，本來就是嘛，洗襟臺坍塌，跟弟妹一個小姑娘能扯上什麼關係？眼下倒好，封原居然明目張膽地捉拿起他弟妹來了，這不是明擺著打他曲爺爺的臉麼？

青唯道：「曲公子，您能不能掩護我在您身後的岩洞裡躲上一會兒，我實在逃不動了。」

曲茂道：「好說。」見青唯進入岩洞裡藏好，隨後撩起袖子，聲如洪鐘般高喝了一聲：「山上的人聽好了，都給你曲爺爺滾下來！」

帶頭追青唯的人正是封原身邊參將，聽到曲茂的聲音，也是一驚，舉著火把往山間照了照，留了些人在山裡搜尋，即刻下來山坡，「五爺。」隨後跟章庭一拜，「小章大人也來了。」

章庭根本懶得理這茬，移目到一旁，並不作聲。

曲茂難得發號一回施令，架子端得很足，「我說的話你沒聽見麼，讓你的人都撤回來，不必在山中找了。」

「五爺有所不知，將軍的一份重要案宗被盜了，我們……」

「你們在找誰，為什麼找，你以為我不知道？」曲茂冷聲道，忍不住數落，「你們這一大幫人，欺負一個弱女子，你們也好意思！這事你曲爺爺都幹不出來！」

參將呆了呆，弱女子？

那女賊但凡跟弱女子三個字沾一點邊，他們一群人也不至於追得這樣辛苦。

曲茂道：「你們擒住她，你們倒是立功了，我以後都沒臉見我兄弟！你是不是聽不明白我說的話，讓你的人趕緊撤回來！」

人是萬萬不能撤回的，那女賊本事厲害得緊，便是耽擱這麼一會兒，只怕要被她溜之大吉，正是躊躇，參將忽見地上有血漬，血漬通往不遠處的一個隱在林間的岩洞。

曲茂也注意到參將的目光了，不由自主地往岩洞那裡擋了擋。

他這樣欲蓋彌彰，參將很快明白了，原來那女賊受了傷，眼下正藏在岩洞裡。

參將也不急了，表面上順從地撤去大半搜尋人手，實際暗中讓人守在岩洞周遭，靜等封原過來。

不多時，封原到了。他到底是作戰將軍，要馴服一匹馬不算困難，見曲茂和章庭來了脂溪，以為他二人是受曲不惟或章鶴書之意，省去寒暄，略略招呼了一聲，便問參將：「怎麼停在這，那女賊呢？」

參將向封原拜道：「將軍，那女賊受了傷，眼下應該躲在附近。」言辭間朝岩洞掃了一眼。

封原立刻會意，根本不顧曲茂相阻，逕自朝岩洞走去。

岩洞不深，舉著火把照亮一看，除了一點血跡，裡頭竟然空空如也！

封原眉頭一皺，惱道：「不是說受傷藏起來了嗎？她人呢？！」

曲茂也一頭霧水，是啊，弟妹人呢？

曲茂沒想清楚究竟是怎麼回事，一旁的章庭卻是看明白了。

原來適才青唯稱要藏去岩洞是一招暗度陳倉之計，她知道曲茂一貫藏不住心思，如果知道她藏在岩洞，一定會欲蓋彌彰地掩護，而參將便會因此順理成章地把目標鎖定在岩洞。所以青唯說逃不動了要躲起來根本是假的，她身上的傷也只是看起來重罷了，早在山上搜尋人馬分神之際，她就提前離開了岩洞，耽擱了這麼久，她眼下恐怕早就在回礦山的路上了。

參將見狀，臉色不由白了，不顧曲茂就在一旁，對封原道：「將軍，這女賊狡猾多端，案宗我們不能不追回啊……」

封原還用得著他提醒，他覺得自己手下全是一幫廢物點心，居然被一個竊賊帶著兜了大半宿的圈子，斂著一副怒容跨上馬，惡聲道：「暗的不行那就明著解決，他小昭王派人偷了我的東西，還想窩藏賊人，老夫還不怕捉他個人贓並獲麼！」

言罷，領著兵，掉頭疾步往礦上衙署去了。

青唯腳程很快，回到礦上，天還未亮。路上早有玄鷹衛來接應她，青唯定眼一看，正是此前從她手裡接簿冊那位，見了他，青唯知道案宗已平安送到了謝容與手裡，不由鬆了口氣。

玄鷹衛疾跑過來，見青唯斗篷右側破裂，周遭洇深了一片，「少夫人您受傷了？」

青唯道：「小傷，不礙事。」

她問：「我師父和餘下弟兄呢？」

「少夫人放心，岳前輩一刻前就回來了，餘下兄弟們也平安，案宗屬下早就交到了虞侯手裡。」

青唯「嗯」一聲，剛欲跟著他往衙署走，想了想，很快頓住步子，「你身上水囊借我一用。」

玄鷹衛想也不想，立刻取下水囊給她，青唯用清水抹乾淨臉上的血汙，擦淨雙手，隨後在右臂斗篷撕裂處繫了個結，見那頭岳魚七和謝容與幾人已經出來了，步子非常輕快地過去，乖巧地喊了聲：「師父。」

隨後小心翼翼地掃了謝容與一眼，他臉色沉得能擰出水來。

岳魚七一聽她語氣這樣乖巧，就知道這丫頭準沒藏著好事——拉著他陪她做戲呢——只好面上打起哈哈：「回來了就好。」上下打量她一眼，「沒受傷吧？」

青唯道：「沒有啊，我運氣好，半路上撞見了曲五爺，他幫我打掩護，我就一路跑回來了。」

一行人回了衙署，礦監軍的衙署很簡陋，所幸堂中寬闊，眾人或坐或站，卻沒一個敢說話，蓋因謝容與從先時起就寒著一張臉。

明明拿回卷宗是喜事一樁。

半晌，還是岳魚七道：「小野，我想起點事要問過妳，妳跟我來一下。」

青唯「哦」一聲，跟岳魚七去了隔間。

隔間的簾子一落下，岳魚七就道：「妳過來，讓我看看妳的傷。」

「什麼傷？」青唯道：「我沒受傷。」

岳魚七忍不住大罵：「連我妳也想騙，妳還要不要我幫妳瞞著那位殿下了？」

青唯聽他聲音抬高，連忙在唇間豎起一指：「噓，別讓我官人聽見。」

話音剛落，簾子一掀，謝容與「嗒」一聲將一瓶金瘡藥擱在櫃閣上，「妳再大點聲，我就聽不見了。」

屋中一瞬間靜得出奇。

一齣瞞天過海的大戲剛唱了個起頭，就被謝容與掐著去了尾。

岳魚七沉默片刻，忽地別過臉，劈頭蓋臉地朝青唯罵道：「妳也真是，強搶案宗就罷了，還敢帶著那些官兵在山裡兜圈子，半點不知深淺！哦，眼下受了傷，還拉著我幫妳裡外瞞著，我告訴妳，想都別想，我肯定不會助紂為虐的！太不像話了真是，妳知不知道妳家殿下都急成什麼樣了？容與，你說說她——」

言罷，門簾一掀，步履飛快地溜了。

青唯：「……」

謝容與默不作聲地從櫃櫥裡取了繃帶，在桌前坐了，「傷口給我看看。」

青唯被岳魚七賣了個徹底，再有沒有欺瞞的必要，只好「哦」一聲，把斗篷脫了，將夜行衣從肩口拽下。

天色微明，屋中尚還點著燈，謝容與藉著燭光看清她的傷勢，平心而論，傷口不深，可是細膩的肌膚上滿是血汙，當中一道猙獰的口子，謝容與眉心不由一擰。

德榮適時送了清水進屋，謝容與幫青唯把傷口清洗乾淨，取棉巾沾了酒，輕聲道：「忍著點。」

青唯抿唇點點頭，更重的傷她都受過，這個算什麼。

謝容與見她連吭都不吭一聲，心上一陣鈍澀，他雙眸微微斂著，「疼就告訴我。」

青唯立刻道：「我不怕疼。」

她越這麼說，謝容與越是心疼，他沉默了片刻，低聲道：「為了取案宗，拖過時辰也就罷了，妳撞見封原，總該第一時間回來，我有法子應付他。」

「可這不是上策。」青唯道：「我如果第一時間回來，封原豈不立刻找上門來，即便你保下我，案宗被他奪回去，我們理虧不說，這麼短的時間，那案宗你能看多少？再說眼下衛玦沒到，我們人少，不宜與封原正面對上。」

謝容與看著青唯。

這些他都知道，可是……

青唯道：「官人，你不相信我麼？」

謝容與垂眸為她的傷口上藥，過了一會兒才道：「我如果不相信妳，今夜我就不會讓妳去。」

他知道她膽大心細，也相信她在危機時刻的判斷，甚至認可她今夜做出的決策於大局而言是最佳的。

「但是相信妳，和擔心妳，這是兩回事。」

青唯點點頭：「我知道。」

「妳要是真知道，就不會連受了傷也想瞞著我。」謝容與道。

青唯剛要答，屋外忽然有玄鷹衛來報：「虞侯，封原來了。」

青唯怔了怔，她早就料到封原會來找，回來居然忘了提這茬，甚至連那案宗擱在哪兒了都忘了問，青唯剛要開口，謝容與道：「妳放心，我有應對之策。」

封原被青唯帶著兜了一夜的圈子，心中盛怒難耐。一個女賊，這麼好的身手，除了去年上京劫獄的那個溫小野，他就沒聽說過第二個。而眼下這個溫小野在誰的身邊，不用問他都知道。

封原一到值房，非常敷衍地跟謝容與行了個禮，「殿下，對不住了。」

隨後一揮手，身後的官兵魚貫而入，當即就要搜找青唯，玄鷹衛也不含糊，立刻持刀相阻，厲斥道：「封將軍這是何意？竟然敢對昭王殿下無禮！」

「無禮？」封原冷哼一聲，「自從到了陵川，老夫一直對殿下禮讓三分，眼下我們在脂溪各辦各的差事，本該互不干涉，卻不知殿下忽然差使身邊人到老夫這裡盜取案宗是什麼意思？」

「什麼偷盜，莫須有的罪名我們可不擔，還請封將軍把話說清楚了。」章祿之道。

「昨夜亥時，一名女賊趁老夫不備，潛入老夫的帳中，非但打傷了帳前兩名守衛，還當著老夫的面盜走了一份重要案宗，此事我軍中諸人均可作證！老夫手下帶兵在山間追了她十數里，不慎被她使詐逃脫，這麼大的動靜，敢問殿下和諸位玄鷹衛不曾聽見嗎？而今這礦山之中，無論是礦上的犯人，還是礦監軍與各部兵馬皆是男子，只有殿下身邊跟著一名武功奇高的女子，敢問這女賊不是殿下身邊的溫氏又是誰？！」

「大膽封原！殿下身邊跟著的女子只有一個，堂堂王妃正是，你口口聲聲稱她為女賊，你可知汙衊皇室宗親該當何罪？！」

封原冷笑道：「昭王妃？老夫乃朝廷所封的四品將軍，昭王殿下成親，老夫怎麼不曾耳聞？昭王妃老夫沒有聽說過，昭化十三年海捕文書上的溫氏女，老夫倒是知道一個。這女賊前科累累，眼下盜取案宗，再添新案，老夫若人贓並獲把她拿下，乃是為朝廷立功，何來罪過可言？」

謝容與道：「本王成親與將軍無關，為何要顧忌將軍有無耳聞。將軍既然指天誓日稱是我娘子竊取了你的案宗，單憑幾個官兵在夜裡瞧見一個身影模糊的女賊可不算證據，其他證據呢？」

「那份被竊取的案宗正是證據！」

謝容與淡淡道：「確定嗎？將軍是親眼看著我娘子竊取了你的案宗？」

「自然是老夫親眼——」

封原說著，語氣忽地一頓，他真的是親眼看見的嗎？

不，他進帳之後，確與那溫氏撞了個正著，後見帳壁上有一個劃痕，他便著急追了出去，至於她究竟拿沒拿案宗，他其實並不確定。

可是，封原又想，她人都來了，地方也找對了，怎麼可能不取案宗？

「好！」謝容與道：「將軍既然確定是自己親眼所見，那麼便請將軍在此處仔細搜過，不過本王有一言在先，內子乃本王明媒正娶的王妃，拜過天地稟過高堂，此事官家、皇后、長公主皆知，但凡有人敢口出狂言汙衊內子，本王不管他是何身分，必然——」謝容與語氣一涼，「追究到底，絕不輕饒！」

這話說得封原心中一寒，到了口邊一個「搜」字竟一時滯澀，小昭王這般篤定，難不成那案宗真不是他派人拿的？這怎麼可能？眼下想要這案宗的只有他。

真是怕什麼來什麼，正是這時，封原身邊參將忽然著急忙慌地趕了過來，湊在他耳邊耳語幾句，封原一聽，大驚失色，「怎麼會？」

參將壓低聲音：「將軍，是真的，屬下適才回帳一看，那份案宗完好無損地藏在帳壁裡，似乎並沒有人取走過。」

章祿之耳根子動了動，捕捉到他們的低語，適時譏誚道：「怎麼，封將軍，還要搜嗎？」

封原根本不信這案宗沒被人動過，他看了謝容與一眼，又環目掃了周遭的玄鷹衛，難不成這小昭王看過案宗後，讓人神不知鬼不覺放了回去？這不對啊，即便他調了大半兵馬去追溫氏女，案宗被盜，帳子周圍的守衛比先時更加嚴密，還是說小昭王身邊除了溫氏女，還有更加厲害的高手？

那會是誰呢？

封原想不到，也不可能想到。他只知道，而今證據「不翼而歸」，他這口惡氣出不去，只能憋在心裡了。

「我們走！」封原沉著臉吩咐，帶上人離開了。

封原走後不久，青唯很快從隔間出來，還不待她問，祁銘就解釋道：「虞侯料到封原脾氣急躁，尋少夫人不得，必然會帶兵找上門來，虞侯自來看書過目不忘，那簿冊仔細看過一遍，便請岳前輩藉機送回去了。」

說話間，章祿之已在桌案上鋪好了白宣，「虞侯，好記性不如爛筆頭，簿冊上說了什麼，您快寫下來讓我們都看看吧。」

第十五章 合夥

謝容與頷首，在書案前坐下。

白宣上的字跡竹姿霜意，不一會兒，洋洋灑灑五頁已經寫完。

說中州有個叫蒙四的賣貨郎，因為親友亡故、身患瘋病，流落街頭。昭化十二年，他偷了一戶富貴人家的玉佩，被人告上公堂，本來一樁盜竊案，只要退還贓物，受一頓鞭子，案子便算結了，沒想到這蒙四非但不認罪，還當著富戶的面砸碎玉佩，出言汙衊公堂，險些罵到了京中官家身上，官府只好從重懲處，把鞭刑改成流放。流放的地點正是陵川脂溪。

謝容與擱下筆，說道：「案宗上的人像畫你們看過，這蒙四的模樣與岑雪明本身就有五六分相像。」

祁銘的目光落在生辰籍貫那一欄，「難怪章鶴書那邊懷疑岑雪明頂替了蒙四，這二人長得像就算了，年歲也十分相近。」

謝容與道：「除了這些以外，真正令章鶴書起疑的應該是案子的判決時間。蒙四的案子，中州衙門在昭化十二年末就結案了，照理到來年春天，蒙四應該已經流放到脂溪，可是岑雪明作為東安通判，一直拖到是年的八月才予以回函，這說明了什麼？」

說明了岑雪明做了曲不惟的倀鬼，擔心招來殺身之禍，早就為自己留了後路。

所以他故意把蒙四扣在東安，及至東窗事發，頂替蒙四來到脂溪，消失得無影無蹤。

青唯道：「可是這一切如果是真的，封原為何沒在脂溪礦上找到岑雪明呢？昨晚我去偷案宗，拿岑雪明試過封原，看他的反應，岑雪明壓根不在他手上。」

謝容與道：「這個簡單，問一問礦監軍就行了。」

不一會兒，一名玄鷹衛就把礦監軍都監請來了，都監聽他們問起蒙四，說道：「回稟殿下，昨天封將軍也打聽過這個蒙四，不過他已經死了好幾年了。」

「死了？何時死的？」

「嘉寧元年，那年的冬天太冷了，他沒熬過去，死在礦上了。」都監說著，抬指點了點額梢，「這個蒙四，這兒有點問題，瘋瘋癲癲的，兼之沒有親人，我們通知了中州官衙，沒等來收屍的，怕屍身擱久了腐壞，只好……一把火燒了……」

謝容與問：「和蒙四一起被發配來的犯人呢？」

「有幾個還在，殿下可要見他們？」

謝容與「嗯」一聲。都監於是立刻吩咐隨行的兵衛，沒一會兒，兵衛便把幾個流放犯帶來了。謝容與一一審過，這幾名流放犯所說與都監適才所言一般無二，俱稱蒙四人有點瘋癲，嘉寧元年死在了礦上。

謝容與見問不出什麼，便讓都監帶著流放犯們退下了。

幾日下來，礦上的犯人被小昭王、封將軍輪番提審，都監心中難免侷促不安，走到門口，忍不住頓住步子，他朝謝容與一拜：「敢問殿下，礦上……礦上可是惹上了什麼大案？」

「不是大案，查條線索罷了，都監去忙吧，耽擱你的時辰了。」

都監見小昭王這般有禮，十分惶恐，「不耽擱不耽擱，近來秋老虎麼，天太熱，礦上得歇工幾天，殿下有什麼儘管吩咐。」

待都監走遠，青唯立刻道：「這麼說，岑雪明已經死了？這說不通啊，他費盡周折頂替蒙四來到礦上，就是為了活下去，結果就這麼無聲無息地死在礦上了？」

「死在礦上還不是最稀奇的，流放犯麼，尤其是被發配來做苦役的，總是熬不過幾個年頭。」岳魚七懶洋洋的接過青唯的話，「稀奇的是那個封老頭，你說蒙四要真是死了，豈不正合了他的意，我要是他，直接撤兵，還留在這礦上做什麼？」

謝容與聽了這話，也以為然。

倒不是說封原不能留在礦上，而是岑雪明頂替蒙四一事，至今也就是個推論，沒有任何確鑿證據，故而按照正常的做法，得知蒙四已死，屍身亦被焚毀，留幾個兵在礦上，其餘人馬大可以分去別處追查其餘可能性。

封原眼下依舊把所有兵力集中在礦上，唯一說得通的解釋，就是他能夠確定，岑雪明就是蒙四，而且岑雪明臨死前，把所有的罪證，都藏在了這座礦山之中。

蒙四人死燈滅，封原到了脂溪，什麼都沒問出來，他是怎麼確定的呢？

謝容與正沉吟，無意瞥了章祿之一眼，卻見章祿之正拿著他默寫下的案宗，一行一行看得非常仔細。

章祿之一個粗人，見字就暈，平日最怕查閱案宗，幾曾見他這麼細緻了。

「章祿之，你是不是發現了什麼？」

章祿之聽謝容與這一聲喚，陡然回過神來，他緊鎖著眉，指著案宗上的一處，「虞侯，我覺得這裡有點不對勁……」

封原怒氣衝衝地離開監軍衙，還沒回到帳中，參將就上前來道：「將軍，曲五爺和小章大人已經到了。」

封原「嗯」一聲，這二人他夜裡已經在山中見過了，要不是那曲五一通攪和，他眼下恐怕早已擒到了溫氏女，豈能遭小昭王一通戲弄！

封原不耐道：「曲停嵐來脂溪幹什麼？」

參將摸出一張調兵的急令，呈給封原：「侯爺想得周到，差使曲五爺送急令來，將軍外出帶了數百兵馬，雖說為了辦差，萬若跟……」參將聲音壓低了些，往玄鷹司所在的礦監軍衙看了一眼，「萬若跟那邊起了衝突，發生個把死傷，急事急辦，也得走個章程不是？那邊到底是個殿下。」

封原往參將手裡掃了一眼，果然是一張調兵令。

他心中著急案宗被竊的事，沒有細看，秋老虎的天，太陽高高懸在穹頂，他一路趕回來，熱出一腦門子的汗，又聽參將在一旁勸：「將軍，五爺也是好意，到底是侯府的嫡親公子，您待會兒見了他，可不能動怒……」

封原把這話聽進去，壓了壓心神，那頭反倒是曲茂耐不住，把帳簾一掀出來了。

「封叔，天兒太熱了，這山上有沒有涼快點的地方啊？」

封原對他的怒氣還沒完全消下去，聞言不慍不火道：「礦山裡就是這樣的條件，帳子裡已算好的，五爺要真怕熱，不如去監軍衙門問問，正好，小昭王跟玄鷹司借住在那邊。」

曲茂倒是想去，但是他一夜沒睡，眼下累極，實在走不動了，再說昨夜他在山上撞見弟妹，到底沒幫上她什麼，清執有多在乎他這個弟妹，曲茂心裡清楚，眼下弟妹脫險，身上還帶著傷哩，他還是改日再去賠不是。

曲茂這麼想著，便沒在乎封原語氣不善，「算了，先給我找個通風的帳子，我睡一覺去。」

封原巴不得趕緊把他打發走，隨即招來一名兵衛，帶著曲五爺去通風口支帳子去了。

曲茂走了，章庭還在主帳中等著封原。封原壓根不知道章庭事先與章鶴書一通爭執，還以為章庭是章鶴書派過來幫他的，連忙掀簾進帳，「小章大人怎麼一個人來了？」

章庭道：「我聽說將軍在脂溪查到了岑雪明的蹤跡，過來看看，因臨行繞去中州見了我父親一面，走得急，身邊沒帶人。」

說著，見封原眉間隱憂難消，「怎麼，將軍沒找到人？」

「找是找到了，就是死了。」封原說著，猶豫半晌，忍不住狠狠一嘆，「小章大人有所不知，老夫可能闖禍了！」

「我們不是查到岑雪明冒名頂替蒙四藏來礦上了麼。流放犯也是人，被發配做苦役，一旦有個好歹，病了死了，最後也要告知親友是不是？這個蒙四本人吧，無親無故，所以他如果死了，礦監軍這邊要聯絡的收屍人——他無親無故，收屍人只能是當年給他定罪的中州衙門。但是近日我細一看案宗，才發現中州衙門裡，那個所謂的收屍人，我曾經查過。」

封原心中焦急，這一番話說得顛三倒四，章庭聽後，稍微理了理，才道：「將軍的意思是，岑雪明在中州衙門有一個舊識，當年他頂替蒙四來礦上，案宗上的聯絡人就是這個舊識，一旦他在礦上發生意外，礦監軍就可以寫信給這位舊識？可是將軍何錯之有呢？」

封原道：「小章大人有所不知，當年岑雪明一失蹤，老夫就奉侯爺之命找過他，把他的親友都問遍了，其中包括這個中州舊識。但是……唉，這個舊識，明面上跟岑雪明的關係並不好，我萬萬想不到他會知道岑雪明的下落，所以一時疏忽，把他放過了。」

章庭明白了，封原當年明明可以透過這個舊識找到岑雪明，但他馬虎大意，漏掉了這個人。

「而今……倒不是說我當年錯得有多厲害，小章大人你知道的，小昭王並著手下的玄鷹司，已經找了這岑雪明好幾個月，玄鷹司辦事之嚴謹，豈是尋常衙門可比擬？他們肯定把岑雪明認識的人都查遍了，包括這個舊識！我呢，因為當年疏忽，到了嘉寧年間，以為風波過去了，就不清楚這個舊識的去向了，可是玄鷹司不一樣啊，他們剛查過這個舊識，所以這個人這幾年的動向他們一清二楚。」

「再說回五年前，你道岑雪明為什麼要躲來礦上？他是為了不被推出去背罪，是為了有朝一日，把藏著的證據拿出來，盼著朝廷給一個輕判，所以他身上一定帶著證據。可是嘉寧元年，岑雪明不慎死在礦上了！礦上死了人怎麼辦？礦監軍是不是就要聯絡這個收屍的舊識，是不是就要把岑雪明的遺物還有骸骨交給他？岑雪明能有什麼遺物，他最重要的遺物，就是他藏下的證據！」

章庭道：「就是說，岑雪明死了以後，照道理，礦監軍已經把他的遺物交給了那位舊識，將軍因為當年疏忽，不知道這個舊識的去向，玄鷹司剛剛查過，卻是知道的。」

「唯一的好消息。」封原長長吐了一口氣，「礦監軍的人稱『蒙四』死了以後，他們聯絡過中州衙門，但是那邊一直無人過來收屍，岑雪明的屍骸被一把火焚盡了，死後並未留下什麼。但是，我不信岑雪明藏到這礦山來，一點『傍身之物』都沒帶，我實在是沒法子了，只好把流放犯傳來，一個一個地審，沒想到正是我這個舉動，令小昭王生了疑。這個小昭王與溫氏女廝混太久，一身江湖草莽氣，盡使些下三濫招數，昨晚居然差溫氏女過來把蒙四的案宗偷了！但老夫敢斷定，那卷宗小昭王肯定看過了，說不定他還複寫了一份，眼下正仔細研究呢！」

「哪裡不對勁？」

監軍衙裡，謝容與問道。

章祿之指向案宗上，意外聯絡人的一行，「這個叫石良的人，屬下和衛大人查過。」

「你們查過？」

章祿之非常篤定地點頭：「上溪案結，虞侯吩咐玄鷹司全力搜尋岑雪明的蹤跡，我和衛大人幾乎把岑雪明生前所識之人查遍了。這個石良與岑雪明曾有袍澤之誼，兩人鬧過不和，所以關係一直平平。後來岑雪明攀附上曲不惟，一路做到了東安通判，石良只是中州衙門的一個典簿。」

青唯道：「可是蒙四這案子裡，石良卻是他發生意外的唯一聯絡人，看來他們只是面上不和，私底下早已言歸於好。」

「還有更古怪的。」章祿之伸掌揉了揉額梢，「適才礦監軍是不是說，嘉寧元年，岑雪明沒熬過冬天，死在礦上了？」

「對，十月死的。」祁銘接話道

章祿之指著案宗上的「石良」二字，「這個石良，在嘉寧元年的十二月，也失蹤了。」

謝容與問：「怎麼失蹤的你們可查過？」

章祿之點點頭：「查了，岑雪明失蹤，他也失蹤，衛大人覺得太巧了，叮囑屬下細查，屬下細查過後，發現石良是接到一封來信後失蹤的。」

「信？」

「對，嘉寧元年十二月，那封信直接寄到了中州衙門，石良接到信，當夜便回家收拾了行囊，往南邊去了，屬下循著他的蹤跡往下找，只知他最後消失在了陵川境內，至於他的目的地是哪裡，眼下究竟是生是死，連他的家人都不知道。」

章祿之說到這裡，十分內疚地撓撓頭：「因為石良消失的起因，是收到了一封寄來衙門的信，屬下還以為中州衙門內部有什麼亂子呢，便沒向虞侯稟過這茬。」

兩個面上不和私下信任的知交、一場出人意料的失蹤、一封寄到中州衙門的信？

謝容與心思微轉，隨即道：「我知道了。」

「石良當年到陵川來，是來給岑雪明收屍的。」

「嘉寧元年的十月，岑雪明死在了礦上，流放犯身死，礦監軍依照規矩，應該發信告訴親友與判案衙門，以便地方官府歸檔，所以才有了一封送到中州衙門的信。信是礦監軍發的，告知的正是案犯『蒙四』的死訊。至於石良接到信後，為何沒有將信的內容告訴任何人，獨身趕往陵川，其一，他知道蒙四是岑雪明冒名頂替的，擔心衙門中如果有人隨行，一旦認出屍首，他必須承擔相應罪責；其二，也是最重要的，他知道岑雪明雖死，脂溪山中，必然還遺留了罪證，那些罪證是絕不能輕易見天日的，所以他不敢將此行的目的地告知親人。」

「石良的原計劃應該是等取回岑雪明的屍骸和罪證回來，再向官府請罪，所以藉口自己趕著上路，沒有與衙門打招呼，只是不知為何，他消失在了來脂溪的路上。」

祁銘道：「是了，虞侯這麼一提，時間也對得上，岑雪明是嘉寧元年十月死在礦上的，石良接到信，消失在陵川境內，剛好是兩個多月後。」

一名玄鷹衛道：「會不會石良其實到過礦上，並且取走了岑雪明的遺物，因為岑雪明的遺物……那些罪證，太過驚世駭俗，被有心人滅口在了回來的路上？」

「誰會滅口他？」謝容與反問，「岑雪明藏得這樣深，除了曲不惟、封原這一撥人，沒有人能查到石良。封原如果那時便對石良起疑，並在陵川殺他滅口，銷毀了罪證，今日他犯得著與我們在礦上搶人？」

祁銘道：「既然沒有人要殺石良，石良怎麼消失了呢？他不過就是來收個屍罷了。」

「最要命的一個疑點。」岳魚七道：「石良再不濟，也是一個從八品典簿，當年是礦監軍寫信給中州衙門，讓石良過來收屍的吧，這脂溪可不比別的地方四通八達，沒人接應，石良一個外鄉人，怎麼摸得著地方？所以照道理，石良一到陵川，應該聯絡過礦監軍，就算他想獨自進山，信上說一句『我快到了，你們誰到鎮上來接一接』總有的吧。礦監軍沒道理不知道石良來了，可你們仔細回憶回憶，剛剛那個礦監軍的都監，跟我們怎麼說的？」

青唯聽岳魚七這麼一提，一時回憶起適才都監回話時，那副謹小慎微的樣子——「這個蒙四，這兒有點問題，瘋瘋癲癲的，兼之沒有親人，我們通知了中州官衙，沒等來收屍的，怕屍身擱久了腐壞，只好……一把火燒了……」

壓根兒就沒提石良！

岳魚七道：「眼下看來，石良的失蹤，肯定不是封原那個傻大個兒幹的，家仇世怨什麼的也不像，因為事關生死，岑雪明不至於把自己的性命託付給一個到處結仇的人，路上出了意外倒是有可能，可是礦監軍怎麼不說呢？只能是礦監軍有問題了。」

「不只礦監軍。」青唯道。

她稍頓了片刻，攏起心中的團團疑雲，「你們覺不覺得，這整個礦山都有點邪門？」

「我們一到礦山，便跟陶吏打聽過『鴨』，陶吏卻說這裡連野鴨都難得見到一隻，後來我們探查完地形回來，決定去內山，趕回來的劉掌事見瞞不住了，才跟我們說內山的礦山實際上就是鴨子坡。再者，剛才我們找都監問話，不提他瞞著我們石良這茬，他離開前，官人與他客氣，說耽擱他時辰了，可他說什麼，他說『不耽擱，近來秋老虎，天太熱，礦上歇工幾天』。我爹當年修築殿宇，遇上要趕工了，便是三伏天，也要在日頭底下曬上一整日呢。秋老虎算什麼？礦上的這些只是流放犯，什麼時候流放犯的待遇這麼好，連秋老虎都能歇幾天清閒？要流放犯真過得這麼好，也不至於每年死那麼多人了。可是，你要說這都監說的是假的吧，你去外頭看看，那些流放犯，是不是除了去封原那邊等候傳審，每日在礦上懶懶散散勞作個三兩個時辰，就去歇著了？監軍們也不責罵，真跟躲秋老虎似的。」

「而今想想，陶吏和劉掌事，只要和我們說話，三句不離吃，生拉硬拽都能和五臟廟扯上干係，明擺著是擔心言辭裡漏了什麼，乾脆拿吃的一通糊弄。都監不提石良也就罷了，適才跟在他邊上的兵衛、包括幾個囚犯，供詞與都監別無二致。封原那邊審囚犯審了這麼久，想必也是連一個牙關都沒撬開過。」

青唯說到這裡一頓，看向眾人，「你們說，究竟是什麼事，可以讓這整個礦山，礦監軍、礦上的囚犯、礦外的勞工、掌事，對外的說辭完全一致呢？他們究竟在瞞著我們什麼？」

謝容與聽了這話，思忖了片刻，問道：「衛玦什麼時候到？」

「衛大人眼下已在山外了，明天一早就能到。」祁銘道。

謝容與「嗯」一聲，吩咐一名玄鷹衛：「把劉掌事和陶吏請過來。」

玄鷹衛應諾一聲，離開衙舍，不一會兒回來，「虞侯，劉掌事和陶吏已經回鎮上去了。」

「回去了？什麼時候？」

「說是鎮上有事，今早天不亮就走了。」

青唯道：「官人也懷疑這礦上有事瞞著我們，想要問過劉掌事和陶吏？」她脾氣急，立刻出主意道：「官人不如去找那礦監軍的都監，或者直接提幾個囚犯來問，他們常年在礦上勞作，想必知道得更清楚。」

謝容與卻搖了搖頭，「他們未必肯說。你們想想，能讓礦上的這麼多人同時隱下一樁事，原因是什麼？」

「只有一個解釋，他們是得利的共同體。把事情說出來，對他們所有人都沒好處，反之，對外緘默，甚至不惜對朝廷官員撒謊，才是對他們最有利的。由此可知，他們瞞著我們的，一定不是小事。礦監軍要對整座礦山負責，礦上出了任何岔子，他們都必須承擔罪過，我們若是逼問監軍，對他們而言，很可能會給他們招去殺身之禍，既然閉嘴才能保平安，他們會張口嗎？」

「提審流放犯倒不是不行，但會受阻，一來，從都監剛才的反應看，他們已經有所戒備，我們若是問他討要犯人，送來的囚犯未必知道實情，即便知道，也被事先打過招呼；二來，流放犯也是得利人，我們即便追問，他們未必會說。自然非常之時非常行事，只要周旋下去，一定能找到突破口，可是不要忘了，封原眼下也在找岑雪明留下的罪證，時間不等人，我們必須比他快一步。」

「最快的法子是什麼？」謝容與的目光落在窗外綿延荒蕪的山端，「如果說這個礦山是利益的核心，我們要找的，就是這個利益共同體最邊緣的人，相較而言，他們所得的利益最小，隱瞞的代價卻最大。從我們進山伊始，只有兩個人在態度上出現過搖擺，劉掌事和陶吏。」

先是隱下鴨子坡，爾後又告知鴨子坡；送他們進山送到半途，又稱要去接封原半途離開；眼下明明小昭王、玄鷹司、封原兵馬，甚至章庭、曲茂都到了內山，陶吏和劉掌事卻在這個時候離開了，說明了什麼呢？

說明他們在害怕，來的人越多，他們越怕，所以迫切地想逃離這場是非。

「怕是好事，一個人只要知道怕了，就有突破點了，兼之隱下礦山的祕密，對他們而言意義相對不大，把他們追回來，只要一詐，我們立刻就能知道這山中的迷霧下，究竟藏著的是什麼了。」

就能知道石良是怎麼失蹤的，岑雪明究竟是不是死於酷寒，且他死後……那些被他帶進深山的傍身罪證，究竟藏在了哪裡。

章祿之聽了謝容與的話，恍然大悟，「虞侯說得是，屬下這就去把陶劉二人追回來！」

「你去追人，封大傻那邊豈不第一時間就知道了？」岳魚七從躺椅上起身，風似地掠過章祿之，人霎時已經到了衙署外，扔下一句，「你留下，我去。」

其時已過正午，封原一番話說完，狠狠灌了一大壺茶，隨後在帳子中坐下來，期間手下兵衛進來了三次，非但囚犯那裡什麼都沒問出來，小昭王那邊也是靜得連聲兒都沒有了。

封原心中愈發焦躁起來，他才不管岑雪明死的活的，只要找不到他留下的罪證，多一刻過去，便多一分危險。

他覺得自己就好像是墜在懸崖邊的一根枯枝上，腳下萬丈深淵，手上緊緊抓著的枝幹正在一點一點折裂，不知道什麼時候就斷了！

封原又看章庭一眼，見他端著一副冷容，眉間雖凝重，目光反倒像在審視權衡，沒有一點想幫忙的意思。

封原心中不滿，既然幫不上忙，還不如跟曲停嵐那個廢物去帳子裡睡大覺呢！他不敢把自己這點惱怒表現出來——要真出了事，一切還得仰仗章庭的親爹——只好喚人進來添了茶，耐著性子陪章庭吃。

好在過不久，參將就掀簾進來了，「將軍，曲五爺已經安頓好了，帳子紮在了山邊道口，他還是嫌熱，說明早起來要上山去尋涼快地方住……」

封原不耐地擺擺手，意思是隨他去吧，爾後對章庭道：「小章大人趕了多日的路，眼下想必累了，不如也去帳中歇一會兒吧。」

章庭似乎心事重重，明知封原在打發自己，沒有介意，把手邊的茶擱下，跟著引路的兵衛離開了。

章庭一走遠，封原立刻就問：「怎麼樣？」

參將道：「回將軍，小昭王那邊還是沒動靜，不過……衛大人最遲明天天明就到了。」

封原閉了閉眼。

衛玦一來，小昭王手上就有了兩百玄鷹衛，雖然他的人馬多出玄鷹司一倍有餘，鬧到兵戎相見的一步，於他而言終究是不利的。

封原負手，焦急地在帳中來回踱步，「不過一件遺物罷了，這礦上的人都是鋸嘴葫蘆修煉成精的麼，真是奇了怪了，怎麼問都問不出來！」

參將猶豫了一下，道：「將軍，屬下有一計。」

「快說。」

「也不是什麼好計策，眼下礦上不是關著這麼多流放犯麼，不如……」他湊到封原耳邊低語了幾句，隨後抬起手，在脖頸間一劃。

「不行！」封原立刻道：「朝廷早就頒發過禁令，流放犯也是人，額外施加酷刑，乃至濫殺流放犯者，以殺人罪同罪論處，我乃朝廷武官罪加一等，小昭王還杵著那兒呢，在他眼皮底下動刀子，他不可能放過我！」

「將軍您真是糊塗啊！眼下都什麼時候，哪能計較這許多？再說也不是真的殺，只是扣押起來嚴刑逼問罷了，實在問不出，再動刀子不遲，您也說了，流放犯也是人，是人就知道怕，後面的囚犯看到前面的死了，總有一個說的吧。朝廷的禁令再嚴，這些人也是罪犯，後頭官府追究起死因，只要咱們手腳乾淨，隨便一個累死病死野火燒死，好填補得很。」

「那礦監軍呢？那些監軍也不是吃素的，你沒瞧見每回我們提審囚犯，那都監一副警覺的樣子，生怕我們把他的囚犯給吃了！流放犯如果沒了，他立刻就能發現，眨眼功夫就能跟玄鷹司揭發我們，哪能等到我們後頭填補？」

參將知道封原這樣思前慮後，不是因為他性情有多仁慈，只是擔心後果罷了，他深思了片刻，說道：「如果將軍只是不想被礦監軍發現，屬下倒是有一個法子拖住監軍。」

他頓了頓，吐出三個字，「曲五爺。」

「曲停嵐？」

「曲五爺不是一到礦上就喊熱麼，說想去山上找涼快的地方，等明早曲五爺起了，將軍不如託那都監帶五爺上山，屬下知道礦監軍在山上鑿了不少岩洞，用來擱放礦上的石料和油罐，到時候就讓那都監帶曲五爺一個一個去瞧，憑五爺的挑剔，耽擱一日都是短的，那都監在礦上說話一言九鼎，只要他不在，憑將軍的神通，不管這些流放犯發生了什麼，還怕不是『乾乾淨淨』的？」

「將軍，」參將再度道：「只要能把眼下這一關捱過去，隨那小昭王後面怎麼追究，再和他周旋就是，難道殺幾個流放犯，能比洗襟臺那案子的後果更嚴重？」

封原聽了這話，負在身後的手一下握緊成拳，「好！就這麼辦！」

他看了帳外的天色一眼，已近暮裡了，「支開都監至關重要，這事交給別人我不放心，這樣，你親自去，眼下就到曲停嵐帳子外守著，他什麼時候起，什麼時候上山，切記讓他歇好了，否則這廢物少爺腿都不肯邁一步。」

他來回疾走兩步，又叮囑，「最好把章蘭若也捎上，拖得愈久愈好！」

直至夜裡，礦上各處都熄了燈，除了塔樓外還有隱隱營火，監軍衙、營帳、囚牢，俱是黑漆漆一片，似乎玄鷹司與封原兵馬經過兩日的無聲對峙，終於疲憊了，礦上除了呼嘯的風，再難聽到別的聲音。

順著這風聲往山外去，一直吹拂到脂溪鎮下，卻見一列兵馬疾馳而過。

山中月色亮得驚人，從鎮子邊的山腰往下看，不難辨出這一行官兵衣擺上的雄鷹暗紋。

「公子，是玄鷹衛。」

鎮邊的山腰上，白泉看清來者，輕聲向張遠岫說道。

「玄鷹衛也到了啊。」張遠岫眉宇間的顏色始終淡淡的，中和了月的清涼，似乎絲毫不受秋老虎的暑熱影響。

「衛大人辦事向來疾如風快如電，這回與小昭王先後腳上路，眼下才帶兵趕到，倒是有些慢了。」

「慢？」張遠岫眉梢微微一挑，「衛玦在來脂溪前，繞道去了柏楊山，眼下就到脂溪，豈止疾如風？」

白泉聽了這話，詫異道：「衛大人去柏楊山做什麼？」

柏楊山中正在重建洗襟臺，那裡除了工匠與駐守的官兵，什麼都沒有。

是了，駐守的官兵！

「公子的意思是……」

張遠岫看向遠山的輪廓，夜色中，起伏的山勢隱約綿延，「既然牛鬼蛇神都到齊了，我們也進山吧。」

「那個誰，你過來，蹲下……蹲好了。」

翌日晨，太陽才從雲端探了個頭，礦山下，一行人又沿著山路上山了。

曲茂擔心雙腿受累，走了沒一刻，喚了一名家將過來，整個人往家將身上一趴，拍拍他的肩，「行了，繼續走吧。」

他們這一行人是去給曲五爺尋涼快地方紮帳子的。昨天曲茂一到礦上就睡了，早上醒來，身下的席子都被熱汗浸濕了。曲五爺幾曾吃過這樣的苦？當即要找封原抱怨，帳簾一掀，封原身邊的參將已經在外恭候了多時，稱是已經跟礦上說好了，今天什麼都不幹，就帶著五爺納涼去。

曲茂承情。眼下他身邊除了參將和七八名家將，礦上的都監也在，連章蘭若也跟來了。

曲茂這個人不愛念書，但也嚮往「明月松間照，清泉石上流」這樣的山居日子，要是能邂逅一個歸來的浣女，來一段楚王與神女的巫山情那就更好了。誰知他到了山上一看，別說空山清泉了，就那幾個堆放物資的山洞，這是給人住的？

曲茂於是一臉嫌棄地讓都監繼續帶路。

到了山腰，都監在一個岩洞邊頓住步子，「曲校尉，這個岩洞是用來存放油罐的，十分涼爽，連帳子都不用紮，搭好床榻直接就能住人。」

堆放油罐的岩洞顯見得經過改善，洞外有門，內裡還擱著桌椅，就是看上去有點深，黑漆漆的，曲茂也知道礦上條件簡陋，不能太講究，說：「行吧，你們給我多點幾根燭，我住這試試。」

都監為難道：「曲校尉有所不知，這洞裡油罐多，燭燈不能多點，怕風來引發大火。」

「不點燈還怎麼住人啊？」曲茂往那岩洞深處望去，覺得那昏黑裡陰風陣陣的。他喜歡的是巫山神女，夜裡要飄來個美豔的夜叉，他可無福消受，「別處看看去吧。」

這個山頭已經看完了，別處要去隔壁山上。太陽當空高掛，秋老虎的暑熱無孔不入地滲入林間，曲茂先時還能讓人馱著上山，眼下經不住曝晒，一心想要躲懶，他喚來家將，打發他們幫自己尋地方去，「我要求不高，清涼宜人，桌椅齊全，裡外通風，最要緊的是四面敞亮，你們找到了就來告訴我。」

幾個家將應諾，幫他找「四面敞亮」的岩洞去了。

都監和參將跟著離開，尤紹解下水囊子，伺候完曲茂喝水，見章庭也留在原處，連忙攏起袖口，幫他把一旁的矮岩擦乾淨，「小章大人，您坐。」

章庭頷首，依言坐下。

曲茂瞥章庭一眼，他這會兒歇好了，精神頭正足，出聲譏誚：「有的人呢，表面端出一副公事公辦，勤快務實的樣子，實際上還不是和我一樣，逮著空兒就躲懶。」

他幸災樂禍，「這回偷雞不成蝕把米了吧，藉口幫封叔查案子，找那個岑……岑什麼來著，想要留在東安享清閒，結果怎麼著？封叔來了脂溪，你不也得跟著來？這鳥不拉屎的地方，曲爺爺都受不了，更別提你了。這樣，你真心實意地喊我一聲爺爺，等接我出山的大轎來了，曲爺爺捎上你一程。」

章庭根本不想理他，連看都不看他一眼。

曲茂也不惱，他自覺難得比章蘭若體面一回，出聲炫耀，「你別不信，你道你曲爺爺為什麼進山來？我是來送急令的！回頭我爹知道了這事，別說八抬大轎了，就是王母乘的仙車，他也會給我請來！」

章庭聽得急令二字，心間稍稍一動：「什麼急令？」

「急令就是……就是那個……」曲茂絞盡腦汁地想了一會兒。他哪知道什麼急令，家將臨時送過來讓他簽，他閉著眼就簽了，「哎，你管這麼多幹什麼，總之是個調兵的玩意兒。」

章庭直覺這急令不對勁，本想多問兩句，卻聽曲茂又在一旁質疑道：「你該不會想搶我的功勞吧？」

算了，這麼個大傻帽，誰會陷害他呢，管他死活做什麼。

曲茂見章庭又不吭聲，懶洋洋地數落道：「你說，封叔那邊你又幫不上忙，到頭來還不是和我一樣滿山找涼快，還不如趁早走人，留在這礦上做什麼呢？」

章庭也不知道自己留在這礦上做什麼，他甚至不知道自己為什麼要來。

在中州和章鶴書一番爭執以後，他料到脂溪會出事，離開江留，瘋了一般往脂溪趕。然而等到了這裡，見到封原，封原竟也不拿他當外人，事無鉅細地把岑雪明的下落，與小昭王的爭端告訴了他。章庭為官數載，持身清正，這還是頭一回，他作為一個局內人直面這樣的齷齪，而與他同在局中的，竟是他一直奉為楷模的父親。所以今天一早，當參將問他是否要上山時，他就跟來了，他知道礦上形勢危急，玄鷹衛一到，封原和小昭王說不定就要兵戎相見，但他實在不知道該怎麼辦了。

買賣洗襟臺名額自是罪無可恕，可是事情一旦捅出去，父親也會受牽連。

平心而論，買賣名額並不是父親做的，父親甚至極力反對這樣的牟利之舉，且自始至終，至少他的出發點是好的，爭取來洗襟臺的登臺名額分給寒門學士，給他們更多的機會，何錯之有？

既然洗襟臺在修築的那一刻就淪為青雲臺，他是不是不該去苛責父親？

山嵐拂過，幾片樹葉離梢飄落，章庭只覺自己被這葉遮了目，他看曲茂一眼，就這麼一會兒工夫，曲茂已打起盹兒了。

都說難得糊塗，人是不是稀里糊塗地過活才好呢？

章庭驀地開了口：「曲停嵐，如果有一天，你發現你所認為的對的，其實都是錯的，你最相信的人，做了最不可饒恕的事，你要怎麼辦？」

曲茂已快墮入夢鄉，乍然聽到他這麼一問，迷糊了一會兒，「什麼對的錯的饒不饒恕的，你在說什麼啊？」

「打個比方，假如有一天，你發現你爹犯了大錯，朝廷要治他的罪，不讓他做官了，甚至……甚至會牽連到你，你會怎麼做？」

「……想這麼多你煩不煩啊。」曲茂不耐道：「那我爹要真被朝廷治罪，他不還是我老了麼？我能怎麼辦，我見到他，還不一樣得給他磕頭。」

「可是，如果你必須做出抉擇呢？必須在是非與親義之間選一個呢？」

「選？選什麼選，章蘭若，你知道我最煩你什麼嗎？你這個人，腦子不好使就算了，躺平由它生鏽不好嗎？你還非得讓它轉起來，一轉就打結，越打結越轉，擰成一團麻花，為難自己就算了，還來為難我。」

章庭聽了這話，居然難得沒和曲茂爭，「你說得對，我的天資平平，遠比不上忘塵，更不必提昭王殿下，這些年我自問勤勉克己，到了眼下，卻走入一片困頓之中，可能我從一開始就錯了吧。」

曲茂聽了這話，也是意外，難得見章庭心不高氣不傲的樣子，他一時間覺得他沒那麼討厭了，連語氣也和緩了點，「你也是，你說你沒事跟清執、忘塵這些人比什麼，他們本來就比你好啊，你這不是給自己找不痛快麼？」

章庭垂著眼，「可是我直到眼下，都想不明白修築洗襟臺，究竟是對了還是錯了。」

如果高臺是為了緬懷先人而被賦予意義，如何確保每一個登臺之人都懷有赤誠之心？

曲茂眨眨眼：「哦，你是覺得你爹錯了唄，他不該提出重建這勞什子的——」

「不，不是這樣的！」不待曲茂說完，章庭驀地起身道：「我爹他只是……只是執念太深，在自認為對的道路上走得太遠罷了，他從來教導我持身清正，章氏家訓如此，我和我妹妹……皇后娘娘，從來以此為己訓，不敢逾越一步。」

「你跟我急什麼？」曲茂莫名其妙道：「你清正就清正唄，關我什麼事？」

本來嘛，是章庭先說洗襟臺該不該修的，重建洗襟臺，不就是他爹提出來的麼，他順著他的話往下說，他激動什麼。

曲茂當即出言譏誚，「章蘭若，你是不是一個人進山進得太急，被驢踹了腦子？」

「曲停嵐——」

「不然你糾結這麼多幹什麼？你說你清正，那你問問你自己，先頭那麼長一段時日，你不回柏楊山督工，非要留在東安，不就是為了躲懶麼？眼下逼不得已來了脂溪，不就是怕被拆穿，做個樣子麼？哪來那麼多黑的白的，自己走的路、做出來的事才是真的，你滿心計較，一副迫不得已的樣子，跟誰為難你似的，腳底下的步子倒是一步不慢，不然你問問你自己眼下為什麼在這個礦上？還不是跟你曲爺爺一樣哪兒清閒哪兒待著。」

「曲停嵐！我身為堂堂朝廷命官，來脂溪自然是為了——」

章庭聽了曲茂的話，勃然大怒，他為官數載自問在公務上沒有過一絲怠惰，什麼時候是為了躲清閒了？

然而辯解的話還未說完，倒灌入口的山風卻一下子澆熄了心中澎湃的怒意。

是啊，他究竟為什麼要來脂溪？

他如果真想逃離這場事端，他應該裝作什麼都不知道，回到東安，甚至去往柏楊山，而不是趕赴漩渦的中心。

曲停嵐說得不錯，哪來那麼多黑的白的，自己走的路，做出來的事才是真的。

從他決意來到礦上那一刻就有了自己的判斷，那是他身而為人在朝為官的立足根本，不會因為與父親的一場爭端就輕易動搖。

章庭重新在矮岩上坐下，雙手緩緩握緊成拳。

父親說得也許沒有錯，這世上有許多事，都介於是與非，黑與白之間。可是，不是完全沒有絕對的：手上沾了無辜者的血，就有了罪孽，若真相被埋在了塵煙之下，那便把它挖出來，讓它大白於人間。

他知道脂溪藏著罪證，來到脂溪，他只有一個目的，把這罪證找出來，不管付出什麼代價。

山下傳來奔馬之聲，適時打斷了曲茂和章庭的爭吵，尤紹往山下一看，見是一眾身著玄衣的兵馬，忙道：「是衛大人帶著玄鷹衛趕到了。」

參將和礦上的都監也從隔壁山頭回來了，家將道：「五公子，小的們沒找到四面敞亮的岩洞，聽都監大人說，對面糧倉附近有幾間臨時蓋的屋棚，五公子可要去瞧瞧？」

曲茂歇好了，渾身都是精氣神，往家將背上一趴，「走著！」

衛玦下了馬，把馬兒交給前來接應的監軍，快步去了衙舍，向謝容與稟道：「虞侯，屬下已經按您的吩咐，繞去柏楊山通知各軍衙駐軍，屆時軍衙的人馬到了，少夫人和岳前輩可能需要迴避。」

謝容與頷首：「我知道了。」

衛玦四下看了一眼，不由得問：「礦上這邊怎麼樣了，岑雪明找到了嗎？」

祁銘道：「已經有線索了。」

他把青唯是如何竊取了案宗，岑雪明是如何扮作蒙四來到礦上大致與衛玦提了一遍。

「我們眼下懷疑岑雪明不是沒捱過冬天，而是死於非命，只是這礦上有事瞞著我們，死活撬不開嘴，昨晚跑了兩個鎮上的官吏，岳前輩連夜去追了，眼下想必快回來了。」

正說著，只聽門外一聲響動，岳魚七果然拎著劉掌事和陶吏回來了。

劉掌事和陶吏被小昭王連夜派人追回，嚇得面如土色，到了衙舍，連眼都不敢抬，瑟瑟縮縮地立著，「敢、敢問殿下，尋下官二人回來，所為……所為何故。」

章祿之知道謝容與意欲詐他們，當即怒喝一聲：「為什麼擒你們回來，你們自己不知道嗎？！」

劉掌事和陶吏互看一眼，「還請……還請昭王殿下明示。」

「你二人好大的膽子！」章祿之當即拍案斥道：「這麼大的事，你二人拒不坦白就算了，還跟礦上合起夥來瞞著，你們可知罪！」

劉掌事和陶吏膝頭一軟，當即跪倒在地：「殿下明鑒，下官、下官當真不知道殿下想讓我們說什麼……」

章祿之「呵」一聲，當即要挽袖子，「死鴨子嘴硬——」

謝容與抬手將他一攔，他端著一盞茶，坐在上首，淡淡道：「如果你二人只是不知該從何說起，本王倒是可以給個提醒，三年前，也就是嘉寧元年，蒙四究竟怎麼死的？」

聽了這話，劉掌事和陶吏的臉色果然變了。

謝容與道：「本王知道他不是死於飢寒，而是死於非命。若是本王所料不錯，他死前，應該還和你們說過些什麼，只是你們當他是個瘋子，沒把他的話當真罷了，還有——」

謝容與把茶盞往一旁放了，傾下身來，「石良，這位來為岑雪明收屍的中州官員，最後究竟去了哪兒？」

「還是不肯說是嗎？」見劉掌事和陶吏的臉都快貼在了地上，牙關卻咬得緊，謝容與道：「你們以為你們瞞下去，就能保住這礦上所有人的性命，封原帶了多少人來，玄鷹司又來了多少人，你們沒瞧見嗎？」

謝容與的語氣不慍不火，「其實你們也沒大錯，礦上條件如此，許多事都迫不得已，不過，規矩既然壞了，朝廷自然要追究到底。劉掌事，你除了是這礦上的掌事，還是脂溪鎮的鎮長，你以為這麼多官兵到礦上，只為拿監軍和流放犯麼，鎮上礦工一個也跑不了。實話實說尚能將功補過，本王能不能法外容情，就看你肯不肯開口了。」

謝容與這一番話恰好說到了劉掌事的痛處。

他除了是礦上的掌事，到底也是脂溪鎮的鎮長，那麼多鎮民的生計都指著他，如果出了事，鎮上那些婦孺還怎麼活？

何況小昭王已經知道礦工們也捲在這場事端裡了。

「罷了。」劉掌事一咬牙，「我說。」

正午日頭正盛，營地的一間帳子後簾一掀，抬出一具屍身，屍身被白布蓋著，上頭滲出斑斑血跡，一名兵衛立刻上前，掀開白布一看，隨即擺擺手，壓低聲音道：「抬走吧，仔細別被人瞧見。」

抬屍的稱是，快步去林間處理屍身了。

不一會兒，封原過來了，兵衛立刻上前稟道：「將軍，剛死了兩個流放犯，後頭的就繃不住開始招了，不過他們說得顛三倒四的，看樣子知道得都不太全，只能拼出大致真相。」

封原點點頭，大步走進帳中，拿起案上的供詞看了一眼，逕自問：「蒙四究竟是怎麼死的？」

沒有祕密能比自己的命更重要，流放犯看著接連已有兩人受刑而死，早就想招了，眼下聽封原又問一遍，其中一人道：「回官爺，蒙四他……他是開礦死的。」

「這個蒙四，根本不是死於飢寒，他是開礦死的。」

「開礦死的？」

「正是。」劉掌事道：「殿下可能對開礦的步驟不熟悉，礦山的礦，不是拿鐵鍬鑿鑿就有的，如果礦藏在深山之中，就需要炸山，就是……拿火藥把山岩炸開，淌出一條火路來。礦上有的地方存了油罐和硝石，就是為了這個。」

「尋常炸山開礦，只要把火藥放在開礦點，然後在遠處引燃火繩就行了，不過說著簡單，實際上卻有很多困難，比如為防引發山火，火繩不能太長，比如有時候炸山會引發山體崩塌，人離得再遠，都會遇到危險。所以朝廷司礦署很早就出過規定，但凡開礦炸山，都得由有經驗的礦工親自上陣。只是，再有經驗的礦工，一旦遇到礦難，也是躲不開的，是故早年因為炸山，礦上死過不少礦工。說回蒙四……」

「……這個蒙四，剛來礦上的時候話很少，我們同來的幾個，只知道他是個半瘋的瘋子，沒看出有什麼特別的地方。」囚犯受不住酷刑，招供道。

「可能是礦上的日子太苦了吧，到了三年前，就是嘉寧元年，有一天夜裡，蒙四忽然對我說，他不想在礦上待下去了，在這裡生不如死。我當時還以為他在開玩笑，誰知道隔一天，他就去找監軍，說什麼他不是蒙四，他的真正身分是一個朝廷命官，因為有人要殺他，他才頂替了蒙四來到礦上。」

封原聽到這裡，心中了然。

嘉寧元年，嘉寧帝大赦天下，岑雪明在礦上吃盡了苦頭，起了僥倖心理，想著也許洗襟臺的事端早已過去，曲不惟已經放棄追殺他，他可以離開礦上另尋法子保平安了。

「……這個蒙四本來就有瘋病，他跟監軍們說自己是朝廷命官，誰會信他？監軍還故意逗他，說『你是朝廷命官，那你姓甚名誰，在何處任何職啊』，蒙四卻說他暫時不能說。」

他自然不能說，他若這樣就暴露了自己是岑雪明，難保曲不惟不會第一時間找到他。

封原道：「說下去。」

「所以蒙四就想了一個法子……」

「因為每回炸山都有危險，久而久之，礦上就有了個不成文的習俗。」劉掌事猶豫了半晌，說道：「就是炸山不讓有經驗的礦工上，而是讓流放犯上，自然作為回報，礦監軍也會給流放犯一些好處，幫他們實現一個力所能及的願望。」

「說真的，這些流放犯在礦上待久了，他們的願望都是很小的願望，有家人的不外乎是給家人送封信，打聽打聽家人的消息，沒家人的就想吃好些，住好些，入秋後能吃上一頓肉，冬天能添一件破布襖子，多少也就滿足了。當時恰逢礦上要炸山，這個蒙四就自告奮勇，作為回報，他讓監軍在炸山之後給中州衙門一個叫石良的人寫信，他說石良會帶來證明他身分的證據。石良本來就是蒙四發生意外的聯絡人，蒙四這個要求可說是很好滿足，所以監軍立刻就應了。誰知偏偏就是那次，炸山出了事……」

因犯仔細回憶著三年前，脂溪礦上的那次炸山，「……火藥炸崩了山體，我只記得一聲轟鳴後，山間到處都是巨響，亂石、山礫從山上濺下來，礦上的人都在跑，離得遠的跑掉了，離得近的，尤其是負責炸山的那幾個，一個都沒能活下來，全被埋在了山底，包括蒙四……」

「其實他們附近就有個岩穴，如果是有經驗的礦工帶隊，這幾個炸山開礦的未必會死，可是……流放犯沒經驗啊，見到山體崩塌，當時就亂了，到最後，包括蒙四一共七人，一個都沒活下來。」

「流放犯炸山開礦，這是壞了規矩的，朝廷如果問責，礦監軍、礦工，包括囚犯，一個都跑不了，所以怎麼辦呢？礦上只好稱這幾個囚犯是死於飢寒，然後依規矩寫信讓這些人的親人過來收屍，等親人到了，大可以稱是屍身腐壞，早就一把火燒了。」

「信寄出去逾兩月，礦上相繼來了人，包括中州衙門那位姓石的典簿，石典簿一到陵川便給我們寫了信，讓我們去脂溪鎮上接他，我們的人立刻就去了，然而在鎮上等了大半個月，都沒有等到他。」

「石良去了哪裡？」祁銘追問。

劉掌事猶豫了片刻，好似下了很大的決心，才道：「……他死了。」

第十六章　罪證

「死了？怎麼死的？」

石良沒有仇家，三年前，曲不惟和封原不曾懷疑過他，照理不該為人所害。

「我們的人沒等到石典簿，出鎮去找他，後來在一個山谷裡發現他的屍身，應該是進山的時候失足跌落山崖……摔死了。」

摔死了？

衙舍眾人面面相覷，雖然覺得難以置信，但是，除了意外身亡，石良的失蹤找不出別的合理解釋。

「殿下已經知道了，礦上讓流放犯炸山，算是壞了法度，眼下出了事故，礦監軍、礦工、包括流放犯，一個都跑不了，何況……這其實不是第一次出事，先頭十多年，這樣的事故發生過好幾回，都被遮過去了，朝廷要是細究起來，後果我們承擔不起啊。」

最重要的是，如果事情敗露，往後炸山又該怎麼辦呢？沒了流放犯淌雷，難道要讓監軍和礦工親自上陣，出了事就要填命，誰甘願冒這樣的風險？反之，對於流放犯來說，他們在礦上的日子是無望的，如果能憑一次犯險，換來給家人寫信的機會，又或是一身過冬的襖子，他們就能撐得再久一些。所以這礦上的所有人，無論是礦監軍還是流放犯，俱是心照不宣地隱下了炸山的內情。

「石典簿死在了山外，我們本來該第一時間告知中州衙門的，但是，一來，中州那邊好像不知道石典簿來了，二來，一個朝廷官吏死在了我們這裡，上頭必定會派人來查，石典簿本來就是來給蒙四收屍的，如果上頭查到了蒙四的真正死因，炸山的祕密敗露，我們往後該怎麼辦？所以下官與礦上的監軍們一合計，決定乾脆裝作不曾發現石典簿的屍身，今後如果有人問起，便稱從沒有見過他……後來的幾年，從未有人跟礦上打聽過石典簿，直到殿下您來了……」

青唯聽到這裡，想起一事，「我看礦上的犯人們近來十分怠惰，可是因為又要炸山了？」

劉掌事沒想到他們連這都瞧了出來，只得招認道：「最近一批鐵礦已經開採完畢，新的礦點也找到了，的確需要炸山。實不相瞞，殿下到脂溪當日，下官之所以沒及時相迎，就是在跟都監商議炸山的事宜，連硝石、油罐都備好了，只是……眼下殿下、封將軍俱來了礦上，炸山的計畫只有被擱置，囚犯們沒有礦可採，看上去自然無所事事了。」

「最後一個問題。」謝容與道：「據本王所知，『蒙四』是一個十分縝密的人，不可能算不到炸山的風險，如果事成，他的要求是給石良寫信，如果失敗呢，他的要求又是什麼？」

他說著一頓，「或者本王可以換一個更加直截了當的問法，『蒙四』進山時，一定帶了一些『傍身之物』，這些『傍身之物』至關重要，到了炸山這個生死攸關的當口，他不可能沒想法子安置好它們。本王想問的是，那些『傍身之物』，也就是被岑雪明千辛萬苦帶進山的罪證，究竟被他藏在了哪兒？」

「……眼下想想，或許蒙四早就在礦上藏了東西，剛到礦上那兩年，他只要有閒暇，時不時就溜去後山，炸山的前一晚，他跟礦監軍說，他想一個人待一會兒，八成又是去藏東西了。」

「他把東西藏去哪兒了？」封原問。

帳中的幾個流放犯面面相覷，當時蒙四一個人待著，藏去哪兒了他們如何得知？

這時，其中一名流放犯驀地開了口，「將軍，小的……小的或許知道……」

「……殿下所料不錯，蒙四的確算到過自己會死，他說，如果遭遇不測，他什麼要求都沒有，只想在炸山前，一個人待一夜。」劉掌事道：「他到底是個流放犯，人還有點瘋癲，礦上雖然應了他，不可能任憑他在礦上自由來去，所以我們派了一個監軍遠遠地跟著他。

「那監軍瞧見，蒙四似乎從後山取了什麼東西出來，埋在了即將開採的礦山附近。適才殿下說，蒙四進山時，帶了一些『傍身之物』，那麼依下官之見，殿下要找的『傍身之物』只能是那夜他從後山取出的東西。」

衛玦立刻問：「這些東西眼下在哪裡？」

劉掌事支吾一陣：「不知道……」

「不知道？」

「炸山的時候不是出了事麼，山體崩塌得太厲害，那一片都被砂石埋了，餘後數日，一直有山石滑落，我們怕再出事，只挖出了流放犯的屍身，那一帶再沒動過。」

「你的意思是，被岑雪明帶進山的證據，至今都埋在那座崩塌的礦山附近？」章祿之問道。

劉掌事茫然地點了點頭。

不待謝容與吩咐，祁銘立刻取來礦山的地圖，青唯急問：「掌事的，你仔細想想，那些東西究竟埋在哪個位置？」

鴨子坡顧名思義，整個礦山地帶形似番鴨。

劉掌事對這隻鴨瞭若指掌，如果說入山是在鴨尾，衙署和營地在鴨身，那麼礦山便是從鴨脖子向鴨頭深處推進，劉掌事的手指落在鴨脖下的一個山丘交匯處，「這裡。」

「衛玦。」下一刻，謝容與沉聲吩咐。

「在。」

「點兵。」

「……因為小的跟蒙四住在一間囚舍，炸山前一天的夜裡，小的記得他去後山取了些東西，回來擱在一個爛木匣子裡，隨後埋在了礦山附近。如果將軍要找的是那個匣子，眼下應該就在礦山那邊……」

「具體在什麼地方？」不等囚犯說完，封原急問。

「那邊是一片山丘，應該在山丘交匯的地方。」

封原聽完這話，疾步出了帳子，帳外暮色四合，適才的守衛立刻迎上來：「將軍。」

「立刻調派人手去礦山，掘地三尺也要把岑雪明當年留下的木匣找出來！」

守衛還沒離開，軍中一名校尉疾步過來，「將軍不好了，一刻之前，玄鷹司的衛掌使忽然調集了大半兵馬，朝礦山那邊去了，似乎是要搜山！」

封原聞言，心不由往下狠狠一沉，他費盡周折不惜逾制刑審流放犯，居然還是被小昭王搶先一步。

「將軍，我們眼下該怎麼辦？」一旁的守衛急聲問道。

封原看向遠天，夕陽的餘暉為天際染上一片片彤彩，雲色如同火燒，適才那流放犯說，岑雪明留下的證據被埋在了崩塌的山體之下，哪怕小昭王知道大致位置，找也要找上許久，加之眼下夜色將至，搜尋的難度增大，他還有時間！

封原對守衛道：「先調集三個衛隊，隨我前往礦山。」又吩咐校尉，「你召集餘下人馬，從左右翼繞行，我們人多，先將山上的玄鷹衛包圍起來！」

「將軍這意思，是要跟小昭王動兵？」校尉詫異道。

「玄鷹司要跟我們爭，不想動兵也得動兵，礦監軍那邊如果起疑，便稱小昭王是為了包庇溫氏才查礦山，動機不純，對天家不忠，拖上一時是一時，左右只要那重犯溫氏跟在小昭王身邊，她就是小昭王永遠的軟肋！」

玄鷹衛的動作很快，霞色在天際徹底鋪開之前，已經確定了證據埋藏的大致位置。

當年炸山引發山體崩塌，三年過去，坡野上已有了新生的草木，好在礦山本來荒蕪，挖掘的難度並不算太大，謝容與剛分派好人手，一名玄鷹衛疾步過來稟道：「虞侯，封將軍帶兵往這邊來了。」

謝容與有些詫異：「怎麼來得這麼快？」

「屬下過來時，遇到礦上一名監軍，稱是……封將軍今日扣押了幾名與岑雪明同批進山的流放犯，至今沒有放人。」

章祿之愕然道：「封原該不是刑審流放犯了吧？早年朝廷為防流放犯遭受虐待，嚴禁定罪後無故用刑，他是將軍，要罪加一等的。」

岳魚七冷哼一聲：「死馬當活馬醫，封大傻眼下哪還管得了這麼多。」

謝容與問：「礦上的都監呢？」

「都監陪著曲校尉和小章大人上山了，似乎想找什麼涼快地方住，封將軍身邊的參將也跟著。」

謝容與明白了，封原是故意藉曲茂支走都監，就是為了在那些流放犯口中挖出線索。

封原應該知道這山中埋著罪證了。

這時，又一名玄鷹衛來道：「虞侯，封將軍已經兵分三路，朝礦山這邊合圍而來了！」

劉掌事和陶吏就在附近，聽了這話，臉色煞白，「兵、兵分三路……封將軍他這是要幹什麼……」

祁銘立刻朝謝容與拱手道：「虞侯，看來封原已起了動兵的念頭，請虞侯示下——」

這話一出，周遭的玄鷹司齊齊俯身拱手：「請虞侯示下——」

山中火色幢幢，就這麼一會兒工夫，夕陽已落了大半，謝容與環顧眾人，淡聲道：「衛玦，你來安排。」

「虞侯？」

「本王不過是一個久居深宮之人，你才是作戰領兵的將帥，兩兵相接，自該聽你號令。」

「可是玄鷹司以虞侯為尊，這一年來，我等是跟著虞侯才能走到今日，到了眼下這樣重要的關頭，一切當聽虞侯吩咐。」

「本王是一個王，玄鷹司是天子之師。」謝容與道：「縱然本王與你們合作默契，五年前玄鷹司獲罪，指揮使、都點檢相繼負罪身死，帶著玄鷹司一直撐到今日的是你和祿之。」

謝容與看著衛玦，「衛掌使，玄鷹司有兵馬數千，衙下行走近萬，而今日在這裡的只有區區兩百人，如果連兩百人你都統領不了，以後怎麼號令千人萬人？」

衛玦一愣，驀地明白了謝容與言中深意。

他扶刀後撤一步，朝謝容與深揖而下，隨後轉過身：「眾將士聽令——」

待將士們相繼撤去，衛玦留下謝容與、岳魚七和青唯，「虞侯、少夫人、岳前輩，封原今夜雖然召集了兵馬，依屬下之見，他未必會立刻和我們動兵，他的目的與我們一樣，找到岑雪明留下的證據，封原的人手是我們的一倍，如果單拚速度，我們怕是比不過，故而屬下有一計……」

天色徹底暗下來，封原就帶兵趕到了。從他的方向望去，玄鷹衛分成數支衛隊，正在山上有條不紊地挖掘，礦上的監軍也被他們請來幫忙了。

封原喚來貼身護衛，低語幾句，護衛聽完，當即下了馬，往一旁的小道去了。

上山的大路有玄鷹衛把守，封原到了道前，玄鷹衛伸手一攔：「將軍，虞侯正在查案，還請將軍迴避。」

封原似乎很意外：「巧了，老夫來此也為查案。」他的語氣不疾不徐，「三年前，這裡的礦山發生過崩塌，老夫猜測此地埋了些東西，帶人過來搜尋。」

玄鷹衛道：「既然如此，待虞侯搜完，將軍再帶人上山即可。」

封原冷笑一聲：「為何要等你們搜完？據老夫所知，昭王殿下查的案子應該與洗襟臺有關吧？老夫來此，只是為了核實此地的礦產數目罷了，你們挖你們的，我挖我的，彼此之間並不衝突，玄鷹司何故要將老夫攔下？」

「非是玄鷹司要將將軍攔下，洗襟臺乃大案，其中線索不易透露──」

「為何不易透露？」不等玄鷹衛說完，封原放高聲音，振振有詞，「如果老夫所料不錯，一直跟在殿下身邊的那位姑娘，眼下也在山上吧？任誰人不知，此人正是朝廷追捕了多年的重犯溫氏！前夜這女賊到老夫帳中竊取的案宗，礦上諸位監軍兄弟想必是親眼所見，殿下念及舊情，以一句『內人』搪塞，老夫礙於殿下顏面，只好睜一隻眼閉一隻眼，只是公是公，私是私，老夫原以為殿下可以公私分明，今夜殿下攔著不讓老夫上山卻是何意？難不成是擔心老夫窺見您找的線索，不利於您銷毀罪證？殿下，您一人要幫溫氏瞞天過海就罷了，可別連累了諸位玄鷹衛與礦上的監軍兄弟啊！」

封原利用青唯倒打一耙，山上的監軍們果然臉色一變。

這時，卻見幢幢火色裡步來一人，謝容與聽到動靜，從山上下來了。

玄鷹衛立刻上前與謝容與耳語幾句，謝容與聽完，看向封原，「將軍也想上山？」

封原端著一副冷容：「老夫想有什麼用，殿下又不肯放行。」

謝容與淡淡笑道：「怎麼不肯？」他說著，讓開一步，身後玄鷹衛隨之分列兩旁，「將軍請吧。」

封原見他這般反應，卻是一愣。

適才玄鷹衛拚命攔著不讓他上山，他幾乎篤定這山上藏著東西，眼下小昭王這麼輕易地放了行，他卻要疑心自己是不是找錯地方了。

這時，適才被他派走的護衛回來了，湊在他耳旁低聲道：「將軍，屬下偷偷繞去山上看了，那溫氏女……眼下不在山中，而是去了附近的峽谷。」

封原瞳孔微微一縮，「確定？」

「確定，她一刻前就離開了，身邊除了幾名玄鷹衛，還跟著一名監軍。」

封原聽了這話，心中疑雲四起。溫氏女對小昭王有多重要，封原是知道的，今夜這麼重要的關頭，為何竟沒跟在小昭王的身邊？

不，不對。

溫氏女固然重要，但小昭王對她十分信任，許多重要的任務，都是交給她辦的，偷盜〈四景圖〉、竊取案宗，包括當初在上京，從何鴻雲的祝寧莊中救出線人。

難不成今夜也是如此？

當年炸山引發山體崩塌，經年過去，岑雪明埋藏罪證的地點早已無法確定，流放犯們只是知道大概，要說誰更加清楚罪證在哪兒，只能是當年參與善後的礦監軍了。

眼下溫氏女身邊，不正跟著一名監軍？

是了，小昭王此舉真是一舉兩得，故作不在意把他們請上山，實則聲東擊西掩護溫氏。

封原一念及此，淡淡道：「既然殿下在上山查找證據，老夫也不多干涉。」他說著，喚來一名手下，留下一半人馬，帶著其餘人很快撤去了。

山間的峽谷地帶草木叢生，夜色滲入林間，濃得跟墨汁一樣，這樣暗的夜中，隱隱有火光逼近，火光映出數道人影，他們似乎已在林間搜尋了多時，片刻，其中一人問：「找到了嗎？」

這是一個女子的聲音，聽上去十分年輕。

「……找到了，找到了！」

「快挖出來！」

從遠處看去，數道人影圍在了一起，他們從一個老樹根下挖出了什麼，罩著斗篷的女子舉著火把一照，竟是一個爛木匣子，她正要伸手拿，像是意識到什麼，手中的火把倏地滅了，低聲警示：「林子裡有人，把東西給我，快走。」

言罷一刻不停，飛也似地朝林外掠去。

尋常人怎麼跟得上她的腳程，不消片刻，餘下玄鷹衛與監軍被她遠遠甩在了後面。

好在封原已在附近埋伏了多時，他知道青唯耳朵靈，沒有靠得太近，等的就是這一刻。

見青唯要跑，封原親自帶兵上前圍堵。

青唯還沒逃出林外，眼前火色乍然亮起，封原的身形被這火色映照得雄闊無比，手中長刀脫鞘而出，直接朝眼前女子劈去。他上回被這女賊算計，並非技不如人，而是這女賊太過狡猾，眼下成心要扳回一城，招招式式盡是殺機。

青唯見狀不好，倒身下仰，整個人幾乎是貼地擦過，避開封原的一式，隨後她翻身而起，正待另尋出路，藉著火光一看，四面八方都有官兵圍過來！

有了上回的經驗，封原的人馬知道她是條滑不溜秋的魚，早就在此地布下埋伏，只差在樹上加一張網了。也幸虧他們沒罩網，青唯東南西北被堵了個水泄不通，還能往上逃，她縱身一躍，朝樹梢竄去，卻沒有在枝頭多留，橫劍掛住枝頭，逕自盪出官兵的包圍。

無奈封原早料到她有此一舉，已經提刀在她下落的地方等著她了。

青唯落在火色之外，林間暗處，剎那間發出刀兵相撞的鏗鏘之聲。封原先前以為青唯只是功夫靈巧罷了，眼下發現她竟能直面接住自己的一式，十分意外，藉著刀光看去，原來這女賊手上居然有一把做工精良的重劍。

青唯手裡的重劍其實就是謝容與買給她的那把，朝天不辭辛勞地幫她背來了脂溪，今夜剛好派上用場。

「女賊，把東西交出來，老夫或可以留妳一命！」

重劍豎在身前，青唯再度接下一式，「將軍讓我交什麼？」

「明知故問！」

劍身擦著刀刃，飛濺出一串火花，「可是東西不在我這啊。」

「女賊巧言善辯！老夫適才明明聽到他們把東西交給妳了！」

劍身卸去長刀的力道，青唯將劍貼著刀往下壓去，抬眼一笑，「將軍確定嗎？」

封原看到這個笑容，心中悚然一驚。

不知為何，他總覺得女賊這一笑，與適才小昭王請他上山那個笑容如出一轍。

該不會自己又被這女賊戲弄了！

封原心底疑竇叢生，難道岑雪明的東西就是埋在山上，這女賊適才只是做戲？

封原到底是領兵作戰的大將軍，青唯知道不能跟他硬拚，趁他分神之際，疾步後撤，「那麼將軍猜東西在哪裡？」

封原提醒自己不要輕易著了這女賊的道，小昭王如此看重這女賊，照道理不會輕易讓她離開身邊，否則一旦起了兵戈，他怎麼保證女賊的安全？唯一值得犯險的理由——這林間真藏了東西。

看這女賊的反應，東西明顯不在她身上。

那麼會在哪兒呢？

這時，一名兵衛來報：「將軍，不好了，屬下一時疏忽，林子裡那個監軍跑了！」

封原怒從中來，他帶了百餘人過來，玄鷹衛就罷了，怎麼連個給玄鷹衛引路的監軍都擒不住？

正待開口斥責，一個念頭驀地生起。

是了，監軍！

適才林中太暗了，他並沒有瞧見東西最後被誰收著。平心而論，這姓溫的女賊本事再高，不可能敵得過百餘兵卒，更不必提跟著她的玄鷹衛，所以他們手上根本不可能有東西，反之，因為帶路的監軍不是他們的人，相較而言最不起眼，由女賊和玄鷹衛引開大部分兵馬，監軍趁機離開，這才是上策！

封原一念及此，吩咐過來增援的兵卒：「你們困住這女賊！」隨後跨上馬，帶著親信與餘下兵衛去追那監軍。

朝廷的軍衙因為類別不同，衙中兵將各有所長，譬如左驍衛擅長緝盜查案，巡檢司擅長檢視巡邏，而封原所屬的鎮北軍，就是純粹作戰打仗的，以武力見長，照道理由他去追監軍，無疑小菜一碟，誰知他疾馬追了好半晌，那監軍依舊不緊不慢地甩開他一段距離。

封原越追越覺得不對勁，正待重新布陣，前方的監軍似乎意識到他不想追了，也頓住步子，回過身高聲道：「封大傻，好久不見啊。」

這聲音……怎麼聽著這麼耳熟？

封原眉頭一皺，一陣說不清來由的怯意令他裹足不前。身後的追兵舉著火把圍上前來，火把的光蔓延到監軍足下，只見此人的身形格外挺拔，生得長眉星眼，眉上還有一道小小的凹痕。

居然是岳魚七！

岳魚七笑道：「離上次見面也就十來年吧，怎麼，大傻年紀大了記性不好，不認得了？」

封原震驚得幾乎要說不出話來。

岳魚七怎麼會在這？

他不是消失了嗎？不是說他死在跟隨先帝回京的路上了嗎？

說起來，封原和岳魚七一共只見過一回，那一回的記憶卻不大愉快。咸和十七年，蒼弩十三部入侵劼北，滄浪水畔士子投江，爾後將軍岳翀請戰長渡河外。

岳翀出生草莽，那時不過是一名游騎將軍，一名低階將軍請纓，朝廷自然要試過他的本事。

隔一日，玄明正華外設了演武場，由各司將帥上臺挑戰，岳翀勝了幾場，卻道：「老夫麾下有一名少年，天生的奇才，一人可敵百人，諸位不如與他試試身手。」

這個人就是岳魚七。

那年岳魚七只有十八，那些久經沙場的老將一一上臺，居然沒一個是他的對手，封原輸得更是狼狽，他的功夫以剛猛著稱，岳魚七卻靈巧輕盈，又慣會使些下三濫的招數，最是剋他。

也是由此，岳魚七一戰成名，隨岳翀前往長渡河。

可惜沙場不比演武場，長渡河一戰慘烈，三萬將士喪生在了劼北的風沙裡，包括將軍岳翀。唯一的神話，就是那位少年在亂軍叢中隻身殺出一條血路，將義父的屍身背了出來。

封原聽說岳魚七出生在陵川山野之中，無父無母，幼時靠挖草根啃樹皮過活，後來被岳翀撿回去，認作義子，因彼時正值七月，又見他喜歡吃魚，任他跟著自己姓了岳，起名魚七。長渡河一役過後，少年染血歸來，滿朝震動，新繼位的昭化帝授他功勛，令他成為了當時朝廷最年輕的將軍，然而半年後，他卻辭了官，說自己一介草莽當不起大任，回到辰陽山中，帶著小外甥女過起了隱居山野的逍遙日子。直到五年前洗襟臺塌，他忽然現身陵川，被朝廷官兵所擒。

封原什麼都明白了。

難怪溫氏女盜了他的案宗後，那案宗會莫名回到他的帳中。

難怪今夜這般驚險，小昭王卻放心讓溫氏女一人應付這許多官兵。

有岳魚七盯著，小昭王還有什麼好不放心的！

這一刻，今夜的所有遭遇重新在心中掠過——

山腳下，謝容與帶著玄鷹衛讓開一條道來，「怎麼不肯？將軍請吧。」

峽谷林間，溫小野手持重劍接住他的一式，「可是東西不在我這啊。」

還有剛才，岳魚七立在火光中，「封大傻，好久不見啊。」

是啊，他真是太傻了。

炸山引發山體崩塌，經年過去，樹生石移，流放犯不確定岑雪明的東西埋在了哪兒，難道監軍就能確定？

如果監軍真知道具體地點，他們早把東西挖出來了，豈能等到今日？玄鷹司又何必分成數支衛隊在山中搜尋？

事實上，玄鷹司也不知道岑雪明的東西究竟埋在了何處，他們忌憚封原的人多，擔心他先一步找到罪證，所以使了一招惑敵之計。

封原終於反應過來。

謝容與、岳魚七、溫小野身上都沒有東西，他們三人今夜的種種行為，就是為了拖住他，分化他的兵力，而他居然就這麼上了他們的當，帶了百餘人來追溫小野與岳魚七，縱使他留了一部分兵力認真搜找罪證，玄鷹司查證的人數多過他，兵中還有衛玦、章祿之這樣的良將，這一點太不利了！

封原思及此，立刻萌生退意。

身下的馬打了個響鼻，正要後撤，岳魚七先一步反應過來，縱身騰躍而起，袖中一道細芒揮出，直擊封原的背心，封原不得已，舉刀回身要擋，岳魚七卻收了細劍，趁著這個當口掠至他馬前，將他攔下，「當年比武不夠盡興，好不容易碰見，大傻留下陪我玩玩？」

轉眼子時已過，兩山交匯的丘陵地帶，火光比先前更亮了一些，衛玦從數道深坑邊走過，搜尋的玄鷹衛見了他紛紛稟道：「掌使，西北第五區域尚未發現異樣。」

「正西第六區尚未發現異樣。」

「中間第二區沒有發現異樣。」

兩個時辰前，衛玦把這一帶按照東南西北分成了三十六個區域，讓玄鷹衛五人一組分批尋找。這麼長時間過去了，玄鷹衛卻搜尋無果。衛玦知道搜證不易，他應該耐心一些，只是，虞侯那裡還好說，岳前輩與少夫人功夫再厲害，體力卻是有限的，不可能拖住封原太久。

衛玦正在想轍，一名玄鷹衛忽地疾步過來，低聲與他耳語幾句。衛玦神色一變，帶著玄鷹衛避開封原的人，「拿出來給我看看。」

玄鷹衛從袖中取出一物，「掌使，屬下在坑中找到的就是這個。」

此物是一塊殘缺的玉牌，上頭刻有紋路，衛玦照著火光一看，像是一個官員的牌符。朝中只有有品階的官員才有牌符，在礦監軍中，除了都監，其餘人都不可能有此物。既然是在坑中找到的，難道說，這就是岑雪明留下的證據？

可是一個殘缺的官員牌符能證明什麼？

衛玦問：「坑中還有別的東西嗎？」

玄鷹衛搖了搖頭，「暫時沒有發現。」

衛玦想了想，吩咐道：「繼續往下挖，切記不要驚動封原的人。」隨後將牌符往手中一握，快步尋謝容與去了。

謝容與藉著火色，把牌符仔仔細細地看了一遍，因為玉石殘缺，牌符究竟是誰的已不可考，看底部紋路，應該屬於一個六品及以下的官員。

岑雪明乃東安通判，官居六品，礦上的都監，官居從七品，還有劉掌事，官居九品。

這個莫名出現在深坑中的牌符，究竟會是誰的呢？

謝容與問：「劉掌事跟陶吏呢？」

「回虞侯，他二人在山上，屬下這就把他們帶過來。」

謝容與道：「太慢了，我去見他們。」

劉掌事和陶吏眼下在山腰的一個矮棚內，由幾名玄鷹衛守著。

謝容與到了以後，沒有立刻提牌符，只淡淡問：「劉掌事的官牌帶在身邊嗎？」

「帶著帶著。」劉掌事應道，隨即從腰間摘下玉牌，呈給謝容與過目。

謝容與又問：「礦上的都監可曾遺失過牌符？」

劉掌事搖頭道：「殿下，牌符乃官員身分的象徵，出入轄地都要以它為憑，等閒是不敢遺失的。」

謝容與頷首，一旁的祁銘隨即攤開手掌，「那麼敢問劉掌事，這枚牌符是誰的？」

祁銘掌中的牌符殘缺不全，上頭還沾了些許泥沙，一看就是剛從坑裡挖出來的，劉掌事見了這牌符，臉色倏地煞白，連聲音也發起顫，「回殿下，下、下官不知……」

謝容與見了劉掌事這反應，心中一下生出了非常不好的預感。

正如適才所說，這枚牌符既不是都監的，也不是劉掌事的，那麼依照道理，它只能是岑雪明的。

可是岑雪明到礦上來，就是為了躲避曲不惟的追殺，根本不敢暴露自己的身分，把這枚能證明自己身分的牌符帶在身邊，他不怕給自己招來殺身之禍嗎？再者，到了嘉寧元年，嘉寧帝大赦天下，岑雪明起了離開礦山的僥倖心理，但是他的做法是，以炸山換取一次給石良寫信的機會，讓石良進山證明自己的身分，如果他身上帶著牌符，把牌符給礦監軍一看不就成了，何必冒性命的風險？

由此可見，這枚牌符最不可能是岑雪明的。

如果牌符既不屬於岑雪明，也不屬於都監和劉掌事，那麼它還可能是誰的呢？

在這些年當中，還有哪位官員到過礦上，並且將自己的牌符遺失在了這山野深坑中呢？

謝容與想起一個人，石良。

心中寒意遍生，今天他審問劉掌事時，這位掌事分明說，石良雖然來給岑雪明收屍，但他沒進到礦山，人就失足摔落山崖而死了。

如果石良沒進過礦山，這枚牌符作何解釋？！

謝容與緊盯著劉掌事：「石良究竟怎麼死的？」

劉掌事聽他語氣森寒，一時間嚇得面如土色，撲通跪倒在地，嘴上喋喋道：「殿下饒命，殿下饒命……」

謝容與道：「石良並不是死在山崖下是不是？他死在了這裡！」

小昭王雖生得一副清冷模樣，從來都是好脾氣，眼下非是他輕易動怒，而是他們在山上搜尋的每一刻，都是小野和岳前輩拿性命爭取來的。

可是劉掌事居然在這麼關鍵的地方對他們說了謊！

謝容與寒聲道：「不說是嗎？來人，找個坑把他們扔進去，就地埋了！」

玄鷹衛即刻應是，上前便把劉掌事和陶吏拖走。

劉掌事的聲音顫得已帶了哭腔，連聲喊著「殿下饒命」，帶著陶吏連滾帶爬地爬回來，「殿、殿下，小的不是故意要瞞著殿下的，那石良當年來給蒙四收屍，確實進山了，只是……他聽聞蒙四已死，並沒離開，而是成日在被砂石掩埋的沙丘上搜找……小的和都監初時並不知道他在找什麼，後來……後來我們猜，他是不是猜到了炸山的內情，懷疑蒙四不是熬不過去冬天死的，而是被埋在了山石之下。我們怕極了，炸山的事情傳出去，礦上所有人都要被問罪。我們……我們真是沒有法子了，本來都想和石良攤牌了，沒想到，這石典簿忽然死在了礦上。」

劉掌事說到這裡，生怕謝容與不信，說道：「下官敢以性命起誓，若有一句虛言，任憑天打雷劈。真的，石典簿在礦上找了數日，整個人也不知怎麼，神思恍惚起來，當時這邊的礦山剛崩塌過，山體不穩，之後有一日，石典簿在山上找著找著，忽然一腳踩空，從山上滾了下來，摔死了……」

謝容與聽完劉掌事的話，閉目深思。

先不論石良究竟是自行摔死的，還是被人為害死的，有一點可以確定，就是他進過礦山。

當年岑雪明在炸山前，明明可以把罪證留在原處，可是他卻在炸山的前一夜，選擇將罪證轉移埋在礦山附近，這是為何？

不難解釋，岑雪明算到自己也許會死於炸山，一定會設法把罪證交到來為他收屍的石良手上。礦山這麼大，如果只是把罪證草草埋在一個地方，石良如何去找？故而岑雪明在進山前，一定和石良約定過一個地點，一旦他身死，石良就會去他們約好的地方取證。

那麼石良究竟找到了嗎？

玄鷹衛幾乎要把埋證的這一帶翻了個底掉兒，除了石良的牌符，什麼都沒發現，說明罪證很可能被石良取走了。

那是關乎洗襟臺的罪證，牽涉到當朝諸多大員，甚至包括當今皇后的父親。

岑雪明在躲來礦山前，也許跟石良提過自己被人追殺，提過自己必須隱姓埋名，但他絕不可能把洗襟臺的祕密告訴他，因為這些祕密對於任何一個人都是難以接受的，他甚至會讓一個人退卻、害怕，甚至恐懼。

所以三年前，當石良在礦上發現這些罪證後，他一定是震驚的、慌張無措的，最重要的是，這些罪證會給他招來殺身之禍，這也解釋了為何劉掌事說石良後來精神恍惚。

石良最後死在了礦上，他沒有把這些罪證帶出山。

但是作為一個人，但凡是一個有良知的人，他的心中縱然害怕，面對這樣的內幕，絕不可能想著銷毀罪證，他一定是希望有朝一日這些罪證能被人發現，即便揭發的那個人不是他，所以他的做法，應該是把那些罪證轉移去了一個絕對安全的，暫時不會被人發現的地方。

這礦上，哪裡有絕對安全的地方？

謝容與沉聲道：「拿地圖來。」

他眼下的所有時間都是小野和岳魚七為他爭取的，每拖一刻，他們都會更危險一分。

謝容與的目光迅速且一絲不苟地掠過地圖。

礦山不行，每一回炸山，礦山都會面臨崩塌的風險，衙舍不行，衙舍裡有監軍，倘若監軍發現罪證，擔心禍及己身，銷毀了怎麼辦，除此之外就是營地，營地一片荒蕪，哪裡有藏東西的地方，還有⋯⋯

謝容與的目光忽然落在了入山口的山間。

他記得山上叢林遍生，礦上的許多糧食，尤其是炸山用的油罐與硝石，就存在山上的岩洞中。

而儲存油罐硝石的地方，最怕見光，洞深處不會點燈，因為有爆炸的風險，礦上的監軍等閒不會擅入。

謝容與一念及此，心道不好，今日封原為了支走都監，讓身邊參將帶著曲茂和章庭到礦外山上去了！

脂溪礦，入山口林間。

子時三刻，幾名官兵從岩洞出來，對參將稟道：「大人，洞內已經收拾妥當，可以請小章大人和曲校尉住進去了。」

參將心不在焉地「嗯」一聲，「讓人傳話吧。」

曲茂在山中沒尋到合意的地方，到了夜裡，只能先回白日裡路過的岩洞將就一番，這岩洞是存放油罐的，條件雖簡陋，卻已是山間幾個儲物洞中最好的了。曲茂嫌累，讓人背著自己在後頭慢慢兒走，眼下岩洞中床架好了，艾草也熏過了，他人還沒到呢。

官兵應諾離開，參將目光重新往遠處移去，今夜礦山那邊一直不平靜，眼下三更都過了，山上還有火光，參將直覺這火光是因岑雪明遺留的證物而起，只是他今天一天都在礦外山上，不知道究竟發生了什麼。

正思索著，山下有幾人縱馬過來，參將定睛一看，其中一人正是常跟在封原身邊的邏卒。林中還有礦監軍，參將小心避開他們，到了山腰，問迎面而來的邏卒：「怎麼樣了？」

邏卒把封原是如何從流放犯口中問出礦山埋著罪證，又是如何與小昭王起了衝突說了，末了道：「岳小將軍和溫氏女狡猾多端，拖住了我們半數兵馬，將軍被這二人耽擱了一個來時辰，只怕小昭王已經找到岑雪明留下的東西了。」

參將又往礦山那邊看一眼，明滅的火色中，隱約傳來喧囂之聲，他稍作思量，「找到東西未必，玄鷹司的人數只有我們的一半，如果小昭王手裡有東西，一定會立刻召集人馬撤出礦山，他沒有這麼做，說明他手上還是空的。」

可是憑玄鷹司之能，這麼久了什麼都沒找到，究竟是為什麼？

參將想不出，他道：「你回去告訴將軍，先機雖失，還能後發制人，莫要說小昭王手中沒有證據，就算他已經拿到了岑雪明的遺物，我們的兵馬多，只要能把玄鷹司困在山中，一切就還有轉機，將軍眼下就不能有一絲心慈手軟，必要時——」

參將眸中閃過一絲厲色，併手在身前微微一斬，「必須下死手。」

這參將跟了封原數十年，封原對他十分信任，如果說封原是軍中的矛，參將就是兵卒們的定心丸，脂溪礦山這一遭，封原能和小昭王相持到今日，參將可說功不可沒，邏卒自然把參將的話奉為圭臬，「屬下記住了。其實將軍也是這個意思，將軍之所以遣屬下過來，就是因為……」他四下看了看，把聲音壓得更低了些，「將軍在山上找到了一些炸山用的油罐與硝石，想著實在不行，一不做二不休……」

他湊到參將耳邊，吐出幾個字：「連人帶山一起，炸了。」

參將沉思片刻點點頭，「也好，如果我們不能先找到東西，把東西毀了也不失為一個法子，至於有多少人陪葬，這就要看天意了。」

他想了想道：「儲存油罐與硝石的岩洞在這邊山裡，你們在礦山找到的那些，應該是礦監軍數日前搬過去的，這樣很好，屆時山體崩塌，玄鷹衛被埋在山裡，事後可推說是監軍意外引燃火繩所致。你帶話給將軍，先以小昭王窩藏罪犯為由，給他扣一頂包庇的帽子，讓礦監軍不敢摻和進來。」

邏卒稱是，「也請大人穩住礦上都監，莫讓他覺察了今夜異樣。」

事不宜遲，邏卒說完便走，參將腦中一個念頭閃過，又喚住他，「你讓將軍派人盯緊玄鷹衛，小昭王這麼久沒找到東西，說不定那東西根本沒藏在礦山之中，到時我們山也炸了，人也殺了，東西卻在別處出現，今夜的功夫豈不白費？」

邏卒道：「屬下記得了。」言罷很快下了山，打馬往礦山而去。

參將看著邏卒的身形在夜色裡淡成一抹虛影，深深地吐了口氣，剛要回岩洞，一轉身，不經意竟與章庭撞了個正著。

章庭不遠不近地立在林中，神色淡漠地注視著他。

參將是習武人，戒備之心極重，他知道自己適才與邏卒的對話沒有第三個人聽到，可是章庭乍然出現，他難免有些不安，「小章大人是何時過來的？」

「剛才就到了，看參將大人在和一名官兵說話，沒有上前打擾。」章庭淡聲道，他的目光移向遠處礦山，「怎麼，是礦山那裡出了什麼事麼？」

參將笑道：「沒出什麼事，似乎有人丟了東西，礦上的監軍們正在幫忙找。」

「是嗎？」

「小章大人今夜就不要下山了，礦地離礦山近，想必吵鬧得很。」參將道，掠過章庭，疾步朝正在往礦山那邊張望的都監走去，「……都監不必憂心，將軍適才派人傳話了，不過是遺失了些東西……」

章庭步出林外，再度朝礦山望去，不知道是不是他錯覺，此處沒有林木遮擋，礦山那邊的火光更盛了，隱約的喧囂聲中間或傳來吶喊，還有……兵戈的碰撞聲。

章庭抬起頭，殘月隱去了層雲後。

第十七章　硝煙

殘月隱去了層雲後，礦山中的喊殺聲愈來愈震耳欲聾。

誰也說不清兵戈究竟怎麼起的，起初似乎是幾名玄鷹衛與封原的兵馬在峽谷的林間起了衝突，隨後一個黑袍女賊和一個來由不明的監軍，拖著封原與數十兵馬打了起來，隨著雙方前來增援的人越來越多，這一場源自林間的微小衝突漸漸變成兩軍交戰，由衛玦、章祿之率領的玄鷹衛，和封原麾下的鎮北軍精銳廝殺在了一起。

戰勢從峽谷林間蔓延至山上，烈烈火光中，忽見兩匹快馬突出重圍，為首一匹馬上是一個身著監軍服的劍客，身後緊跟著一個罩著黑袍的女賊。

青唯到了山前，瞥見謝容與的身影，不待勒停馬就飛身而下，疾步上前，「怎麼樣了？」

他們這一處尚未被戰勢波及，謝容與道：「情況對我們很不利，東西不在山上，三年前就被石良轉移走了，很可能藏在礦山的入山口。」

青唯不由愕然：「山外林間，封原身邊的參將不是在那裡？」

「唯一的好消息，封原還不知道東西被轉移走了，仍舊把大部分兵力集中在這裡跟我們廝殺。」祁銘說著，揩了一把臉上的血，他似乎有急事要對謝容與稟報，剛從山上交戰的地方撤回來，「我們的人少，封原麾下皆是精銳，單是應付他們，玄鷹司就十分吃力，礦監軍人人自危，他們都監不在，鬧不清發生了什麼，沒一個肯幫忙的……」

似乎為了應和他這話似的，祁銘話音剛落，亂軍中傳出封原聲如洪鐘的高喊，「山上的監軍都聽好了，當朝昭王與麾下玄鷹衛包庇洗襟臺重犯、窩藏罪證，望爾等辨清形勢，速速助本將軍擒下賊人！」

與之同時，章祿之也粗聲罵道：「放你娘的狗屁！封原老兒，究竟是誰窩藏罪證？等找到罪證，老子看你還敢不敢再吠一聲！」

祁銘的目光從亂局中收回來，「此外，衛掌使還讓屬下帶話，說……」他猶豫了一下，「說封原不知何故，忽然讓數名邏卒在礦山周圍守著。」

岳魚七道：「你們找了這麼久什麼都沒找到，封原自然懷疑東西不在礦山，盯著你們，是防著你們去別處取東西，今晚白白廝殺一場。」

他說著，又問，「證據藏在何處，我去取。」

眼下能避過封原邏卒眼線的只有岳魚七和青唯，唯一的辦法，玄鷹衛留在礦山繼續跟封原廝殺，等岳魚七取得了罪證再行後撤。

謝容與道：「礦外山上有個專門儲存油罐與硝石的岩洞，據我推測，罪證應該就藏在洞中。」他說著，看了青唯一眼，「小野，妳跟岳前輩一塊兒去。」

青唯怔了怔，「可是岩洞那邊師父一人可以應付，這裡人少，監軍又不肯幫忙，我留下助玄鷹衛一臂之力不好嗎？」

謝容與卻道：「不好，岩洞附近除了參將還有許多官兵，章蘭若、曲停嵐，包括礦上的都監也在，人太雜了，只怕會生變數，妳跟著岳前輩走。」

他很少在青唯面前堅持什麼，青唯又一貫信任他，聽了這話，不疑有他，點頭道：「好，聽你的。」

他們所在的地方是丘陵地帶，三面環有礦山，地形十分不利，兼之適才封原為了將他們困在這裡，早就讓自己的兵卒從礦山的兩側繞行，眼下封原的人彙集在一處，一同從山間往下逼近，轉眼已快殺到近前。

青唯知道時辰不容耽擱，很快跨上馬，跟岳魚七一同往山外趕去。

謝容與看著青唯走遠，把目光收回來，問祁銘：「衛玦讓你帶的話究竟是什麼？」

如果封原只是在山外布下邏卒，衛玦根本不會讓祁銘這樣一個大將從陣前撤回來傳遞消息。

只是適才青唯在，祁銘沒敢說實話。

「虞侯，封原的人在山上發現了礦監軍炸山用的油罐和硝石，眼下兵分兩路，大半部兵力拖住我們，餘下的人去製作火繩了……」

「封原似乎知道柏楊山駐軍明早會到，勝敗只在今夜，大概是豁出去了……」

謝容與聽了這話，閉了閉眼。

形勢比他想像得更糟糕，封原果然是豁出去了，居然不惜坑殺天子之師。

「衛玦的意思呢？」

祁銘拱手道：「衛掌使說，玄鷹司這五年來，為的就是今日，只要能取得罪證，玄鷹司願不惜一切代價。」

謝容與的目光淡淡注視著兩軍交戰之地，玄鷹衛因地勢原因被逼退，廝殺已到了眼前，他甚至能在亂軍中看到封原迫近的身影，「本王也不願意放棄。」他道：「但並不認為玄鷹司上下應該為其他人的惡行賠上性命。」

他稍停了停，「一個時辰。只要不遇到意外，一個時辰，小野和岳前輩應該能取得罪證了，屆時玄鷹司所有人馬一同後撤。一個時辰，生則生，死則死。」

「是。」祁銘拱手，「衛掌使說了，他會盡量派人突圍上山，阻止封原引燃火藥。」

他說著，便要喚人去跟衛玦傳話，剛轉過身，封原已經帶人殺到了近前，章祿之帶兵從側翼趕過來，手中雲頭刀早已吸飽了血，刀刃上沾著的血粒子似乎也帶著肅殺之氣，在他的揮斬之下，跟著刃芒一起劈入封原身前護衛的胸口，與此同時，他轉頭道：「虞侯，衛掌使命屬下護您後撤——」

可惜玄鷹衛被封原殺出這麼一個破口，再難成陣，下一刻，又有數根飛矢從山野間射來，祁銘迅速拔刀，將飛矢擋去，他是謝容與的貼身護衛，他分神去擋飛矢，謝容與身邊立刻有了空檔，封原等的就是這一刻，藉著身邊兵卒的掩護，頓時舉刀向謝容與斬去。

章祿之在側翼被兵卒纏住，分身無暇，見了這一幕，破口大罵，「大膽封原，虞侯貴為當朝昭王殿下，你膽敢傷了他，等同謀逆！」

彼此間早就撕破臉了，封原說起話來毫不顧忌，冷笑道：「他算什麼王爺？不過是滄浪士子的遺孤罷了——」

話未說完，亂軍中忽地傳出「鏘」的一聲。

誰也沒看清謝容與是何時拔的劍，如水的劍光鋒芒畢露地橫在跟前，居然接下了封原的一式。

或許是謝容與素來太過清冷沉靜，又或是他是因滄浪遺澤授封的昭王，平日裡除了執筆就是持卷，所有人都快忘了，小昭王也是會武的。

忘了他今夜身邊一直帶著一柄利劍。

封原也忘了。他知道玄鷹衛不會任他傷了他們的虞侯，這一刀斬來，只是想打壓玄鷹之軍的氣勢，沒想到謝容與早就做好了接招的準備，氣焰反壓他一截。下一刻，謝容與居然不退，提劍在手中挽了個花，劍勢剎那間占了上風，反而將封原的長刀往下壓去，隨後往前一送，劍尖直指封原心口。

封原稍一蹙眉，往左側避去，謝容與早就料到他不可能避不開，先一步收了劍，負手從容地後掠一步，月色衣擺輕拂，這一步實乃以退為進，人與劍後撤，幾道暗芒卻從袖中灑出，逕自擊退衝上來的幾名兵卒。

封原暗暗吃驚，他知道小昭王會功夫，卻不知道他的功夫居然這麼好，他果然是跟那姓溫的女賊廝混久了，招式裡居然帶了點溫氏女的不擇手段，身上藏了袖裡箭！

小昭王學武的來由，封原隱隱聽說過。

當年士子投江，朝廷痛失謝楨、張遇初等一眾英才，昭化帝把謝容與接進宮以後，擔心他和他的父親一樣性情太過赤誠剛則易折，道是習武磨練心性，便吩咐一名將軍傳授謝容與武藝。

這名將軍和封原交情不錯，教了謝容與數年，多有稱讚之言，封原也聽來一耳朵，其中有一句印象最深——這世上有的人當真天賦異稟，無論做什麼都很出色。

封原與謝容與又過幾招，只道是自己低估了他。倒不是不敵謝容與，謝容與恐怕跟岳魚七學過幾招，知道對戰封原當以靈巧取勝，他攻他就守，他退他就進，挽劍如虹，從容得彷彿天生就該在這山野沙場上。

這一刻他不再像一個讀書人，也不再像一個清貴的王了，而像一個年輕的將軍，一個烈烈火光中的白衣劍客。

封原接下謝容與帶著鋒芒的一劍，腦海中，忽然閃過離開上京時，章鶴書對自己說的一句話——「知己知彼百戰不殆，你要知道，小昭王這麼盡心地查洗襟臺之案，從不是為了任何人，他是為了自己，洗襟臺三個字於他而言就是一道枷鎖，他這半生，都在竭力掙脫這道枷鎖。」

小昭王究竟是誰？

是滄浪士子的後人，是先帝親封的王，是眼下持劍的玄鷹司都虞侯？

不，都不是，火光倒映在謝容與的雙眸，眸中的目光清晰且堅定。

當年士子投江為謝家小公子的心上罩上雲霾，昭化帝執意接他進宮，王的身分為他這後半生籠上囚牢，爾後洗襟臺塌，他在方寸天地間被擠壓得無處可去，所以不得不戴上面具，化身他人。

可是他太聰明了啊，他自小就知道自己想要什麼。

執筆也好，持劍也罷，他既不是如他父親一樣憑欄醉臥的書生，也不是一人之下萬人之上受帝王信賴、朝臣看重的殿下，哪怕眼下在這亂軍火光中，白衣持劍的他也是一抹假象。

封原忽然明白眼前的這個人是誰了。

他該是掙脫枷鎖後，乘舟辭江去的逍遙容與。

而他這一路走來所做的一切，都是為了掙脫一個叫洗襟臺的魔障。

封原在想通這一切後，心中忽地產生了一個驚懼的念頭，如果說，自己今夜不能毀掉岑雪明留下的證據，等待著自己的將是死無葬身之地，那麼對於小昭王來說，如果不能讓洗襟臺坍塌的真相昭於天日，等著他的會不會是此生無盡的雲霾。

所以他們都是一樣的，誰都沒有退路，誰也不能相讓。

無論是小昭王還是玄鷹司，都會拿性命糾纏住他。

不能再拖下去了！

下一刻，山上的流矢再度飛來，封原立刻後撤，朝山上大喊：「將士們聽好了，即刻——」

不待他話說完，謝容與似乎意識到什麼，任憑一道流矢擦破自己的左臂，送劍向前，如水的劍光直指封原的肩頭，封原知道不能耽擱，劍光已沒入肩頭一寸，他把餘下的話喊完，「引燃火繩！」

山間火光大盛，山上的油罐早已被砸開，火油澆了整個山頭，帶火的飛矢落在山端，只聽「轟」的一聲，山野間頓時燃起一道火線！

封原隻手拔出劍頭，任兩邊的兵卒掩護，朝山上撤去。

下一刻，震天的兵戈聲中，忽然傳來「滋滋——」的悶響，謝容與只道不好，對祁銘和章祿之道：「不必拚了，後撤！」

與此同時，衛玦也高聲吩咐：「山上的玄鷹衛聽令，立刻朝西面後撤！」

他們被困住的地方三面環山，只有西面有一個豁口可以通往外山，而封原的兵馬集結在東面，正朝他們逼來。

這時，兩側山間「滋滋——」的引燃聲驀地一頓，下一刻，只聽一聲驚雷般的轟鳴，礦山地動山搖，夜色頓時被濃煙覆蓋，迸濺出來的飛石砸向人群。

雖然這火藥是封原臨時所製，威力並不算大，但兩側山體被炸鬆，飛石滾滾落下，玄鷹司不得不擠在山下丘地，根本無法承受再一次攜火的箭雨。

玄鷹司以兩百人對上封原五百人，支撐到眼下已是難得，衛玦帶兵擠過來，急聲道：「虞侯，屬下留下斷後，您先往西撤——」

謝容與卻往西側豁口看一眼，「方才火藥的威力太低，那麼多硝石去了哪裡？」他說著一頓，「西面的出口應該已經被封了。」

衛玦愣了愣，是啊，南北山間爆炸，不過炸起了一點煙塵飛石，封原又不是傻子，玄鷹司要往西撤，他難道看不出來，山上那麼多硝石，必然早已堆去了西面的出口，只待玄鷹司的大部隊撤往此地，封原的兵卒即刻引發火繩，這樣一來，玄鷹衛，包括小昭王，或許還有他們辛辛苦苦找了一年的罪證就能永遠埋藏在這裡了。

章祿之啐出一口血沫子，「娘的，封原這狗賊——」

朝天也從陣前趕回來了，說道：「公子，小的過去試試，看能不能攔下點火的那廝！」

兩側山間的火線順著往下淌的火油朝玄鷹衛們逼近，封原的弓箭手收回殘箭，預備放最後一輪箭雨，玄鷹司被困在山間狹地，衛玦與章祿之合力截住從正面圍堵過來的兵馬，朝天提著刀，拚了命往西面的豁口趕。

山火焚灼的獵獵聲不絕於耳，守在豁口的兵卒見朝天來了，大喊一聲：「放——」

火把往火繩上一點，兵卒疾步後撤，火繩如同一根迸濺著星色的蛇，迅速向火藥堆蔓延，朝天見了這一幕，立即抽刀而出，朝火繩的最前端擲去，刀光如最明亮的月華掠過夜色，幾乎是趕在火蛇吞噬火藥的前一刻將它攔腰斬斷。

朝天鬆了一口氣，正欲上前將火藥挪走，只聽謝容與高喝一聲：「朝天，退後——」

朝天往前看去，前方的豁口處，居然還有一名舉著火把的兵卒沒有撤開，原來這火藥還連著另一根引線，這根引線跟火藥離得極近，總共只有尺長，引燃它只在瞬息之間。

朝天怔住了，還不待思量，下一刻本能地朝兵卒手中的火把撲去。

他離得太遠了，這一撲幾乎是自不量力的。

就算他能僥倖撲到火把，身上的火落到火藥上，火藥必然會被炸響。

謝容與痛喊一聲：「朝天——」下意識上前就要攔他，與此同時，衛玦、章祿之等人也反應過來，祁銘上前截住謝容與：「虞侯快躲開——」

那名兵卒是早就被封原安插在那裡的，存的就是玉石俱焚的心，他的神情近乎漠然，手上的火把毫不留情地往火繩上落去。

就在這一刻，暗夜中微光一閃，一道如水的刀芒忽然從這兵卒身後伸來，無聲在他喉間一掠，逕自抹了他的脖子。

兵卒尚沒反應過來就斷了氣，手裡的火把被他身後的人順勢接住，一抬手扔得很遠，隨後她回過身，烈烈山嵐吹拂她的黑衣斗篷，吹落她的兜帽，露出她年輕的、清麗的面容。

她的目光卻有一些寒涼。

堆放在豁口的火藥沒有被引燃，玄鷹衛氣勢大振，衛玦和章祿之帶兵攔下封原的人馬，掩護餘下人等從西面後撤，青唯卻逆著人群走向謝容與，離得近了，她把手中不知從何處順來的刀一扔，刀身「蹭」一聲，沒入地面三寸，她目不轉睛地盯著謝容與：「有危險為什麼不告訴我？」

「為什麼讓我先走？」

「封原在山上找到了油罐和硝石，為何不對我說？」

謝容與默了默，他手裡提著劍，左臂還滲著血，血染紅一片衣衫，再不是王的樣子了，反而像是一個自由來去的年輕劍客，與眼前的女子本該是一對浪跡江湖的鴛鴦，「我不想妳陪我涉險。」

他頓了頓，「小野，從我娶妳過門的那一天，我就無法想像失去妳該怎麼辦。」

青唯聽了這話，更走近了一步，她望著他，身旁所有的喊殺與兵戈聲似乎都在這一刻被略去了，只有兩山的火光映在她乾淨的眸：「那你六年前，為何要請我父親出山？」

「洗襟臺坍塌後，又為何要在我的名字上畫上朱圈？」

「當年……五年前，你陷在洗襟臺下之時，困在暗無天日的碎石瓦礫之下，你在想什麼？」

「你是不是在想，溫小野可千萬不要來找她的父親啊。」

「因為你知道，就是因為你，我父親才離開了家，我才顛沛流離了這麼多年。既然如此，今夜何必把我支開？你我之間早在六年前，我們在山中初遇的那一刻就說不清了。」

青唯目不轉睛地盯著謝容與：「是你讓我無家可歸，流離失所，也是你在我的名字上畫上朱圈，救了我的命。要麼，你把你的下半輩子賠給我，免我經年流落，要麼，我把我這條命賠給你，生同生，死同死，否則我們之間這筆帳，永遠都算不清。」

西面豁口的火藥被搬走，玄鷹衛在祁銘的帶領下，從後方快而有序地撤離山谷，困在山中的監軍雖然鬧不明白發生了什麼，但也看清了封原意圖把玄鷹衛坑殺在谷中，如果不是那名與小昭王有淵源的女子及時趕回來，他們這些監軍恐怕也會陪葬此處。

兩側山間的流火滾滾蔓延，飛矢不斷地射向人群，好在有了監軍增援，玄鷹衛終於保存了大半實力，成功撤離了丘谷地帶。

青唯和謝容與不敢耽擱，跨上馬，很快跟衛玦等人匯合。礦山中喧囂不斷，火光灼亮了半壁夜空，衛玦的衣袍被血與汗浸透，見了他們，根本顧不上禮數，「少夫人，岳前輩那邊如何了？」

「不怎麼好，」青唯身下的馬兒焦躁地徘徊，她勒緊韁繩，「我們擔心抓瞎，找了幾個監軍打聽礦外山上的情況，山上存放油罐和硝石的岩洞不只一個，距離相隔得又遠，師父一人過去，得一個一個岩洞探過。」

青唯抿了抿唇，「而且我臨時掉頭回來，驚動了封原的人，封原手下的邏卒覺察到師父動向，恐怕已經趕去告知礦外山上了。」

她非常內疚，覺得是因為自己，岳魚七才失了找尋證據的先機。

不過沒有人會責怪她，如果不是她察覺出不對勁，倉促中掉頭回來，玄鷹衛只怕傷亡慘重。

玄鷹司脫離出丘谷，只是暫時避開了火藥，封原的兵馬依舊窮追不捨，身後很快又傳來喊殺聲，謝容與看了一眼，吩咐道：「衛玦，整齊兵馬，全速馳援礦外山上——」

天最暗的寅時，礦山中一片火光灼灼，百餘玄鷹衛奮力朝礦山的入山口奔近，後方緊追著數百身著朱衣鎧甲的鎮北軍精銳。

封原身下的馬早已疲憊不堪，他卻狠狠揮鞭，意欲榨乾馬兒的最後一絲氣力，讓牠馱著自己殺入玄鷹衛之中。

一名邏卒疾奔過來，稟報道：「將軍，岳小將軍兩刻前趕去礦外山上去了！」

封原眉頭一皺：「他去那邊做什麼？」

「屬下不知，我們跟玄鷹衛打起來的時候，岳小將軍跟那姓溫的女賊便往入山口趕，途中還跟礦監軍打聽過山上的岩洞，那女賊發現我們手上有火藥，才臨時掉頭回來。」

封原勒停馬，往礦外山上望去。

岳魚七跟礦監軍打聽山上的岩洞做什麼？

今夜這礦上所有衝突都源自於岑雪明留下的證物，難不成證物根本不在礦山這邊，而是在入山口的山上？！

這時，又是一名邏卒來報：「將軍不好了！柏楊山的駐軍已經進山了，天亮前就能趕到內山，御史臺的張大人、陵川州府的齊大人，還有幾個原本在崇陽縣的欽差大人也進了山，他們的腳程比駐軍還快些，已經快到入山口了！」

封原聽了這話，心狠狠往下一沉。

駐軍與欽差們到了，他再想做什麼怕就很難了！

封原急問：「岳魚七趕去入山口，你們跟老鐘說了嗎？」

「說了，參將大人早就打過招呼，礦山上任何異樣都得及時告訴他，屬下等一察覺到岳小將軍的動向，就派人趕去山上了。」

封原聽了這話，懸著的心稍稍穩了些。

老鐘遇事沉著冷靜，聽聞岳魚七趕去山上，必然能猜到岑雪明的東西遺留在那裡，眼下入山口的山上幾乎全是他們的人，岳魚七的功夫縱是再高，一人之力到底有限，那麼多岩洞一個一個地找，他要找到幾時，他快不過老鐘他們！

而自己眼下需要做的，除了警示老鐘事態的嚴重性，就是拖住玄鷹衛。

封原問一旁的護衛：「鳴鏑帶著嗎？」

護衛還沒答，邏卒就道：「將軍，屬下身上有一個。」

「放，都放，有多少放多少！」

隨著鳴鏑炸上夜空，封原舉刀高呼：「將士們，玄鷹司包庇重犯，罪大惡極，跟我殺——」

鳴鏑一根接著一根地衝上夜空，漆黑的天幕上炸出絢爛的華彩，整個礦山都被這震耳欲聾的巨響驚醒——

幽暗的外山山野，駐軍統領聽到鳴鏑聲，心中一驚，回身吩咐：「將士們，全速趕往礦山——」

脂溪鎮外，齊文柏連聲催促同行的欽差大員，「快、快去馳援小昭王——」

岳魚七對鳴鏑充耳不聞，隻身進入眼前的岩洞，這片山野的岩洞一共有五個，這是最後一個，如果沒找到東西，他就得去隔壁山上會一會封原的參將了。

張遠岫抬頭看向漫天流散的華彩，他離得已經很近了，就在入山口的山腳下，看著不遠處的邏卒往山上狂奔，玄鷹衛和鎮北軍的拚殺聲愈來愈近，淡淡道：「東西應該在這片山上。」

一旁的白泉問道：「公子，我們可要上山？」

張遠岫望向山中，幢幢的火色裡，似乎有幾道身影正在徘徊，「時候還沒到，再等等吧。」

岩洞前，其中一道徘徊的身影正是參將老鐘。老鐘一夜未睡，隨著時辰的流逝，他心中越來越焦躁，直到剛才鳴鏑炸響，積攢了一夜的不安終於在百骸中炸開，他跟了封原這麼多年，這位四品將軍作戰經驗十分豐富，等閒不會一次性用這麼多鳴鏑。

老鐘是個沉著的人，這山上的人太雜了，他沒有把他的憂慮表現出來，以至於礦上的都監聽到鳴鏑，急著要帶監軍下山，他也只是附和著應一聲：「怕不是出了事，是該去看看。」

沒過多久，山下便出現邏卒的身影，邏卒剛跟老鐘打了個照面，便急聲道：「參將大人，岳小將軍往這邊山上來了！」

「岳魚七來這裡了？」老鐘一愣。

他隨即反應過來，他們沒有援軍，封原的鳴鏑不可能放給別人，只能是放給他的。

今夜他們所有人的目的只有一個，找到岑雪明留下的罪證。

岳魚七好端端的不在礦山待著，卻來了入山口的山上——老鐘驀地明白過來，岑雪明留下的證物根本不在礦山，而是在這邊山上！

老鐘負手徘徊幾步，心思急轉。

山裡唯一能藏東西的就是岩洞，岳魚七眼下沒到，是因為他不確定東西究竟藏在了哪一個岩洞，他必須一個一個探過，又不能提前驚動了他們。

可是……老鐘看向那個被他們收拾出來，讓曲茂納涼的岩洞，曲五爺難伺候極了，為了讓他挑到稱心的地方，這山上每一個儲物洞他都仔細探過了，除了眼前這個儲放著油罐的。

也就是說，岑雪明遺留的證物，很有可能就藏在他眼前的這個岩洞中。

老鐘心中不由一陣狂喜，真是踏破鐵鞋無覓處，這位曲五公子也有辦好事的時候！

老鐘知道銷毀證據至關重要，這一刻他不相信任何人，從一名兵衛手中接過火把，逕自步到岩洞前，對守在門口的家將道：「我進去取個東西，不會驚動五爺和小章大人。」

家將是曲不惟的家將，跟老鐘算是同源，當即不疑有他，往一旁讓去。老鐘進到洞內，見曲茂四仰八叉地睡在榻上，連適才的鳴鏑都沒把他驚醒，章庭卻坐在一張方桌前，他似乎早已聽到外間的動靜，正是在這裡等著老鐘，「鐘參將怎麼到岩洞裡來了？」

老鐘賠笑道：「打擾小章大人了，礦上的都監說落了些東西在岩洞裡，讓下官幫忙進來取。」

章庭的語氣淡淡的：「落了東西？什麼東西？」

「不重要的東西。」老鐘說著，目光在寬敞的外洞迅速掠過，這間外洞他今天幫曲茂搭床榻桌椅時就進來過幾次，有東西早該發現了，看來還該往存放油罐的內洞裡找。

章庭見狀，起了身：「鐘參將，你究竟在找什麼？」

老鐘的步子頓了頓，不欲在這個當口跟他糾纏，沒回話，逕自往內洞裡走去。

章庭不是傻子，封原到這山裡，就是為了找岑雪明留下的證據，今夜礦上一直不平靜，適才鳴鏑連響數聲，他本欲出去看看情況，走到洞門口，卻聽老鐘對家將說想進來取一個東西。

封原最信任老鐘，鳴鏑響了說明玄鷹衛已經與鎮北軍精銳廝殺起來，老鐘在這個時候不去支援封原，反倒要到這岩洞裡取東西。岩洞裡究竟藏了什麼，不用猜他都知道。

眼看著老鐘逼近內洞，章庭這一刻根本來不及想太多，眼前掠過的是十七年前士子投江的白衣洗襟，是樓臺坍塌後的人間煉獄，猛地一下朝老鐘撲去。

老鐘雖然防著他，心中卻當他是自己人，根本沒想到他會攔著自己，直到被他撲倒在地，才回過頭，驚怒交加地問：「小章大人這是瘋了嗎？」

章庭逼視著他：「你想銷毀證據。」

他這一句話說得斬釘截鐵，帶著二十多年來一直秉持的清廉與剛正。

他又斥道：「多少無辜士子與百姓喪生洗襟臺下，買賣洗襟臺名額罪大惡極，你膽敢銷毀證據！」

老鐘怔了半刻，這才意識到原來章庭自始至終都不是一路人，他是站在小昭王那一邊的！老鐘惡向膽邊生，他好歹是一介武將，區區一名文臣也想阻攔他？他抬腳便朝章庭踹去，掙扎著爬起身，疾步趕往內洞，章庭吃力站起，再度撲上前攔腰抱住老鐘，他不會武，攔起人來全然不得章法，只知道不能撒手，任憑老鐘以肘為矛擊在自己的後背，他吃痛悶哼一聲，朝曲茂大喊：「曲停嵐，你這個蠢貨，趕快醒醒——」

老鐘見章庭拚死相阻，帶著他直接往一旁的方桌撞去，方桌轟然倒地，巨響終於驚醒了熟睡中人。

曲茂咂咂嘴，睜開惺忪的睡眼，眼前的一幕看得他目瞪口呆，那個清高冷傲的章蘭若居然跟人動了手，被人摔翻在地又撲上去抱住對方的腿，狼狽得不堪入目。

這是什麼荒唐可笑的夢？

曲茂只當自己還沒醒，打了個呵欠，倒頭又要睡過去，章庭痛罵道：「曲停嵐，你不是自詡厲害得很麼，從小上樹捉魚樣樣強過我麼，你不是瞧不起我親近讀書人，覺得我虛偽自大故作清高麼，你不是認為這世上誰都沒你真性情麼，怎麼到了這麼重要的時候，你反倒成了縮頭烏龜了！」

這聲音是……章蘭若？

是了，除了章蘭若，沒人敢這麼罵他！

曲茂的睏意滌蕩一空，「章蘭若你罵誰呢！我他娘的招你惹你了！」

章庭見他終於醒了，掙扎著道：「快、快攔住他，他要銷毀證據——」

曲茂這才發現原來剛才的一幕不是夢，章庭和老鐘打了起來，老鐘拿著火把要進內洞，章庭為了阻止他，拚命抱住了他的腿。

老鐘來不及跟曲茂解釋太多，危機當頭，只能說清利害，「五爺你可想仔細了，倘若東西落到了小昭王手上，無論是你我還是侯爺，都得完蛋！」

曲茂根本不知道發生了什麼，懵懂間只聽清楚了小昭王三個字，眼看著老鐘掙開章庭，疾步往內洞去，曲茂一咬牙——娘的，看在這個章蘭若好像是跟清執一夥的分上——抄起手邊的條凳往老鐘頭上砸去，與此同時，章庭再度撲上去將老鐘攔腰抱住，拚命把他往洞外拖。

老鐘抬手抵住條凳，心中簡直要慪出一口老血，怎麼一個這樣，兩個也這樣，這兩位少爺都是他們爹從外頭撿的便宜貨嗎？胳膊肘盡往外拐！

老鐘知道形勢危急，容不得他耽擱分毫，高聲喚洞外的官兵：「張錯，你們進來——」

曲茂見他喊人，氣性也上來了，一對二不是很公平嗎，為什麼非得搬救兵，不服輸地喊道：「尤紹，你們快來！」

老鐘的官兵和曲茂的家將早就聽到洞內的響動，原想著大家都是自己人，不可能出什麼事，進來才發現三人不知什麼時候扭打在了一塊兒，曲茂和章庭仗著老鐘不敢下死手，亂拳打死老師傅，把老鐘困在了內洞前。

家將們立刻要上前幫忙，官兵出手攔阻，雙方很快纏鬥起來。洞內亂作一團，曲茂在繁亂中問章庭：「接下來幹什麼？」

章庭：「把他拖出洞去，拿繩子捆了。」

曲茂應了一聲，拿條凳架住老鐘一條胳膊，拖著他還沒走出一步，昏黑中，不知從哪兒飛出來一拳，逕自砸在他鼻梁上，鼻頭瞬間湧出濕意，曲茂拿胳膊肘揩了一把，辨清是血，大罵一聲，回頭埋怨道：「章蘭若，你是搶了他們媳婦兒還是刨了他們祖墳，缺德別帶上你曲爺爺啊！」

就這麼一會兒工夫，章庭也不知道自己吃了多少黑拳，聽了曲茂的話，立刻回罵：「你才缺德！」

曲茂死命拽著老鐘往洞外挪，嘴上說道：「我告訴你，曲爺爺這回為了幫你，吃虧吃大發了！回京後，你可得擺席給你曲爺爺道謝！」

「你幫我？曲停嵐你究竟明不明白，你是在幫你自……」章庭說到一半，只道是懶得跟他爭，先把眼前這一關過了再說，「……行，擺！」

「你要宴請八方來賓，設席千張，席上要有月華居的『醉流香』，還要有東來順的『魚來鮮』！」

「好！」

「席間你還要親自跟我敬酒，你得當著所有人的面喊我爺爺，承認你不如我，從小到大都嫉妒我！」

「……滾！」

岳魚七已在來的路上，山外柏楊山駐軍也在逼近，更不必說小昭王和玄鷹衛們經一夜廝殺不拿到證據不死不休，老鐘知道自己不能被這二位少爺耗著，當即將實情和盤托出：「諸位弟兄別打了，這內洞中極可能藏著岑雪明留下的證據，二位少爺不知其中利害，難道諸位兄弟也不明白嗎？！」

這話果然有效，曲茂手下的幾名家將立刻住了手，曲茂見狀不好，大喊：「尤紹！」

尤紹是跟了曲茂十餘年的貼身護衛，十分忠心，可他的功夫再高，一人之力怎麼可能敵得過洞中數人？

家將們袖手旁觀，曲茂和章庭很快被湧上來的官兵拖開，老鐘撿起地上的火把，疾步往內洞走去。

內洞和外洞之間沒有甬道，洞口闊大，藉著火光，所有人都看清洞內擱放著的油罐，硝石中已經摻了硫磺，被油紙包了擱在另一側，遇火即炸。老鐘小心翼翼地避開火硝，在油罐後仔細翻找，他很快發現了什麼，在一個油罐後蹲下身。

油罐遮住了他大半身形，章庭竭力望去，過了會兒，只看到他拿了一個爛木匣子出來。

尤紹被自家的家將纏住，曲茂和章庭都被官兵縛住了手腳，二人拚命掙扎，卻怎麼都掙脫不開，眼睜睜看著老鐘步出內洞，將爛木匣子往地上一扔，拿著火把便往木匣上點去。

章庭目眥欲裂，高聲斥道：「鐘參將，你一錯再錯已經罪無可恕，如果如實呈交證據，尚能留得一個全屍，若你就地毀證，當誅——」

話未說完，身後忽然飄來一陣風。

洞門剎那大開，所有人還沒反應過來，一道身影剎那間掠過眾人，在火把觸到木匣前，劈掌往老鐘胸口一推，彎身勾手拾起木匣。

老鐘也是習武之人，中了這一掌，整個人脫力一般朝內洞飛去，「砰」一聲撞到油罐上，幾個油罐應聲而碎，火油頓時淌了一地。

岳魚七忍不住「嘖」一聲，剛才太著急了，忘了控制力道。

他疾步往內洞掠去，在老鐘手上的火把觸碰到地上的火油前，將火把一把奪過，抬手往洞外扔去，對章庭和曲茂道：「兩位小兄弟，多謝了。」

章庭和曲茂目瞪口呆地看著眼前長眉星目的俠士，他們不認得岳魚七，不知他是敵是友，但是無論如何，總比任由老鐘毀證強。

老鐘掙扎著爬起身，高聲道：「快！快搶那匣子──」

洞中的官兵和家將頓時放開曲章二人，齊齊朝岳魚七撲去，岳魚七匆忙中只來得及對曲茂和章庭道：「你們先走。」足尖將翻倒在一旁的條凳勾起，條凳打著旋兒落到他手裡，再不是死物了，長了眼一般，頃刻將眾人打退。

老鐘見來人武藝高強幾乎是他平生僅見，知道他就是岳魚七，心中頓時一片冰涼。

岳魚七既然到了，憑這麼十數人，如何從他手中奪回木匣？不可能的。

山外傳來行軍聲、廝殺聲，柏楊山的駐軍快到了，玄鷹衛掙脫開封原兵馬的糾纏，也趕到山腳下了。

老鐘在絕望之際，忽地平靜下來。

是了，岳魚七本事再高，也是肉身凡胎，岩洞的洞口統共就那麼大，他們搶不了東西，堵住洞口攔他一會兒不成麼？

只要攔住他，哪怕要一起死在洞中，那些證物不也再也見不了天日了麼？

章庭跟著曲茂踉蹌地擠到洞口，心間莫名一跳，他回身望去，就看到老鐘的臉上露出了一個詭異的笑容。老鐘不知何時回到了內洞中，任憑火油流淌，從懷中摸出一個火摺子。

火摺子的一星微光幾乎要刺傷章庭的目。

章庭在倉促中大喊：「前輩！」

岳魚七被眼前的十數人纏得分身無暇，這些人不愧是曲不惟最忠心的死士，到了這個當口，不約而同地明白了該將岳魚七困在岩洞——哪怕他們要陪葬。

一粒火星落在淌了一地的火油上，「轟」一聲烈火焚灼，照亮了整個內洞。

岳魚七早就料到這些人想做什麼，豈能任他們殺人毀證，高舉木匣往章庭扔去，「小兄弟，接著！」

與此同時，他趁著官兵們分神，疾步朝洞口逼去，還不待木匣落地，他已經掠至章庭身旁。

然而就在這一刻，意外發生了。

這一個在陰暗之地存放了多年的木匣早已腐壞，到底沒經受住這一投擲的力道，在半空中裂成兩半，匣中的東西散落出來。岳魚七勾手去拾，但洞中太亂了，堪堪撿到一個牛皮袋子和幾封信，其中一個錦囊落在了官兵腳邊。

官兵眼疾手快地將錦囊往內洞踹去。

內洞中的火油攜著火，已快蔓延到角落的火硝上，岳魚七見狀，對等在洞門口的曲茂和尤紹道：「快走——」

眼見著洞中官兵堵來洞口，曲茂抄起不知從哪兒撿來的石頭往官兵頭上一砸，抬腳把他踹開，大喊道：「章蘭若，快出來——」

章庭盯著那滑向內洞的錦囊，錦囊內，藏物熟悉的形狀似乎令他意識到了什麼，這一刻，他驀地不要命一般朝內洞奔去，曲茂傻了眼，「章蘭若你瘋了嗎？！」

岳魚七一咬牙，掉頭就回洞中救人，憑他的身法，哪怕多給他一剎那，就能把章庭平安帶出來。

可是凡人總是貪心，而逝者如斯從來無情，何來這多出來的一剎那？

章庭拾到錦囊，還沒來得及露出來一個釋然的笑，身後蔓延的火蛇狂怒一般捲噬到了角落的火硝，整個岩洞有一瞬間幾乎是寂然無聲的，下一刻，火蛟化龍，攜著滾滾硝煙奔湧出這囚禁了它多年的山體，「轟」一聲捲著流星飛石在山中炸開。

山搖地動。

洞口飛濺出來的碎石崩散在地，岳魚七幾乎是被一股熱浪推出岩洞，巨大的、不可抗衡的力量逼迫他不得不鬆開章庭的手，緊接著，他被這熱浪裹挾著，狠狠撞在一株巨木的樹幹，順著山坡往下滾去。

山中的震動並未停歇，火藥雖未引發山崩，卻驚動了所有趕往山間的人。

駐軍統領看到這漫山的硝煙，再度勒令兵馬急速上山。

封原聽到火硝炸響，猜到老鐘或許已死在了崩塌的岩洞內，危急的形勢不容許他有一絲一毫的哀默，他甚至不知道那些被岑雪明遺留下的證據究竟怎麼樣了，只清楚眼下他唯一能做的就是搶占先機，而岳魚七和溫氏女，就是他的先機。

張遠岫已經到了半山腰，火硝炸響的一瞬，白泉撲上來為他擋去了飛石，濃煙之中，張遠岫隱隱看到有幾人從洞口搶身而出，被熱浪推到了山外的空地上，他撩開嗆人的煙霧，扶起白泉，「走，過去看看。」

玄鷹衛已經趕到了山腳下，青唯眼睜睜看著一個人從山坡上滾下來，認出那是岳魚七，亟亟打馬上前，不待馬停就飛身落地，急聲喊道：「師父——」

好在岳魚七並未失去意識，撞上巨木時，他用手掌撐了一下，緩解了滾落的趨勢，他支撐著站起，對一併趕到的謝容與和數名玄鷹衛擺了擺手：「我沒事。」

謝容與剛要開口，這時，山中傳來封原的高呼：「諸位，昭王和玄鷹司打著徹查洗襟臺之案的幌子，包庇昔洗襟臺下重犯岳魚七和溫阡之女，並意圖銷毀罪證，老夫現已查明岳魚七與溫氏女正在山上，還望諸位莫要錯信了賊人，讓證據落入賊人之手！」

封原話音一落，鎮北軍緊跟著高呼：「岳魚七與溫氏女正在玄鷹軍中，諸位莫要錯信賊人——」

章祿之啐出一口血沫子：「這個封原，簡直賊喊捉賊！」

衛玦淡淡道：「強弩之末罷了。」

玄鷹衛經一夜苦戰，每一個人都掛了彩，就連謝容與身上也染著血，岳魚七看他一眼，正要說話，不慎被入喉的青煙嗆得連咳數聲，青唯連忙扶住他：「師父。」

岳魚七稍緩了緩，把藏在懷中的幾封信函與一個牛皮袋子交給謝容與，「岑雪明在岩洞中留下一個爛木匣子，裡頭的東西，除了一個錦囊都在這裡了，你拿好，錦囊遺落在洞裡，最後被一個姓章的小兄弟撿回來了，眼下也不知道他怎麼樣，你派人去看看。」

謝容與知道他說的是章庭，看了祁銘一眼，祁銘拱了拱手，立刻帶著幾名玄鷹衛往山上去了。

岳魚七隨即捉了青唯的手腕：「我們走。」

青唯愣了一下，本能地要掙脫開他。

岳魚七看她這副樣子，沉聲道：「柏楊山的駐軍已經到了，山上還有京裡來的欽差，妳我重犯之名未洗，這個時候該怎麼做，不需要我提醒妳吧？」

青唯抿唇不語，岳魚七又看向謝容與，「她不知分寸，你也不知利害？」

不待謝容與答，岳魚七道：「好，就算有朝一日你能為我和小野洗清罪名，案子是在這山裡查嗎？不是，一切都得等你把證據平安送回京裡再說。我和小野是重犯這是事實，我們跟在你的軍中，哪怕有官家庇護，有心人也會藉此作梗，讓朝廷失去對你的信任，如果因為我們，這些好不容易找到的罪證不能由你親自帶回京中，途中被人調包甚至摧毀，豈不功虧一簣？昭王殿下，證據已現，我和小野留下，只會拖累你們。」

其實岳魚七說的道理，謝容與怎會不懂，他只是……

謝容與垂下眸：「還請前輩，一定照顧好小野。」

「她你還不知道麼，她自在慣了，也會保護自己，等風頭過去，你平安到京，她想去哪裡自會出現在哪裡。」岳魚七說著，拽著青唯就往旁邊的一條隱匿山徑而去。

青唯被他拽得踉蹌了幾步，別離不是沒有預料，只是來得太倉促了，倉促得青唯甚至不知道該跟謝容與說些什麼，晨風拂亂她的髮，把她的目光吹得迷離，匆忙中，她張了張口，只喊了一聲：「官人。」

這聲「官人」如一根細芒一下扎入謝容與的心中，謝容與忍不住提劍追了幾步，青唯已然回過身，翻身上了道旁的馬。

山嵐拂過她的周身，將她遮掩身分的黑袍吹得獵獵翻飛，她卻沒有回頭。駐軍兵馬已經逼近，封原的人手正在山間搜尋所謂重犯，而溫小野始終都是溫小野，清醒地知道自己該做什麼，總是奔走俐落。

馬鞭高揚發出一聲脆響，青唯跟著岳魚七一齊向著初升的朝陽打馬而去，消失在了山上的晨霧濃煙中。

山上的濃煙未散，通往山上的幾條路都被翻倒的樹木和石塊堵住了，有很長一段時間，曲茂都不知道自己置身何處，他身上很疼，說不清是哪裡疼，恍惚中只記得火光衝過來的一瞬，尤紹撲過來護住自己，而眼下，尤紹就躺在自己身邊。

曲茂艱難地爬起身，推了一下尤紹，「紹子……」

「五爺……我沒事，讓我緩緩……」好半晌，尤紹沙啞地回道：「快去……快去看看小章大人……」

曲茂愣了愣。

是了，章蘭若怎麼樣了？他記得火硝炸響的一刻，章蘭若似乎回山洞裡撿什麼東西，那位前輩想趕回去救他，然後他們所有人就被席捲過來的火光濃煙逼出岩洞。

曲茂四下望去，發現章庭其實就躺在離他不遠的一個巨岩旁，巨岩阻止了他跌落山谷，他整個人卻像沒了意識，身下淌出一灘濃稠的血。

曲茂呆了許久，有一瞬間，他覺得眼前的這個人已經死了。

他說不出心中究竟是什麼滋味，只覺得空空蕩蕩的。

他討厭他，他們從小一起長大，明明半斤八兩，他卻看不起他，他親近讀書人，嫌他不學無術，成日一副目中無人的樣子。

可是這些又不是什麼深仇大恨，他希望他倒楣，被他爹揍，希望他出醜，但他從不希望他死，尤其在剛才，他們好歹共患難了一場，他發現，其實他也沒那麼討厭……

「章蘭若……」曲茂喊了一聲。

章庭沒有任何反應。

曲茂怔了一瞬，想要起身過去看看，可是腳踝不知是扭了還是斷了，鑽心的疼，他只得艱難地挪到他身邊，又喊一聲：「章蘭若？」

離得近了，曲茂才發現章庭其實有很微弱的呼吸，他甚至回應了他，從喉間發出了一聲不知所謂的低吟。

曲茂手忙腳亂地把他扶起，「你撐一會兒，我、我給你找大夫。」他張皇四顧，這才發現山前的這一片空地上，他是唯一一個能夠坐起身的，遠處幾個家將和官兵早已不知死活，曲茂心中湧上一陣無助，「有沒有人啊，快去請大夫——」

章庭看著曲茂，他眼下說不上來身上是什麼感覺，只是覺得虛弱，每一下的呼吸都讓他疲憊。他很想睡去，可是似乎有什麼未完成的事，一直支撐著他的神智，好一會兒，章庭才想起來，他吃力地抬起手，把手中緊握的錦囊交給曲茂，「這個……你拿著……交給，交給小昭王……」

曲茂茫然接過。

章庭緩了片刻，深深吸了口氣，又說：「還有……還有你簽的那張調兵令……那張調兵令，有問題，你要當心……」

曲茂根本不知道他在說什麼，也沒心思聽，眼睜睜看著他每多說一個字，臉色就慘白一分，情急之下把錦囊扔在一旁，「你不要說了，你歇一會兒，等、等來人了，封叔，還有清執，他們會去請大夫的——」

曲茂沒有看見，其實他身旁已經來人了。

這個人自破曉時分就等在山間，所以他比所有人都早到一步。他似乎沒有被適才的山崩波及，也沒有受兵亂的紛擾，他的衣衫是乾淨的，腳步很輕，走到近前，彎下身，拾起被曲茂扔在一旁的錦囊。

章庭見曲茂把錦囊扔了，開口要罵，這個錦囊可以救他的命，他怎麼這麼糊塗？然而話到了嗓子眼，卻被一口血嗆住，章庭劇烈地咳起來，任血從嘴角淌下，仰頭看向這漫山青煙，「算了，我管你做什麼……你總是這麼糊塗，糊塗……也好……」

拾了錦囊的人在曲茂身邊蹲下身，溫聲道：「蘭若，你多撐一會兒，我適才已派人去問過了，玄鷹衛、鎮北軍、駐軍軍中均有隨行大夫，只是上山的路被碎石堵了。」

章庭看著張遠岫，目光最後落在他手裡的錦囊。

張遠岫看出他的意思，默了片刻，將錦囊交還給曲茂。

章庭的目光追著那枚錦囊，末了，露出一個荒唐的笑：「忘塵，洗襟臺……在你眼中，是什麼樣子的？」

晨光灑在張遠岫單薄的眼瞼，他垂下眸：「蘭若何出此言？」

「至少，至少在我眼中……」章庭一字一句地說道：「只見洗襟無垢，不見青雲……」

張遠岫聽到「青雲」二字，眉心稍稍一蹙，不由朝章庭看去。

章庭已經沒什麼力氣了，身體深處的疼痛像一隻無形的手，拽著他往深淵墜去，他還有許多話未說，還有許多事未了，可那些說不明、理不清的紛紛擾擾，不過是塵網中的凡人困頓，如同每一個將登青雲臺的人心口滿懷的希冀一樣，而他一個愚人，如何妄斷是非呢。

章庭最後閉上眼，輕聲問：「忘塵，你真的能夠忘塵嗎？」

被堵了的山路終於疏通，漫天青煙漸漸消散，山體在震盪後，露出它殘缺的模樣，五千駐軍湧上山間，玄鷹衛卻先他們一步來到岩洞前的空地，張遠岫看著墮入昏迷不知生死的章庭，回身便對上了謝容與。

有那麼片刻，張遠岫幾乎沒認出他來。

白衣提劍，周身染血。

玄鷹司的隨行大夫立刻上前驗看章庭的傷勢，謝容與看著張遠岫，「張大人怎麼來了？」

張遠岫的聲音溫和極了，「脂溪礦山一案，驚動柏楊山駐軍，下官病好後欲往柏楊山督工，聽聞此事，急趕而來。」

封原也帶著兵馬趕到了山上，他費了九牛二虎之力，沒能在山中找到青唯和岳魚七，已經失了先機，眼下看到謝容與手裡的證物，心知功虧一簣，神色灰敗下來。五千駐軍在山中列陣，駐軍統領在謝容與面前單膝跪下：「昭王殿下，末將馳援來遲——」

謝容與淡淡地注視著封原，高聲道：「當朝四品將軍封原，涉嫌買賣洗襟臺名額，擅調兵馬，濫殺無辜，銷贓毀證，本王現已取得證據，即刻將封原及現麾下所有兵卒押解上京！」

駐軍統領立刻稱是，由衛玦和章祿之率領，在山間擒下一個又一個鎮北軍精銳。

山上的硝煙終於徹底落下，草木蔓生的山間，吸飽了血的玄鷹袍擺上雄鷹怒目而視，牠們似乎終於要在壯闊的山嵐中振翅，於多年後，再度嘗試翱翔天際。

張遠岫立在原處。

四周太吵了，每一個人似乎都有許多事要做，有既定的路要走。

只有他停在這裡，裹足不前。

他移目看向遠天。

——忘塵，在你眼中，洗襟臺是什麼樣子的？

——至少在我眼中，只見洗襟無垢，不見青雲……

柏楊山的洗襟臺已經快重建完成，可惜啊，洗襟臺離得太遠了，他們在此時此刻竟望不見。

漫天的青煙消散，隨著起伏的山巒往上看，往遠看，晨光彌散的地方，只有青雲之巔。

第十八章　回京

兩個月後。

「……根據封原的供詞，昭化十二年到十三年之間，曲不惟、岑雪明等人以竹固山為據點，一共賣出過五個洗襟臺登臺名額，其中，除了舉人沈瀾的名額是以一幅稀世名畫換取，其餘的售價十萬兩到二十萬兩紋銀不等。」

宣室殿上，刑部尚書將擬好的奏報呈遞御前，向趙疏稟報道。

「曲不惟後利用陵川與中州的商路買賣，把所得紋銀悉數轉移到了中州私宅存放。昭化十三年，洗襟臺坍塌，曲不惟唯恐名額買賣的祕密暴露，授意封原、岑雪明滅口了一批人，其中包括了洗襟臺下倖存士子沈瀾、竹固山百餘山匪，以及勘破洗襟臺名額買賣內幕，意圖上京告御狀，揭發曲不惟惡行的秀才徐述白。」

「另外，」大理寺卿道：「曲不惟還以雙倍奉還洗襟臺登臺名額為條件，說服了包括上溪蔣萬謙在內的數名涉案人員三緘其口，直至今年春，昭王殿下透過竹固山山匪之死的疑點，到陵川上溪縣查證，找到了葛翁葛娃兩個山匪遺餘，事情才敗露。被迫協助岑雪明進行名額買賣的孫誼年、秦景山二人已在縣衙暴亂中被殺害，據玄鷹司稱，縣令孫誼年臨終前留下供詞，真正指使他們販售名額的人正是曲不惟，岑雪明只是中間人。爾後昭王殿下為了獲取證據，追查岑雪明的下落，發現岑雪明為了躲避曲不惟追殺，已於昭化十三年秋冒名頂替流放犯蒙四，躲去了脂溪礦山，後死於嘉寧元年礦山的一次炸山事故當中。」

「好在岑雪明未雨綢繆，死前留下了曲不惟犯案的罪證，這些罪證爾後被中州衙門典簿石良轉移去了礦山入山口，存放硝石油罐的岩洞，及至兩個月前，昭王殿下查證到此，與封原叛軍發生衝突，小章大人、曲校尉以及重犯岳魚七拚死保下罪證，由玄鷹司護送上京，昭王殿下親自呈遞朝廷。」

御史大夫緊接著道：「昭王殿下呈遞的這一批罪證中，除了曲不惟與岑雪明的往來私函，還有收取銀子的帳簿流水，及曲不惟存放在岑雪明處的一枚私章。此外，臣還根據到京證人葛翁、葛娃、葉氏祖孫的證詞，以及東安尹家、沈瀾孤女沈氏——現更名為尹婉、陵川州尹齊大人透過昭王殿下轉交的供狀，重新梳理過案情，發現洗襟臺買賣名額一案的經過，與昭王殿下所述的一般無二，鐵證如山，容不得半句辯駁，眼下案犯曲不惟、封原等人已對所犯罪孽供認不諱，只待畫押。」

「不過……」大理寺少卿孫艾接話道：「雖然曲、封等人已經認罪，臣等商議後以為，洗襟臺名額買賣一案仍餘兩個疑點，並不能草率結案，其一，曲不惟售賣的名額究竟是從哪裡來的？我們都知道，洗襟臺最初只是洗襟祠，後來先帝決意讓士子登臺紀念滄浪洗襟的事蹟，才改祠為臺，昭化十二年，先帝授意翰林挑選登臺士子，也就是說，所有的登臺名額都應該由翰林分發。自然，翰林身處廟堂，對地方士情並不了解，讓地方呈遞士人名錄也在情理之中，因此六年前，名額分發到陵川，挑選士子的責任最初落到了州尹魏升身上，不過據臣所知，魏升對挑選士子一事並不熱衷，很快便扔回給翰林不管了，可是，根據曲不惟的供詞，他聲稱自己是與陵川魏升合謀，進行的名額買賣，這一點與我們已知的事由有出入，而魏升已死，我們無從查證。」

「另外，也是最重要的，陵川州尹齊大人在供狀中稱，曲不惟用來售賣的洗襟臺名額，極可能是從樞密院章大人手中得來的，乃至於倖存的士子沈瀾，其實是由章大人派人滅口的。可是，臣等翻遍了所有證據，包括昭王殿下從脂溪礦山尋來的岑雪明遺證，都無法找到任何章大人捲入此案的蛛絲馬跡，臣等審過曲不惟數回，曲不惟一口咬定此事與章大人無關，與他合謀的只有魏升，說句不好聽的，齊大人指認章大人，實在是空口無憑。」

孫艾說著，猶豫了片刻，「陵川齊大人素有青天之名，臣等自然不能把他的話當耳旁風，商議過後，覺得是不是該從翰林院查起，畢竟這是登臺名額的源頭，只是……當年負責遴選陵川登臺士子的幾個翰林院士要麼早已不在世上，要麼不知情，僅剩一個老太傅可查問，老太傅德高望重，已是耄耋之年，昭王殿下說……暫不要打擾太傅。」

倒不是孫艾要幫著章鶴書說話，自從謝容與從陵川帶回罪證，洗襟臺買賣名額一案已由趙疏親自督辦，謝容與主審，三法司從旁協理，所有人都是看證據辦事，證據上沒有的事，他們絕不妄加揣度。

趙疏聽了這話，深思了片刻，曲不惟拒不指認章鶴書這事他早已聽謝容與提過了，「不打擾老太傅是朕的意思，翰林那邊該怎麼查，待朕思量過後再說，你們方才說這案子有兩個疑點，另一個是什麼？」

「回官家，另外一個只是臣等私下的疑慮，即曲不惟犯案的動機。照理說曲不惟一個軍侯，食邑千戶，不至於為數十萬兩紋銀犯下如此惡行，臣等總覺得他買賣洗襟臺登臺名額，不單單為了一個『利』字，審問過他好幾回，他卻什麼都不說。」刑部尚書道：「臣後來試圖跟曲家五公子打聽，但是官家知道的，這曲五公子回京過後，除了跟昭王殿下鬧過兩場，對任何人都是閉門不見，臣前日好不容易登門，他似乎對自己父親做了什麼毫不知情，只顧著說自己被昭王殿下賣了都不知道，還變著法給他數銀子……」

說起來，曲茂而今也算有功之臣，岑雪明留下的證據就是由他和章庭一起保下的，後來玄鷹司為他作證，那幅至關重要的〈四景圖〉，也是由他交給小昭王的，是故曲不惟犯下如此重罪，朝廷並沒有追責於曲茂。

趙疏頷首，意示自己知道了，「章蘭若眼下怎麼樣了？」

「小章大人仍在東安養傷，齊大人來信說，小章大人命是保住了，腦中瘀血未清，說不上來什麼時候能醒。」

山洞的火硝爆炸時，岳魚七到底及時把章庭拽出了洞外，但是熱流來得太快，帶著不可抗衡的力量，逼迫他不得不鬆開章庭的手，章庭身上的許多傷都不致命，奈何他被熱浪推出山洞，撞在了巨岩上，那塊巨岩阻止他跌下山坡，也在他的顱內留下了瘀傷。

趙疏看了眼天色，想是案情已梳理得差不多了，深深吐了口氣，「行了，就到這吧，諸位近日多有辛苦，今日早些回去歇著，明日准一日休沐。」

殿上立著的幾位大員聽了這話，才驚覺天色早已暗下來，殿中掌起了明燈。自小昭王回京，他們這些三司的官員幾乎是日夜不休地徹查洗襟臺名額買賣一案，雖然身心俱疲，卻不敢停歇下來，怎麼歇呢？案子的內情觸目驚心，一閉上眼，那些冤死的亡魂幾乎要飄蕩在他們眼前，士子深陷坍塌樓臺下的哀號不絕於耳，及至今日，所有案情大體梳理完畢，才能稍稍心安。

一眾朝臣與趙疏齊身拜下，安靜有序地退出宣室殿。

趙疏見他們走了，閉上眼，靠坐在龍椅上。他累極了，已連著幾日不曾闔眼，但他是皇帝，查清洗襟臺的真相是他的夙願，所有的重擔扛在他的肩上，已經走到了這一步，他不敢有絲毫懈怠。沒一會兒，身邊傳來輕微的一聲：「官家。」

曹昆德將一盞參湯擱在龍案上，「官家，大殿裡涼，暖閣裡爐子燒好了，回去歇一會兒吧。」

趙疏反應了一下，才明白曹昆德說的暖閣是他的寢殿，不是皇后宮裡的。他近日政務繁忙，總想著要去探望皇后，總也騰不出空閒，好在章元嘉月份大了，這一月來總是嗜睡，有時甚至用過暮食就歇下了，並不多等他。

趙疏「嗯」一聲，曹昆德見他起身，連忙上前為他披上龍氅。推開殿門，秋夜的寒涼迎面撲來，趙疏在這秋涼中走了一會兒才問，「皇后近來心安吧？」

他這話語焉不詳，但曹昆德一下便明白了他的意思。

小昭王回京，呈遞朝堂的罪證引起了軒然大波，數名大員相繼落獄，章鶴書雖然未被問罪，卻被趙疏以一句「功高勞苦，回府將養」勸說停職了。

曹昆德端著拂塵，緊跟在趙疏身後，「心安著呢。宮中沒什麼碎嘴子，哪怕有，也不敢擱在皇后娘娘宮裡。仁毓郡主近來進宮得少了，約莫是裕王妃那邊打了招呼，太后成日禮佛不問世事，今天一早，榮華長公主進宮了，想來是為了給官家分憂，下午過去了皇后娘娘宮中，眼下應該回昭允殿了。」

趙疏聽到這裡，步子一頓，「姑母在宮裡？」

曹昆德笑盈盈的，「正是呢。」他浸淫深宮多年，怎麼可能連聖上喜歡誰不喜歡誰都猜不出，早吩咐了墩子候在拂衣臺下，招招手，墩子就從拂衣臺下一路小跑過來，躬身稟道：「官家，長公主說近日回宮裡住，昭王殿下身邊的侍從，那個叫顧德榮的似乎有什麼事要稟與長公主，適才在宮門遞了牌子，眼下也過去昭允殿了。」

趙疏聽德榮也進宮了，心境為之一寬。

他一直獨居深宮，若說與誰親近，除了榮華長公主，只有謝容與了，可惜洗襟臺坍塌後，謝容與心緒幾不外露，常年伺候在他身邊的德榮倒是溫和善言，偶爾德榮說起他們在宮外的經歷，趙疏也是愛聽的。

德榮是宮外人，能進到禁中已是破例，如果謝容與不在，他甚至不能在昭允殿留足一個時辰，趙疏到的時候，德榮正欲辭去，見了皇帝，連忙行大禮，「官家。」

趙疏將他略扶了扶，囑他跟自己一起進了暖閣。長公主見趙疏一身風露，知道他是直接從宣室殿那邊過來的，這麼晚了，想必連晚膳都沒用，都說皇帝享萬人供奉，極尊極貴，可趙疏做皇帝這些年，長公主只覺得他比尋常百姓還要辛苦，當即吩咐人去備膳食。

趙疏屏退了曹昆德和墩子，接過長公主遞來的薑湯，「姑母怎麼進宮了？」

「不進宮難道一直在公主府閒著，你和與兒這樣辛苦，姑母看著心疼。」長公主道：「再說元嘉月份大了，許多事打理起來不便，你這後宮再冷清，好歹也是一座宮所，太后禮佛不問世事，餘下幾個嬪妾，你恐怕連她們長什麼樣都記不清，眼下這個當口，這後宮的事我不幫你，誰來幫你？」

趙疏吃完薑湯，撩袍在暖榻的一側坐下，「表兄也一起回宮裡住嗎？」

謝容與自小封王，照說十八歲就該開衙建府，但是洗襟臺坍塌，修建王府的事也耽擱了，他在京一直沒有自己的府邸，這回回京，也是暫住在公主府。

長公主淡笑了一下：「他不來。」

德榮適時解釋道：「官家，小的進宮正是與夫人說這事呢，殿下不跟著進宮，打算搬去江府。」

長公主道：「他父親和江逐年是莫逆之交，江家算他半個家。何況，那是他成親的地方，他雖然嘴上不提，我知道他在想什麼，那溫家的姑娘許久沒有消息了，她不是京中人，如果上京，只能去江家找他。」

他在等著她呢。

趙疏聽了這話，了然地點頭，「表兄這些年，學為洗襟，病為洗襟，性命險些都要折在了洗襟二字上，好不容易多出來一個牽掛，其實是好事。」

下頭的侍婢上了晚膳，就擱在暖榻的方几上，菜餚不多，都是趙疏愛吃的，長公主雖然吃過了，還是命人拿了碗陪趙疏用膳，問說，「案子辦得怎麼樣了？」

趙疏道：「已經梳理得差不多了。」

他提起這個，眉間就湧上愁緒，「適才朕還和三法司說這事呢，案情雖然明白了，也不是沒有疑點，其中一個，曲不惟拿來販賣的名額究竟是從哪兒來的。誰都知道洗襟臺名額的源頭是翰林，今天三司也提議說徹查翰林，可是……雖然案情的具體細節沒有外露，『洗襟臺名額買賣』這七個字，已在京中士人裡引發軒然大波，不少士子，包括朝中的士大夫出聲質疑當初洗襟臺修築目的，甚至開始反對重建洗襟之臺，如果在這個時候，朝廷徹查了翰林，查到了老太傅身上，必將人心惶惶……」

這些話即便說給長公主聽也無用，一個深宮婦人，能想出什麼法子。

但長公主知道，趙疏需要說出來，這些事在他心中積壓得太久，壓得他夜不能寐，是故她才有此一問。

「……眼下曲不惟也許有把柄在章鶴書手中，寧死不願招出章鶴書，朕也知道想要真相，必須當機立斷，但朕是皇帝，每做一個決策，必須考慮後果。表兄或許看出了朕的顧慮，三司說想查翰林，他力排眾議將此事壓後，今日去禮部徹查當年士子登臺的名牌了……」

長公主聽了趙疏的話，說道：「不必操之過急，這幾年你一路行來，每一步都艱難，每一步卻也堅定，姑母看在眼裡，姑母相信你不是做不出決定，只是心中尚有權衡，等再往前走幾步，柳暗花明，你自然知道該怎麼辦。」她說著一嘆，「你說與兒學為洗襟，病為洗襟，你又何嘗不是？我年紀大了，許多事早已看開，只盼著你們都別太為難自己。」

趙疏聽了長公主的勸慰，心安不少，暖閣中焚著促人安寧的沉水香，趙疏安靜地用完晚膳，對德榮道：「德榮與朕說說表兄在陵川的事吧，表兄回京後，朕與他兩廂繁忙，還不曾聽他提過。」

德榮依言點頭，「小的是五月中旬，從中州趕去陵川的……」

陵川的經歷真要說起來，那就沒個頭了，但趙疏還有政務要忙，朝中的事務只有洗襟臺這一樁，今日買賣名額的案情梳理完畢，奏疏已然堆滿了會寧殿的案頭，趙疏在昭允殿多坐了半個時辰就辭去了。他走了，德榮自然不能多留，小黃門把他引至四重宮門之外，德榮攏著袖子在夤夜中等候。

及至子初，謝容與才從角門出來，見德榮迎上來，問：「母親回宮了？」

「是，」秋夜清寒，德榮為謝容與罩上薄氅，「夜裡官家過來用晚膳，夫人和官家說了好一會兒話。」

馬車就停在宮門外，德榮在前面提著燈，正要引著謝容與上馬車，忽然有一人從道邊快步上前，喚了聲，「表哥。」

是個年輕女子的聲音。

謝容與頓了一下，看清她的眉眼，「仁毓？」

趙永妍有些怕，雖說他們是表兄妹，可是比起趙疏，她更畏懼這位看似隨和實則疏離的表哥，只是眼下趙疏是君，她只好找到謝容與這裡。

「這麼晚了，找我有事？」謝容與問。

趙永妍看他一眼，很快低下頭，「是這樣的，仁毓想問問，張二公子近日是否在京中。因為、因為仁毓聽母親說，張二公子是跟著表兄一起回京的，可是仁毓沒有見到他，仁毓本來想進宮問問皇后娘娘，只是娘娘月份大了，母親讓仁毓不要多打擾，仁毓只好找到表哥這裡……」

趙永妍這麼一說，謝容與想起來了。

長公主與他提過，趙疏想為趙永妍和張遠岫賜婚，此前還特地詢問老太傅的意思。

趙疏這一輩沒有公主，趙永妍是裕親王之女，已是身分最尊貴的了，尋常人遇上這樣的事，高興都來不及，卻不知道張遠岫因何遲遲不應。

謝容與道：「張忘塵是御史中丞，眼下三司諸事繁雜，他回京當日先行去了御史臺，想必妳是因此才沒有見到他。」

趙永妍點點頭。

她又猶豫了許久，「幾個月前，老太傅給張二公子去信，信上問了他一些事，張二公子回信說，回京後自會稟與官家，眼下他已經回京半月有餘了，表哥可知道……可知道此事他稟說官家了麼……」

她知道自己冒昧，甚至可以說非常唐突，可是她已等了小半年了，原本以為一早就能有結果。

謝容與看著趙永妍，雖說他們回京已逾半月，但這十數日來，幾乎每一個人都忙得席不暇暖，每日廷議過後，宣室殿中的燈火一直要掌到夜深時分，趙疏沒時間單獨見張遠岫不提，張遠岫自不會在這樣的時候為自己的私事面聖。

謝容與本想勸趙永妍安心等候，可是話未出口，他忽然想到，不是每一個人都能像小野一樣，在辰陽山間自由自在地長大，來去隨意愛恨隨心的，他眼前的這個表妹，她被宮規束縛著，教條約束著，今夜她背著裕王妃，偷跑到宮門問一個結果，於她而言已經付出了莫大的勇氣，所以何必說一些冠冕堂皇的話來搪塞她呢？

「朝中諸事繁忙，張忘塵回京未必有閒暇與官家稟說私事，好在母親今日進宮了，妳且等上幾日，我回頭請母親與官家提一提。」

趙永妍沒想到謝容與竟肯幫自己，聽了這話，又驚又喜，連忙欠身與他行禮，「多謝表哥，多謝長公主！」

謝容與頷首，隨後看了宮門一眼。

宮門外的侍衛長早就注意到這邊了，眼下見謝容與望過來，立刻上前拜道：「殿下，郡主。」

謝容與道：「送郡主回王府。」

等趙永妍離開，謝容與也上了馬車。江家離紫霄城有些遠，行到半程，謝容與撩開車簾，朝外看去，九月末，明月殘成了半環，距離脂溪硝煙炸響，已經過去了兩個多月，可是青唯一封信都沒來過，謝容與知道她行事一貫小心，等閒不會寫信暴露了蹤跡。

謝容與問德榮，「今年的桂花收了嗎？」

德榮正在驅車，聞言道：「收了，小的和天兒這些天什麼都沒幹，淨顧著收桂花了，挑的都是最好的，駐雲製了許多罐桂花蜜，說是等少夫人回來，要一起補過一個中秋。」

謝容與淡淡「嗯」了一聲，放下車簾，月色透窗灑進來，鋪滿一整個車室。

上京，郊外。

車窗外月色朦朧，馬車在官道上行到半程，一隻枯槁的手撩開車簾，喚來車旁跟著的僕從，「先停在這裡，你去看看前面在查什麼。」

僕從應是，很快去了。

已值深夜，為了避開冬雪，進京的這一條官道上，多的是夤夜趕路的。

不一會兒，僕從回來了，「老爺，近來京中有大案，武德司在往來路上設了關卡，嚴查行人，您看……」僕從說著一頓，透過車簾朝裡望了一眼，「要不要請江姑娘避上一避？」

僕從話音落，車室裡靜了一會兒。片刻，車上下來一個罩著黑衣斗篷的女子，她撩起帽檐朝遠處望了一眼，只見吉浦鎮驛站附近果然燈火通明，進京的車馬、行人全被攔在了關卡外，武德司的官兵正在一個一個排查。

近來京中生了什麼大案，青唯心中很清楚，自從謝容與從脂溪礦山取證回京，洗襟臺買賣名額一案在京城傳得沸沸揚揚，她到底是洗襟臺下重犯，這麼敏感的關頭，還是不要惹麻煩為好。

青唯想了一下，對車上的人說：「顧老爺，那就依照我們說好的，我是您中州的遠房姪女，也姓顧，跟著您一塊兒上京省親的。」

馬車上的人連聲說好，「那就辛苦江姑娘去驢車上坐一會兒了。」

驢車拉的都是貨物，青唯一點都不含糊，當即一點頭，擠身在貨物間坐下來。

青唯跟著的這位老爺姓顧，大名喚作顧逢音，是中州一名年近花甲的富商，前一陣因為買賣上出了岔子，顧逢音不得不親自上京處理，他走得匆忙，身邊只帶了幾個僕從，路上不幸遇到劫匪，幸得跟前這位「江姑娘」相救。這位江姑娘自稱是陵川人士，家裡是開武行的，所以身手不錯，她去年秋定了親，夫家姓謝，挺有出息的，在上京混了個芝麻大的官，可惜前陣子她未嫁的夫君被人冤枉落了獄，她著急上京探望，娘家這邊不允許，怕她救人不成，反倒惹來一身麻煩，非但要解親，還將她禁足在家，她不得不半夜落跑出來。

未婚夫婿落獄，「江姑娘」眼下也算半個罪臣之妻，路上遇到官兵，倘若報了真名，惹來一番盤問不說，如果被官府連坐緝拿，她還怎麼救人？所以「江姑娘」和顧逢音一商量，乾脆假稱是他的遠房姪女，上京省親的，顧逢音感念她的相救之恩，加上覺得她情深義重，自然答應。

很快到了關卡處，一名武德司的官兵舉著火把過來，「馬車上的人都下來。」

僕從依言將顧逢音扶下馬車，管家的雙手奉上文牒，「官家，我家老爺姓顧，家中做綢緞買賣的，近來生意上出了岔子，是故上京協商。」說著，又讓一旁的廝役拿出幾本帳簿給官兵驗看。

官兵略翻了翻，目光移向驢車上，罩著斗篷的身影，「她是何人？」

顧逢音道：「她是草民的遠房姪女，家中有尊長在京城，草民是故捎上她一塊兒上京。」

許多女子一生未必行得了一次遠門，未出嫁前身分都登在娘家的戶籍下，大都只寫姓和齒序，連名都沒有一個，更別提文牒了，是故顧逢音既然說了驢車上的女子姓顧，回頭查一查中州顧氏陵川的分支，有這麼一號人便行了。

武德司的官兵點點頭，著人把顧逢音一行人依數記下，放了行。

眾人離開關卡還沒走幾步，忽聽身後一聲「等等」。

一名身著校尉服的武德司官兵走上前來，在驢車前頓住步子，「把帽子揭下來。」

青唯默了片刻，依言揭了兜帽。火光將驢車這一片照得通明徹亮，兜帽落下，露出女子一張蠟黃的臉，她的唇上一點血色也無，剛想開口說話，不期然間冷風入喉，忍不住捂唇連咳數聲。

管家的忙道：「官爺，我家堂姑娘身子不好，連日趕路不慎惹了風寒，正急著上京請大夫治呢，官爺見諒，官爺見諒。」

武德司的校尉皺了皺眉，隨即擺擺手，「走吧走吧。」

過了吉蒲鎮便是京城地界，南面上京的都走這條道，青唯去年也走過，如果快馬馳奔，大概兩個多時辰就能到城中，不過顧逢音年紀大了，經不起顛簸，路上找了一家客舍歇了半宿，天明時分繼續上路，等到了城門口，已近暮裡了。

與顧逢音同行，說不上是巧合。

離開脂溪礦山後，青唯和岳魚七抄捷徑避去了中州，青唯的意思是在中州等消息，風頭一過去，她就上京，但岳魚七勸她打消這個念頭，洗襟臺一案牽涉重大，等案子審結，怎麼說都要半年，不如先回辰陽老家。青唯思來想去，覺得岳魚七說得有理，只是她和謝容與分別數日，怎麼著都得給京中去信一封以報平安。

青唯本打算找中州謝氏幫忙，她聽謝容與說過，他的祖母待他很好，當年謝楨過世，老大人還親自上京，在公主府住了半年陪伴孫兒。可是中州的謝府，連謝容與都沒回來過，更別提青唯了，再說她上門怎麼說，自報家門稱自己是小昭王之妻，謝家的孫媳婦兒，讓他們幫忙給謝容與送信麼？她溫小野還是要臉的。

正是躊躇的這幾日，青唯在江留城的上空看到了隼。

白隼翔空可至千里，可牠到底是禽，若無有心人豢養，牠如何懂得攜信往來特定的地方。看到隼，青唯就想到了曹昆德，能養得起隼的人家不多，曹昆德算一個，雖然不確定在中州傳信的這一隻是不是京裡那位公公的。

曹昆德這些年的籌謀明顯與洗襟臺有關，而眼下洗襟臺名額買賣一案正審到關鍵處，容不得出現任何岔子，青唯思及此，立刻決定上京，查清洗襟臺的真相也是她的責任，憑她這麼多年和曹昆德的接觸，想必幫得上忙。

江留謝府不好登門，青唯想起另一個人，朝天和德榮的養父，當年好心收養長渡河遺孤的中州商人顧逢音。

也是巧了，青唯到顧宅當日，顧逢音正準備上京。青唯想著顧逢音不認得自己，她如果自稱是謝容與之妻，反倒會惹人生疑——哪有她這樣一身江湖氣的王妃，思前想後，決定乾脆使些手段。她僱了幾個地痞流氓扮作山匪劫道，危急時刻出手相幫，隨後編排了一個未婚夫婿落獄的故事換取了顧家老爺信任，歷經月餘，總算到了上京。

馬車進了城，管家的找了一間客棧，正是夜幕時分，客棧多的是打尖兒住店的，小二很快上了小菜和茶水，顧逢音對青唯道：「老朽讓管家多訂了一間上房，江姑娘今夜暫且歇在客棧，明早再出門打聽謝家相公的消息不遲。」

青唯謝過他的好意，「顧老爺到京後如何打算？」

「老朽在京中有間鋪子，等鋪子收拾出來就搬過去住，江姑娘如果沒找到落腳的地方，只管過來。」他說著，讓管家把商鋪的地址寫給青唯，「另外老朽還有兩個親人在京中，他們兩個……」他猶豫了一下，嘆一聲，「唉，實不相瞞，老朽的這兩個親人，眼下跟在京中一位貴人身邊伺候，謝家相公的事，如果這位貴人肯出手相幫，江姑娘就不必愁慮了，不過老朽身分低微，總不好跟貴人開這個口。」

青唯知道顧逢音說的兩個親人就是朝天和德榮，道：「顧老爺不必麻煩，我官人既是被冤枉的，想必沒有貴人相幫，也能昭雪。」

小二的很快上了菜，掌櫃的見識廣，看顧逢音的衣著，一眼就認出他是富商，很快過來攀談，「幾位這是剛上京？近日來得可不巧啊。」

「掌櫃的這話怎麼說？」管家問道。

掌櫃的往外努努嘴，「夜裡瞧不出來，明早您推開窗瞧瞧就知道了，外頭鬧事哩！聽說是宮裡那位小昭王帶回來的罪證，說什麼洗襟臺涉嫌名額買賣，京中那些讀書人聽了受不了，嚷嚷著讓朝廷給個說法，單是這半個來月，就鬧了三五回了。」

顧逢音聽了這話，說道：「朝廷給說法，朝廷不需要查麼，查案子總需要時日，這些讀書的真是鬧得慌。」

朝天和德榮都在謝容與身邊當差，顧逢音自然向著朝廷說話。

掌櫃的笑道：「客官您是明白人，要我說，這些讀書的墨水吃多了，之乎者也到了肚子裡，全成了道理，道理就得規規矩矩地躺在他們知道的方圓裡，稍有不服帖的，那怎麼辦？那就得鬧啊。」這掌櫃的說起話來字正腔圓，一聽就是土生土長的上京人士，「也別提眼下，就說六七年前，剛要建洗襟臺那會兒，京中不是也有讀書人反對麼，後來怎麼著？朝廷發現是有人煽動鬧事，處置了好一批人哩，總之等著瞧吧。」

顧逢音聽了這話，沉默下來，小二的上了菜，掌櫃的親自接過，為他們這一桌布菜，管家道：「掌櫃的，跟您打聽個事，城西的江府怎麼走？就是禮部江大人的江府，我家老爺有親人在江府當差，想要近日抽空過去看看。」

掌櫃的見他們這一行人衣著不菲，聽他們認識當朝官員，倒也見怪不怪，回憶了一會兒，說道：「可是我記得，那江老爺半年前就離開京城，去外地辦差了。」

青唯聽了這話，稍稍一愣。

江逐年外出辦差去了？

她本來打算跟顧逢音一起去江家的，眼下看來，這一條路行不通了。

青唯剛要開口，忽然覺得有什麼人在看她，她驀地移目望去，只見客棧門口，正有一人向著樓內張望——正是昨夜在吉蒲鎮關卡盤問她的武德司校尉！

這校尉對上她的目光，猝不及防間離開了客棧。

青唯知道自己的行蹤暴露了，而今她雖有謝容與、趙疏等人庇護，朝廷法度在上，當街遇上通緝犯，豈有不捉的道理？青唯剛進京，不想惹麻煩，這客棧不能待了，她得盡快見到謝容與。

青唯起身，與顧逢音辭說去去就回，繞去了客棧後院，翻牆而出。此處位於背巷，巷子南北銜接著街道，時值暮裡，這一帶雖不比流水巷熱鬧，也是行人如織的。

青唯仔細想了想，眼下武德司已然對她起疑，江家她是不能去了，可是除了江家，她又沒有落腳的地方，貿貿然躲入陌生人的宅戶，怕會成為甕中之鱉。武德司的校尉請了令，很快就要在大街小巷搜捕她，她必須盡早消失在這街巷中。

忽然，青唯心中生出一個大膽的念頭，她移目看向長街盡頭，巍峨矗立的紫霄城。

她官人她是知道的，回京這半個多月，他必是宵衣旰食、夙興夜寐地查案，眼下這個時候，他恐怕正在衙門裡辦差呢。

最危險的地方就是最安全的地方，武德司再怎麼搜，也不可能搜到宮裡去。

只是紫霄城戒備森嚴，她該怎麼進去呢？

暮華如水的天際傳來一聲啼鳴，青唯抬眼望去，只見上空掠過一行飛鳥，她神思一動，從地上拾起兩顆石子兒。石子兒在掌中拋了拋，立刻有了主意。

天色稍稍暗下來，元德殿就徹底安靜了。芷薇悄聲來到寢殿門口，囑咐守在這裡的宮人，「去外宮守著吧，娘娘歇下了。」

章元嘉已是六個月的身子，照說有身孕的人到了眼下這個月份，應該是最舒服的時候，不過各人有各人的症狀，章元嘉近來就十分嗜睡，每每到了暮裡歇下，隔日天大亮了才起。雖然睡得長，睡得卻不怎麼好，她十分怕吵，往往一點響動就醒，前陣子內侍省派了一群小黃門過來，把元德殿外的秋蟬都網走了，只這樣還不夠，連夜裡殿中的腳步聲也是喧囂的，是故章元嘉一睡下，寢殿中除了芷薇，其餘人都得退去外宮。

寢殿中焚著安神香，芷薇往爐子裡添了幾塊香片，看到青煙浮起來又沉下去，移步到臥榻前，輕聲道：「娘娘，都退下了。」

好一會兒，榻中才傳來起身的動靜，芷薇適時打簾，拿了引枕支在章元嘉的身後，聽得章元嘉道：「今夜官家也在宣室殿議事呢？」

「是，昭王殿下回宮後，官家一直如此，有時候議完事，回到會寧殿，子時都過了。」

章元嘉聽了這話，默了一會兒，「母親的風寒還沒好麼？」

「像是沒有，官家前日又打發太醫去看了，醫官還是老話，夫人是秋後天氣轉涼受的寒，小病而已，娘娘不必掛懷。」

當朝皇后身懷六甲，皇帝特許章氏恩典，准允章元嘉的母親每旬進宮探望，前頭幾個月，羅氏都依例前來，可是近一個月，羅氏因病許久不露面了。

而周遭的異狀卻不只這一點。章元嘉明顯感覺到後宮忽然冷清下來，趙疏以擔心打擾為由，免去了嬪妾們的問安，偶爾去御苑散步，宮人總是有意無意地避著她走。半個月前，她聽到住在落芳齋的美人莫名哭了一宿，隔一日再沒了動靜，打發人去問，小黃門回說，美人病倒了，娘娘懷著龍子，不要去看，省得沾了晦氣。

病，又是病。母親病了，美人也病了，他們總拿這樣的藉口來搪塞她。

一個人想要瞞下一樁事容易，然而並不是人人都善於偽裝，一群人合著隱瞞，總會落下點蛛絲馬跡。章元嘉很快想明白了，她們這些後宮中的婦人，身與心繫著的除了帝王，只有自己的母家了，那個哭了一宿的美人，恐怕連趙疏的面都沒見過，倒是聽聞她的父親是兵部的一名官員，所以她是為何哭？

前朝有了變動，一切的異樣都源自於小昭王一封即將回京的急信，塵封的大案掀起不可告人的一角，隨之驚起的濤瀾從前朝波及到了民間，也波及到後宮。

章元嘉問芷薇：「妳可有法子打聽到外面出了什麼事？」

芷薇搖了搖頭。

章元嘉眉間的鬱色愈深，她心中著急，奈何無計可施，情急之下腹中竟傳來一陣隱痛，章元嘉忍不住伸手捂住腹部，芷薇見狀，連忙扶住她，「娘娘。」

章元嘉閉眼擺了擺手，稍稍緩了一會兒，芷薇見她額間香汗密布，生怕她傷了身子，猶豫了片刻，輕聲道：「娘娘，奴婢有一個法子，或許可以遞消息給老爺。」

章元嘉愣了愣，別過臉來，「妳有法子給父親遞消息？」

芷薇點點頭，她知道宮人往外傳消息是大罪，雙膝落在腳榻上，跪著回話：「不瞞娘娘，西宮宮門有個小侍衛從前受過老爺的恩惠，娘娘這邊有什麼話，都可以透過他帶給老爺。」

章元嘉聽了這話，搭在被衾上的手一下收緊，片刻後緩緩鬆開，她問：「可信嗎？」

「可信，這麼多年下來，一次都沒有被發現過。」

芷薇想著話已說到這個分上，乾脆全盤托出：「內侍省最低等的小黃門是做雜活的，往往各宮都有走動，奴婢是宮婢，自然不能直接跟侍衛接觸，不過西門的小黃門裡有個自己人，奴婢都是託他給侍衛傳話，再由侍衛把消息帶出宮外。」

是了，做雜役的小太監，是這宮裡是最不起眼的，死了病了都未必有人關心，怎麼會被人發現呢？

章元嘉靜了許久，對芷薇道：「那妳去吧。」

天更暗一些，芷薇提著燈從元德殿出來了。

元德殿其實離趙疏的會寧殿並不遠，剛過甬道，芷薇就和曹昆德與墩子撞了個正著。近來趙疏憐曹昆德年紀大了，一到黃昏便打發他去歇著，曹昆德這是要往東舍那邊去，見了芷薇，墩子先行招呼：「芷薇姑姑。」

芷薇福了福身：「曹公公。」

曹昆德含笑道：「芷薇姑姑這麼晚還走動呢。」

「宮裡粗心眼的婢子把安神香片泡水裡了，娘娘近來身子重，香斷了怕是睡不安穩，我只好去內庫再取些。」

曹昆德聽後攙著墩子往道旁讓了讓，「且趕緊的，眼下這宮裡什麼事不緊著娘娘，辛苦芷薇姑姑了。」

芷薇回說一句分內之事，再與他一欠身，立刻去往甬道外了。

待芷薇走遠，曹昆德慢慢兒往前走，嗓子唱戲似地換了腔，不再是和善的了，變得又細又沉，「元德殿裡的人，都是精挑細選過去伺候的，皇后身懷六甲，肚子裡的那個就是國祚命脈，跟前伺候的要這麼不仔細，早該領罰了，豈能在元德殿伺候？」

後宮的人也分三六九等，嘉寧帝繼位這幾年忙於政務，後宮雖和睦卻冷清，並不是個百花競豔的場所，唯一一枝獨秀，就是章元嘉的元德殿了，是故在元德殿裡伺候的人，自然要高人一等，那是個後宮侍婢都爭著搶著去的地兒，豈能犯把香片泡在水裡的過錯？

墩子道：「章大人被『賜休沐』，前朝人心惶惶，後宮怎麼都有所覺察，這位芷薇姑姑是打小就跟在皇后娘娘身邊的，說到底，算是章家人。」

「可不是麼，傳信兒呢，章鶴書手伸得長，深宮裡也有他的救命稻草。」

「照公公看，章大人過得去眼前這一關麼？」

「難說。」曹昆德手腕搭著拂塵，「陵川齊文柏參他的一本雷聲大，雨點小，沒有實證，很難拿他怎麼樣，且他手裡似乎握著什麼保命符，曲不惟都這樣了，還是不肯招出他，官家要顧忌士人民心，遲遲不願拿翰林開刀，更別說他還是國丈……不過，話說回來，憑他章鶴書身上的保命鎖再多，小昭王盯著他呢，小昭王和玄鷹司，那就是一張催命符，你看看這一年來被小昭王咬住的人，有幾個有善終的？總有法子查出他。」曹昆德說著，臉上露出一個笑，帶著隱隱的得逞與張狂，「這樣才好，誰都不要有善終，這樣才對得起……」

話未說完，天際傳來一聲鷹啼。

曹昆德臉色一變，驀地抬頭望去，高空飛來一隻白隼，正在他們頭頂盤旋。

曹昆德的隼是養在三重宮門外的，但是隼這種烈禽，太有靈性，天生不喜紫霄城這樣波譎雲詭的地方，是故他在宮外祕密置了間不起眼的院落，專門用來飼隼。知道這間院落的人很少，都是常常會帶消息給他的。

為了防止被人發現，隼通常都在夜深時分傳信，眼下正是日暮，誰會在這個時候喚隼？

曹昆德看了墩子一眼，墩子點了點頭，立刻提著燈去宮門外接人了。

曹昆德等閒不能出宮，與宮外人相見，只能相約在三重宮門外的東舍，小角門那裡也要經過事先打點。不過他到底是大璫，遇到這樣的突發狀況，也是有應對的，墩子手中有朝中幾名大員的牌符，到了角門，露出來給禁衛一看，稱是衙署那邊有大人值宿，家裡打發送東西來，就把人帶進來了。

曹昆德回到東舍，坐了沒一會兒，就聽到外間傳來腳步聲。腳步聲很輕，像攜著秋風。門一開，墩子提燈在門口喚：「公公。」而他身旁的女子罩著一身黑袍，正立在秋風之中。

有一瞬間，曹昆德有點恍惚，依稀間彷彿回到了一年多前，年輕的姑娘剛上京，身上帶著劫獄後的血氣，單膝跪在他身前，喊他：「義父。」

也就年餘時日，世事斗轉星移，一切都不一樣了。

曹昆德卻沒表露出太多意外，他愣了愣，神情近乎是驚喜的，「怎麼到京中來了？快來，讓義父仔細瞧瞧。」

青唯沒動。

她和曹昆德不一樣，在外多年，迫於形勢有時不得不偽裝，可是能做自己的時候，她必然只是自己。去年在冬雪中遭遇追兵的場景歷歷在目，左驍衛劈過來的那一刀，把當年曹昆德在廢墟中撿到她的救命之恩也斬斷了，眼下恩仇相抵，她既不怨他，也不欠他。

「我在中州看到了白隼。」青唯道：「是義父的嗎？」

深宮中人，變臉比翻書還快，曹昆德聽了這話，臉上的笑收起來了，慢條斯理地道：

「天上的鳥兒這麼多，隨便一隻就是咱家的，咱家豈不手眼通天了。」

青唯跟他債孽一筆勾銷，今日登門，自然不是來敘舊的，她單刀直入，「我一直不明白義父這樣一個深宮中人，為何要捲進洗襟臺這場是非，從前我只顧著找師父，心思沒往這上面放，近日我閒下來，倒是有了些眉目。」

曹昆德沒說話，安靜聽她的「眉目」。

「義父也是人，是人就有過往與來歷，循著往昔去找，終歸能找到一點蛛絲馬跡。」只不過像他們這樣的無根之人，人們往往會忽略他們的來歷罷了。

「近日我託人查了查，義父並不是京中人，您早年出生在一戶耕讀人家，進過學，也念過書，後來您被送去一家大戶人家做伴讀，大戶人家一夕敗落，把您賣去了劼北。那年間大周離亂，民生多艱，您在劼北待了幾年，跟著流民一路流亡到京，一咬牙，進宮做了公公。」

這些來歷不難查，宮中的檔庫裡都有記載，無論是趙疏還是謝容與都能翻看，甚至更詳盡的都有。

曹昆德問：「還有呢？」

青唯沒說話，還有的她為什麼要告訴他？一碰面就露底牌，她就不是溫小野了。

曹昆德笑起來，笑聲又尖又細，「可真是天地良心，咱家命苦就罷了，這麼些老黃曆，居然被一個剛長大的小丫頭翻了個底掉兒，挖空心思地找線索，跟咱家做了什麼缺德事似的，墩子，你說是不是？」他悠悠地道：「溫小野，妳是咱家的義女，咱們父女一場，妳想知道什麼，義父定然會告訴妳，不如妳過來，義父和妳細細說。」

青唯仍舊沒動，「義父在深宮行事不便，該掀的浪頭卻一個沒少，朝中應該有人與你合謀吧？與你合謀的人是誰？」

「瞧妳這聰明勁兒，叫咱家說妳什麼好呢？」

青唯道：「想來義父也不會相告，義父為人雖不怎麼有底線，但是利益至上麼，事情未完成前，您是不會出賣您的盟友的。」

青唯說著，看了眼天色，夜空已徹底暗下來了，「天晚了，青唯告辭。」

她折身便走，拂來的秋風霎時間灌滿了她整個衣袍，墩子被她這一身煞氣懾住，意識到她來者不善，後知後覺上前攔阻，屋裡頭，曹昆德卻道：「回來，你攔得住她嗎？」

等青唯走遠了，曹昆德看著桌上的金絲楠木匣子，定了會兒神，緩緩打開。這匣子裡的東西吸多了傷身，太醫院的醫官說他年已老邁，身子大不如從前，這半年他有意識要戒，今日不知怎麼，癮來了竟壓不下。

粉末抖在金碟中，放在小灶中微微烹了，肉眼可見的青煙順著細竹管一路淌進他的肺腑，百骸在沉淪後煥然一新，曹昆德這才悠悠道：「她是重犯，這麼著急進京，京外十八道關卡外守著的官兵是吃素的？肯定早發現她了，憑她再聰明都沒用。她暴露了蹤跡，不敢往江家去，只能進宮找小昭王。這深宮之門哪是這麼好進的？好在她知道咱家的隼養在哪裡，喚來隼，騙你去宮門接她，這才是她的目的。適才一番話，試探咱家只是順便，她醉翁之意不在酒，心思早就落在了別處。東舍去昭允殿的那條路，咱家帶她走過一趟，原本呢，是想讓她信任咱家，莫要輕易投奔他人，沒想到她和這小昭王緣分這樣深，假夫妻也做成了真夫妻。不過無礙，她的罪名還在呢。去吧，深宮守備森森，有人闖入，禁衛到底該有覺察，去知會一聲，就說有賊人闖昭允殿了，請禁衛前去捉拿。」

第十九章　平安

謝容與近幾日都在禮部查閱登臺士子名牌的相關線索，這日剛入夜，他與幾位大員還未議完事，祁銘匆匆過來，在值房門前拜下，「殿下。」

謝容與一見他的神色，知道事態有異，與幾位大員點了點頭，離開值房，「怎麼？」

祁銘前後看了看，低聲回道：「我們安放在吉蒲鎮關卡的暗樁發現了少夫人的蹤跡，稱是少夫人已經到了京中，眼下……似乎闖進宮裡來了。事態緊急，小的把這暗樁帶了過來，他就在衙署外等著。」

說話間，謝容與步子加快，很快來到衙署門口，暗樁見了他，立刻稟道：「殿下，昨晚吉蒲鎮關卡，有一中州商人過道，他們一行人中有一名女子很像王妃，小的原本有意放過，可是守在關卡的校尉大人也起了疑，連夜跟隨進城。小的一路跟著王妃，王妃消失在宮門附近，似乎到宮裡來了。」

謝容與聽了這話，眉間微微一擰，喚了聲：「祁銘。」立刻往昭允殿去。

青唯一個宮外人避來宮中，賭的就是他或者長公主在昭允殿。皇后近來身子重，長公主協理六宮事物，及至入夜都在禁中，昭允殿今夜無主，一旦曹昆德引來禁衛搜宮，青唯就藏無可藏了。

六部衙署離昭允殿甚遠，乘輦而往，再快都要半個時辰，謝容與步履如飛，等趕到昭允殿，禁衛們已從宮院裡出來了。禁衛長見了他，立刻上前拜道：「殿下。」

謝容與寒著一張臉，「怎麼回事？」

「回殿下，末將接到消息，說昭允殿似乎有賊人闖入，為了確保宮人安危，不得不進宮搜查。」禁衛長說著，退後一步，又行了個大禮，「事出緊急，末將來不及稟知殿下與長公主，事後定會到官家跟前領罰，末將職責所在，還望殿下諒解。」

謝容與見這禁衛長一臉愧色，猜到他大概撲了個空，仍是問：「找到人了嗎？」

「不曾，可能是賊人狡猾，末將正待去別處搜尋。」

祁銘道：「六宮戒備森嚴，賊人豈能輕易闖入？殿前司接到消息，怎麼都該先核查才是，萬一有人捕風捉影，白白惹得六宮人心惶惶，今日驚動殿下，他日還要驚動官家與皇后娘娘麼？」

祁銘出身殿前司，與眼前這位禁衛長十分相熟，他為人和善，很少這樣厲聲說話，禁衛長知道他是在提醒自己昭王殿下的不悅，再次誠懇賠罪，稱是回去後必定會仔細核查消息來源，帶著人退下了。

禁衛們一走，祁銘道：「屬下這就著人去找少夫人。」

謝容與卻道：「不必，她已經離開了。」只這麼一會兒，他就想明白了青唯此舉的用意，吩咐道：「派人去殿前司，把今夜遞消息的人揪出來。」

青唯在宮外暴露了蹤跡，躲來宮中是為避開追捕她的侍衛，她素來膽大心細，如果不確定他在昭允殿，她一個重犯，怎麼可能在宮中久留呢，她得知今夜昭允殿無主，早在禁衛趕來搜宮前就走人了。

再者，武德司說白了，就是個看門的衙門，紫霄城門、上京四方城門乃至於上京郊附近各處關卡禁障都由他們守，眼下集中兵力搜捕重犯，難道差事不辦了？青唯躲上這麼一時，武德司搜不到人，自然撤去了。

謝容與出了宮，逕自上了馬車，似想起什麼，撩起車簾吩咐祁銘：「找幾個你在殿前司的故舊，讓他們以『誤傳消息』為由，給武德司使點絆子。」

馬車往江府而去，謝容與手中握著竹扇，閉上眼，在車室中深思。

江逐年年初從翰林遷任禮部員外郎，一開春便去慶明、寧州等地開辦學府了，即便江逐年不在，小野也應該猜到他在江家等她。她孤身一人，在京中無處可去，只要武德司的人馬撤了，她應該會回江府。

馬車很快在府門口停駐，德榮等人聽到動靜迎來府外，見是謝容與，都愣住了，「公子今夜怎麼這麼早，小的還說去宮門口接……」

話未說完，謝容與「嗯」一聲，疾步掠過他，匆匆往東院去了。

德榮見他這副形容，倏忽間意識到什麼，驀地頓住步子，把跟來的朝天、留芳等人一併攔下了。

東院靜悄悄的，正房裡連燈都沒點，謝容與覺得青唯應該在的，推開門，輕聲喚了句，「小野。」

房中無人應他。

月色清涼極了，雙目適應了夜色，能辨清屋中所有事物的輪廓，屋中的確無人。謝容與正待去鄰院找，正這時，後窗處傳來一聲響動，謝容與怔了怔，大步過去，把窗牖拉開，秋風灌窗而入，正在翻窗的女子頃刻間與他撞了個正著，她穿著一身黑袍，茂密的青絲束成馬尾，在夜風中洶湧成濤，可能沒料到他這麼快開窗，目色居然有點茫然。

謝容與一下笑了，「門都不會走了麼，怎麼翻窗？」

鏤花窗扉像是古畫的畫框，框住一個清逸俊朗的公子，公子一別數日，這一笑，比月色還溫柔，青唯愣了一下，竟沒說出話來。

青唯其實一刻前就回來了，曹昆德賣過她一次，她吃一塹長一智，怎麼可能被賣第二次？離開東舍，她並沒有走遠，長公主和小昭王只要有一個在昭允殿，墩子必然不會通風報信，青唯在宮牆後等了一會兒，見墩子急匆匆出來了，她當機立斷，很快離開紫霄城。

是時宮外的武德衛也撤了大半了，青唯擔心武德衛掉頭回來，回江府沒有走正門。她到後院打了井水，剛洗乾淨臉上的易容，就聽到院中傳來腳步聲，有人推門喊小野。

她應該應一聲的，應該像他說的走正門的，可能是情怯心急，下意識就翻了窗，眼下與他對面撞上，青唯怔了許久，喊了一聲：「官人。」

上回在脂溪礦山匆匆一別，她最後也是喊了這麼一聲。

這兩個字被秋風送入耳，落在謝容與的心裡，就像有什麼神力一般，她每喊一次，就攪得他心神紛亂。

謝容與沒有回答，勾手攬過她的腰身，俯臉而下。

像一點秋涼落在塵封已久的佳釀，罈口紅綢輕啟，散發出的酒香裹著秋涼蕩進周遭，變作醉人心神的瓊漿。瓊漿裡透著非常柔和的蜜意，漿液的濃度卻不低，隨著他在她唇齒間分花拂柳，這酒卻越吃越烈，烈到即便她坐在窗欄上，也要勾手環住他才能保持平衡。

終於，謝容與稍稍鬆開她，抵著她的額頭，喘著氣的聲音略帶笑意，「今夜娘子身上方便麼？」

然而還不待她答，他便將她托著抱起，往屋中走去。

他都知道的，她敢這麼撞上門來找他，必然算過日子。

屋中黑漆漆的，秋風把一切事物的輪廓都吹得模糊，青唯伏在謝容與的肩頭，輕聲道：「可是我還沒沐浴……」

謝容與把她放在榻上，俯下身來，雙唇落在她的額梢，然後移向眼瞼，「我也沒有，待會兒一起……」

風聲往來呼嘯，整間寢屋都像沉入了湖底，周遭清波蕩漾。

青唯覺得自己變回了辰陽山間小鳥兒，天上烏雲密布，一場雷劫降至，滂沱的雨水將她淋得狼狽，以至於她不得不褪去外衫，等到雷劫過後化鸞時長出新的彩翼。

而他的吻，就像有魔力一般，每每落下，都能讓天劫到來前的驚悸減少一分。

她勾手攀住他的肩頭。

她說過她不怕疼，刀斧加身未必能令她皺一下眉，但是這一次是不一樣的，彷彿是青鳥在等到天庭宣判的結果，去年她坐在這裡，同一個地方，等著一雙持著玉如意的手來掀起自己的蓋頭。

一個又濕又熱的吻落在她的耳廓，伴著他的囈語：「小野……」

緊接著天劫就來了。

疼是一定的，嚴陣以待讓她緊張得無以復加，腦中甚至有很長一段時間的空白，好像置身於冬日的茫茫雪原上。

謝容與發現她在顫抖，一時間竟不忍動，輕聲喚：「娘子。」

許久，青唯才模糊地「嗯」了一聲，她收拾起散落的神魂，睜開眼，眼神漸漸聚焦，她勾著他的脖子把他壓低，在他唇角一吻。

謝容與嘆息一聲。

嘆息落下，丈尺床幔也落起春雨，雨水滂沱，掀起澎湃的浪像漲了潮，潮水幾無邊際，漫過整個秋夜，漫過她千里奔赴而來的上京城。

青唯也說不清自己是何時睡著的，她累極了，連沐浴都是謝容與幫她的。水中一番癡纏，撈起來時精疲力盡，恍惚間，她記得謝容與拿被衾將她裹了，小心放在了坐榻上，喚留芳和駐雲進屋收拾床榻。

青唯其實很容易驚醒，尤其房中有人走動，或許是駐雲和留芳的動作很輕，又或許是她從未感受過這樣的疲憊，彷彿一隻河魚誤入江海，海水漲了潮，澎湃的浪頭一陣一陣拍過，渾身上下被下了軟骨散，很快便睡了過去。

起初是淺眠，半夢半醒間她想起去脂溪前，謝容與尋了個吉日，把他們的事告訴父親母親。岳紅英葬在辰陽的山中，溫阡的屍身後來被朝廷找到，埋在了崇陽縣的「罪人邸」。謝容與於是請專人刻了牌位，牌位擱在香案前，青唯和謝容與雙手持香，謝容與說了什麼她在夢裡記不清了，依稀是娶她為妻，就會一輩子待她好的意思，倒是岳魚七立在一旁，吊兒郎當的一句話讓她至今記憶猶新，「這野丫頭管束不住，這幾年流落在外，自作主張嫁了人，連我都沒知會一聲，您二位若不痛快，只管教訓，偶爾託個夢，夢中拿鞭子把她狠狠打一頓，我絕不攔著。」

青唯被他這一句話激得愣是一句私心話都沒說出來，心裡毛毛的，跟著謝容與拜了三拜，匆匆說了些「女兒不孝」等禮數周到的話就退下了。

可是今夜在夢中，她忽然又回到了三個月前，她給溫阡和岳紅英上香的祠堂裡，祠堂有專人照看，案上的瓜果是新鮮的，周遭打掃得一塵不染，只是牌位前的香快斷了，青唯順勢取了一根新香，在燭上引了火，恭恭敬敬地拜下，「阿爹阿娘，上回阿舅在，小野怕他笑話，沒和你們多說，你們莫要怪罪。你們不用擔心，小野這幾年雖然吃了點苦頭，也長了許多見識，做了許多曾經意想不到的事，挺開心的。我還遇到了一個我很喜歡的人，他也很喜歡我，阿舅說得沒錯，我把自己嫁出去了，因為我覺得只要有這個人在的地方，我就能扎下根來，沒有比他更讓我安心的人了，就好像這天底下除了辰陽的家以外，我又多了一個永遠可以去的地方，所以我不是倉促中做的決定。對了，這個人阿爹認識，他姓謝，名容與……」

手中長香青煙浮動，煙霧很快凝成一片，遮去了眼前的一切事物。青煙浮上來，又緩緩沉下，等到徹底褪去後，祠堂還是方才的祠堂，可是香案前，卻坐了一個鬢髮微霜，眉眼乾淨清雋的讀書人。

青唯怔道：「阿爹？」

溫阡笑了，聲音也青煙似的，「小野，過來，讓阿爹好好看看妳。」

青唯立刻快步上前，在溫阡膝頭蹲下身。

岳紅英過世時，她是守在身邊，為她盡孝送終的，可是辰陽山中一番爭吵，她和溫阡別離匆匆，她沒有見到父親的最後一面。

溫阡撫著青唯的髮，笑著道：「小野長大了，模樣倒是一點沒變。」

青唯仰起頭，「阿爹，我適才跟您和阿娘說的話，你們都聽到了嗎？」

「聽到了。」溫阡道：「妳的夫君，小昭王，阿爹知道。」

他說著，似乎在回想很久以前的事，「當初在辰陽山中，我第一回遇到他，就在想，這世上怎麼會有這麼好的小公子，謙和有禮，好學上進，聰慧博學。可惜慧極易傷，後來到了柏楊山，他和我說，來此督工洗襟臺，是他第一回出遠門，我反倒有些憐他。少年男兒該當周遊四方，拘在深宮算什麼道理，何況中州謝氏的家風本來不羈，他是謝家的小公子，應該秉承他父親和祖父的脾氣。看到他，我就想起妳，妳一個小丫頭，倒是被妳阿舅帶著，自小就去過不少地方，最遠橫渡白水，遠上淩州也是有的。起初和他說起妳的事，一為解悶，二也是看他嚮往山水，與他多提兩句，後來……漸漸就有了私心，那年妳正值荳蔻之齡，再過一兩年就要及笄，妳是阿爹的心頭肉，在此之前，阿爹從未想過要把妳嫁出去，遇到這謝家小公子，總難免要想，如果我家小野能嫁給這樣明玉般的人該多好，無奈你二人身分天差地別，如何相識相知？直至洗襟臺修好前，我都在躊躇此事，想著等洗襟臺修好了，讓妳與他見一面……哪裡知道這一切都是我庸人自擾，你二人冥冥中自有緣分，並不需要誰來刻意安排……」

溫阡這一番話說完，獨屬於這一場夢的青煙又彌散開來，將溫阡整個人和他身下的座椅都沉入水月鏡花的虛幻中。

溫阡在這虛幻中再度撫了撫青唯的頭，溫和道：「好了，眼下妳有人照顧，爹終於可以安心了。」

他說完，站起身，往祠堂門口走去。

祠堂門口沒有院落，那裡盛放著柔和的白光，彷彿相連著的不是人間，而是一個俗世中人到不了的異域。

夢真美好，可以連通陰陽兩端，彌補一切缺憾。

青唯追了兩步，「阿爹，您還會來看我嗎？」

「阿爹已是方外人，有妳娘相伴身邊，只是不放心妳，所以回來見妳一面，看妳過得好，便安心了。妳在俗世中的路還長，阿爹在六合之外，若無事，今後該是不會來了。」溫阡說著，辨出青唯眼中的不捨，在踏入那片白光前，俯下身，「妳過來，阿爹告訴妳一個祕密。」

青唯依言靠近。

「阿爹在地府，偷偷翻過閻王的生死簿，上頭說，妳和容與，餘後一生都會過得平安順遂，恩愛白頭，相攜到老。」

言罷，他揮了揮衣袂，「去吧。」

幻影消散在白光中，青唯追了幾步，高喊一聲：「阿爹——」卻被湧來的白光逼退，祠堂中的青煙再度浮起，漫過整個屋舍，模糊了青唯的視野，也將這個夢變得模糊。

周圍只剩茫茫，青唯閉上眼，墮入更深的無夢之境。

青唯昏昏沉沉地睜開眼，好一會兒，她才想起自己身在何方。帳外的天光辨不出時辰，她本想坐起來，可是剛一用力，身下就一陣一陣發痠。簾外留芳駐雲聽到動靜，打起簾，為她端來清茶與水盆，扶著她坐起，伺候她淨了臉。

時值深秋，屋中已焚起了小火爐，留芳端來一碗薑湯，「早膳在小灶上溫著，少夫人先用湯。」

謝容與正在桌前看案宗，聞言擱下書冊過來，「我來。」

留芳和駐雲依言將碗勺遞給他，悄然退出去了。

謝容與舀了一勺餵給青唯，見她眼簾低低地垂著，吃得亦無聲，「在想什麼？」

青唯猶豫了一下，「我好像……夢到了阿爹。」

謝容與問：「岳父大人可有訓誡？」

青唯搖了搖頭。

真是奇怪，這些年她不只一次夢到過溫阡，然而這一次的夢境非常真實，真實得就好像他昨夜真的出現在她眼前了一樣。可是，本該清晰的夢，在她醒來以後卻什麼都不記得了，拚命去回想，只能想起一點細枝末節，「阿爹說，他知道我們成親了，他和娘親一切都好，讓我們不必掛心。」

謝容與道：「我已私下跟官家請旨，等京中事結，就帶妳去陵川，把岳父的屍骨遷去辰陽，與岳母合葬。」

青唯點點頭，將薑湯吃完，忽地意識到什麼，不由問，「你怎麼在家中，今日不必去衙門麼？」

謝容與擱下碗，「起晚了。」

青唯怔了一下，從前他只有起得早與更早的分別，居然也會因遲起耽誤上值。

卻也不怪謝容與，昨晚他回來還不到亥時，幾番癡纏，等到沐浴完，把熟睡的她抱上臥榻，已快寅時了。青唯累，他也不是鐵打的，闔眼睡了一個來時辰，醒來就誤了點卯。好在朝廷沒有人查他的值，連著半月徹查案情，一切辦事章程都走上正軌，所以早上他打發朝天跑了一趟衙門，把待看的案宗取回來，這幾日都在家辦差。

雖然房中焚著暖爐，秋涼還是無孔不入，謝容與見青唯只著中衣，傾身過來，為她披上外衫。他的氣息靠近，青唯問：「那你今日是不是就在家陪我了？」

青唯這話本來沒別的意思，謝容與動作一頓，抬眼看她，目色隱隱流轉，「是啊，妳待如何？」

青唯愣了愣，剛反應過來，他就靠過來了。

他當真是個做什麼會什麼的能人，經一夜修練，到了眼下愈發精進，唇齒已能醉人，手上動作也愈加熟稔，輕的時候發癢，重的時候帶著明顯的灼熱與欲望，床榻間很快有喘息聲如浪潮一般瀰漫開，若不是西移的日光灑了一束進屋，喚回了青唯的神智，她今日該是起不來了。

她咬了咬謝容與的下唇，「天還亮著呢。」

謝容與稍稍退開，「娘子還介意這個？」

雖說無知者無畏吧，上回在脂溪，光天化日之下都恨不能一試的人是誰？

青唯道：「……我剛回來，江家上下除了駐雲留芳一概沒見，這就這麼在房中關上兩天，這像話麼？」

謝容與莞爾，「好，那等天黑。」

其時正午已過，青唯剛起身，留芳和駐雲就把午膳送來了，謝容與陪她一起用膳，正說話間，留芳在屋外稟道：「公子，家裡來客了。」

德榮是個省事的，若是尋常來客，早打發了，著留芳來稟，來人定然不一般。

「誰？」

「中州顧家老爺。」

謝容與反應過來，「顧叔？」

「是呢，把朝天和德榮都高興壞了，沒想到能在京中見到顧老爺，顧老爺稱是有事相求於公子，奴婢只好來稟。」

謝容與看向青唯，「我去見見顧叔。」

青唯點點頭，目送他出屋。

說起來，青唯就是藉著顧逢音的東風上京的，然而昨夜重逢後，癡纏到今，她還有許多事沒來得及跟謝容與說。她這一程為了自保，誆騙顧逢音一場，心中十分內疚，眼下顧老爺既然登門，等他與官人說完正事，待會兒她得過去賠不是。

不過這顧老爺，到底有什麼事相求官人？這一路上沒聽他提起有什麼難處。

青唯一念及此，腦中忽地浮起顧逢音說過的一句話——「老朽這兩個親人，眼下跟在京中一位貴人身邊伺候，謝家相公的事，如果這位貴人肯出手相幫，江姑娘就不必愁了。」

「江姑娘」的腦子懵了一瞬，把竹箸一扔，壞了，她那「被冤枉入獄的謝家相公」！

青唯火急火燎地往正堂，忽地意識到自己這麼闖進去有點唐突，說不定顧逢音登門不是為她的事呢。

她靜悄悄立在正堂簾後，聽他們說了些什麼。

「……老朽想過來信，但是洗襟臺的案子鬧得這麼大，殿下在京中肯定有得忙，提前告訴殿下，殿下必然派人來接，這不是添麻煩麼，而今上京也方便，到京裡再登門也是一樣的。」

謝容與問：「顧叔眼下可有落腳的地方？」

「有的，老朽城中有鋪子，院子拾掇拾掇，也是間體面宅子。」顧逢音說著，遲疑道：

「只是老朽有一事相求，不知殿下能否出面打聽？」

青唯呼吸一滯，在簾後祈求，可千萬別是她的事。

「是這樣，老朽此次上京匆忙，在半路遭遇劫匪，幸得一個姑娘相救。這姑娘乃陵川人士，家中是開武行的，因此有些拳腳功夫。早年這姑娘家裡為她定了親，未婚夫婿也有出息，考取了功名，還在京中做了個芝麻官，可惜幾個月前，這未婚夫婿似乎因著什麼事，被冤枉入獄，老朽那恩人姑娘心急如焚，決定上京請冤。老朽既得這姑娘相救，這一路自然與她同行。她十分有禮，一個小姑娘，半點不嬌氣，路上對老朽多有照顧，老朽呢，自然也體諒她的難處，京中這樣大，她一個姑娘再有本事，人生地不熟的，只怕是請冤無門。實不相瞞，昨天我們到了客棧，她為了她未婚夫婿的冤案奔波，竟是一夜未歸，老朽實在擔心，思來想去，只好麻煩到殿下這裡，不知殿下方便相幫與否？」

謝容與道：「這是小事，我差人去問問就是，不知這女子的夫婿姓甚名誰，在哪個衙門當差？」

「名字老朽不知，說來卻巧，他跟殿下一樣，單姓謝，眼下在司天監當差，似乎是個管漏刻的。」

謝容與聽到「謝」字一頓，他忽然想起，昨晚祁銘提起青唯的行蹤，說她似乎跟一個中州商人同路上的京？

還有上回在上溪，她編排的那個「成日拈花惹草，為了攀高枝跟高門千金結親」的負心漢，不也姓謝？

謝容與問：「那麼敢問這位姑娘姓……」

「她姓江，水工江。」

謝容與淡淡笑了笑，不期然回過頭，朝門簾處望去。青唯正將門簾掀開一條縫，往正堂裡探看，見他招呼也不打就望過來，驀地將簾放下，後退好幾步——他好像知道她在這兒似的。

謝容與往椅背上一靠，坐得身姿舒展，「哦，那這位江姑娘還說過什麼，顧叔不妨展開說說。」

「別的就沒什麼了，她話不多，如非必要一般不開口，只提說她家中有尊長反對她的親事，尤其是娘家一個舅舅，總是使絆子，不然她早就嫁了，豈能等到今日……」

顧逢音把「江姑娘」的事說完，又坐了一會兒，見天色不早，便要起身辭去。

謝容與在宮中長大的這些年，見過的京外人，除了遠道而來的祖母和幾個族中尊長，再就是顧逢音了。顧逢音與謝氏淵源頗深，當初做買賣發家，就是靠謝氏幫襯。長渡河一役後，三萬將士戰死，劼北一帶多有遺孤，顧逢音甘作表率，帶頭收養這些遺孤。那年他還專程到京中公主府拜訪，說家中收養的孩子裡，有幾個十分機靈，以後可以送來給小公子當侍衛。這話本來是一句戲言，宮外人不經層層選拔，如何能跟在堂堂昭王身邊？無奈後來洗襟臺出事，謝容與戴上面具變作江辭舟，從前身邊伺候的人不能用了，顧朝天和顧德榮便由榮華長公主親自挑了，來到巍峨的上京城。

謝容與把顧逢音送到府門外，對朝天和德榮道：「你們這幾日不必在府裡伺候，只管去陪顧叔。」

「不必不必。」顧逢音忙道：「老朽就是怕給殿下添麻煩，要不是為江姑娘的事，今日都不該登門，殿下公務繁忙，這個當口把他們倆支來陪我，像什麼話。再說老朽鋪子上還有得忙呢，沒工夫理他們。」

顧逢音說著，喚來朝天和德榮，二人齊齊上前，喊了聲：「義父。」

顧逢音望著他們，經年不見，他老了，這兩個小子也長大了，尤其是朝天，個頭竄得老高，他望著他時都要想，家裡的門梁會不會修低了，還好京中的宅子高大敞亮。

他握著朝天和德榮的手，緩緩拍了拍，「好了，能見到你們，義父就放心了。你們好好跟著殿下，別給殿下添麻煩，知道麼？」

父子三人沒說太多，左右顧逢音要在京中逗留數日，朝天和德榮抽空自會過去探望。

謝容與掉頭回東跨院，還沒入院，就見迴廊盡頭飛快掠過一抹青色衣角，他笑了笑，到了房前，還沒推門，青唯倏地把門拉開，這麼短的工夫，她一身行頭已經穿戴好了，青裳罩著玄色斗篷，腰間別了一把防身用的短劍。

謝容與似乎有點意外，「娘子要出門？」

青唯「嗯」一聲，「師、師父吩咐了我點事，說想找一本兵器譜子，我才想起來要辦。」

她說著，沒看他，疾步掠過他朝院外喚道：「德榮，備馬車！」

德榮早跟來東院外候著了，聽到青唯喚，只當自己壓根不在家，沒出聲應答。他不出聲無妨，昨晚朝天聽說少夫人回來了，開心了一夜，要不是德榮拚命攔著，他早就去跟少夫人見禮了。朝天當即不顧德榮攔阻，閃身出現在院子前，「少夫人，去哪兒？」

「去城中最遠的兵器鋪子。」

朝天應一聲「好嘞」，立刻去套馬車。

青唯還沒上馬車，謝容與先一步拿摺扇把車簾一挑，坐進車室，朝她伸出手，「娘子。」

青唯目不轉睛地盯著他：「你跟來做什麼？」

「辦差。」謝容與十分從容，「聽說司天監有個姓謝的漏刻博士被人冤枉入獄，我受人之託，過去關照此事，正好與娘子順路。」

青唯默了一下，掀開車簾，「朝天，放我下去。」

朝天剛揚鞭，剎那把馬勒停。

謝容與問：「娘子不去兵器鋪子了麼？」

青唯下了馬車：「不去了，我是重犯，這個時辰不好在城中走動。我去東來順吃魚來鮮……你又跟來做什麼？」

「巧了，東來順掌櫃小妹跟司天監監正夫人是妯娌，我想了想，謝漏刻被冤入獄這事，從小處查多有不便，不如直接問衙門的掌事。」謝容與說著，看著青唯，忽地笑了，「我又沒介意，妳急著跑什麼，怎麼，情路坎坷的小江娘子一朝被打回原形，居然會害臊了麼？」

青唯沒吭聲。

她倒不是害臊，只是一而再再而三被他抓個現行，有些沒臉罷了。

謝容與又笑道：「妳這信口編故事的本事哪裡學來的？上次說我拈花惹草攀附高門害妳動氣逃婚，這次我又被冤枉入獄妳不得不千里救夫，還有一次最是離譜，我秋來染了風寒，病得快不行了，臨終只求一口酒。」

青唯聽了一愣，前兩次她都認，第三次他哪聽來的？

「我什麼時候編過你重病不起的故事了？」

「怎麼沒有？妳剛嫁給我沒幾日，去折枝居查扶冬，扶冬不在，妳找到同巷子的一個老嫗打聽，自稱遠嫁到京，官人染了風寒，渾身發冷久病不起，只求一口折枝居的酒驅寒。」

青唯聽了這話想起來了，還真有這事。

謝容與笑了笑，扔下守著馬車的朝天，上前牽了青唯的手，拉著她回院中，一邊淡淡說道：「不錯，有進步。」

「什麼進步？」

「第一回我快死了，第二回我只是拈花惹草，到了第三回，我成了個徹頭徹尾的好人，落難了還蒙妳千里相救，說明在娘子心中，為夫的地位日益變高，不枉顧叔誇讚『小江娘子』和『謝家相公』情深義重。」

青唯知道他根本不會為這個跟自己置氣，但是她編的故事吧，這一回還好說，頭先兩回著實有點過分，問，「你真不介意了？」

桌案上堆放著沒看完的卷宗，謝容與回到屋中，一邊整理一邊看她一眼，「介意，眼下介意有什麼用，夜裡討回來。」

他問：「岳前輩打發妳去兵器鋪子買兵器譜，這事真的假的？」

「假的。」青唯看他收拾，就在桌前坐下，雙手撐著下頷趴在桌邊，「師父比我還不愛念書，當年當土匪，字都認不全，後來我娘嫁給我爹，多虧我爹耐心教他，他肚裡才有了點墨水兒。他練武全靠自悟，什麼兵譜武譜到他手裡都跟天書似的。」

謝容與點點頭，將手頭該辦的事在心中理了一遭，對青唯道：「我這裡還要寫一封回函，妳去歇一會兒，寫好了我陪妳去東來順吃魚來鮮。」

青唯搖了搖頭，「我在這裡陪你。」

謝容與頓了頓，小野不是一個黏人的人，總能找到自己的事做，她說想留在這陪他，必然是此時此刻只想待在他身邊了。這個念頭一生，謝容與的心都軟下來，在桌上展開白宣，難得一心二用，一邊寫一邊陪她說話，「岳前輩怎麼沒來京城？」

青唯聽他問起岳魚七，想起一事，「說到這個，我還沒問你呢，昨晚曹昆德賣我，那個被他打發去殿前司通風報信的人，你派人去查了麼？」

昨晚通風報信的人是墩子，但墩子是曹昆德的左膀右臂，真正到殿前司揭發闖宮女賊的必然另有其人。

青唯這個人，若要讓她逮著機會，必然有仇報仇，去年在冬雪裡，左驍衛劈過來的一刀，她不能白挨，左驍衛來追捕她，是因為曹昆德報信，今次她哪怕只能挖出曹昆德的一個耳目，她心中也痛快。

謝容與道：「查了，祁銘應該已經把曹昆德的耳目揪出來了。」

青唯道：「揪出來最好，仔細審審，其實我一直有個猜測，曹昆德一個深宮老太監，做什麼都不方便，他想謀事，朝中必然有他的同黨。」

當夜她躲進宮中，除了避開武德司的追蹤，第一為報去年冬雪裡一刀之仇，第二就是為了揪住曹昆德的耳目。

青唯續著說道：「我這陣子閒下來，仔細查了查曹昆德這個人。他這一二十年都在深宮，和洗襟臺的淵源，必然發生在進宮之前，他出生在一戶貧苦的耕讀人家，十來歲被人賣去了劼北。他在劼北待了七八年，若不是得一個好心人相幫，那些年民生多艱，他根本活不出來。這個好心人姓龐，曹昆德感念他的恩情，一直將他奉為恩人兄長，及至後來劼北災荒，曹昆德能從劼北到京中，也是這個龐兄幫忙。」

「洗襟臺坍塌那年，我不是在曹昆德身邊躲了一陣麼，有些細枝末節我當時沒注意，而今見識得多了，回想起來，他身上的確保有一些劼北人的習慣，比如朝食重，午間輕，過午不食，還有，劼北人的鬼節不是七月半，而是七月的最後一天，他也過的，過得還很隆重，朝沐浴晚焚香，夜裡還要念兩個時辰度亡經，他一個大活人，沒事過鬼節做什麼？這些應該都跟那個龐兄脫不開干係。就連他現在悉心帶的小徒弟墩子，聽說祖上也是劼北的。」

青唯說到這裡，語鋒稍轉，「不過有樁事我挺奇怪的，按說跟洗襟臺有關係的大事只有兩樁，十八年前滄浪江士子投河，與隨後的劼北長渡河一役。曹昆德那個龐兄，二十多年前人就沒了，長渡河大戰時，他一具泉下枯骨，能和洗襟臺有什麼淵源？」

謝容與問：「這個龐兄可有後人？」

青唯搖頭道：「不知道，這些消息是我和師父在中州打聽的，劼北跟中原有劼山相阻，消息十分閉塞，後來又鬧災荒，長渡河一役後，很多人都沒了，許多事不到當地，根本打聽不到。你不是問我師父為什麼沒來京中麼，我和師父本來打算回辰陽，後來我臨時決定來京城，師父說京中遍地權貴，沒意思，就取道去劼北了，左右劼北他熟，摸清曹昆德的底細不算太難。我有預感，只要查清楚這個姓龐的跟洗襟臺有什麼關係，就能知道曹昆德這幾年究竟在謀求什麼了。」

眼下她只等岳魚七的來信。

青唯這話倒是提醒了謝容與，當年長渡河犧牲的將士太多，朝中不是沒有過異聲，後來先帝決意修築洗襟臺，起初也有不少士子反對。說不定能以此為突破口，翻翻這些陳年舊事。

新的洗襟臺建在柏楊山的外山，靠近崇陽縣城，而坍塌的洗襟臺廢址遺留在了深山之深，當年為防疫病，朝廷一把火燒盡了那些被掩埋的、挖不出的屍身。只是屍身沒了，焦黑的殘垣斷壁始終留存在原處，那是比人命更長久的事物，而今被有心人一塊一塊掀開，塵囂四起真相即出，在人世掀起層層風浪，京中學生士人鬧事，朝廷大員對洗襟臺的非議日漸鼎沸，謝容與不知道最後的幾塊殘岩揭開，他們所有人面對的又將是什麼。

一封回函寫完，外間天已黃昏，謝容與略略收拾了書桌，拿了薄氅，對青唯道：「走吧。」

「去哪兒？」

「東來順。」謝容與溫聲道：「不是說想去吃魚來鮮？」

青唯拽住他的衣袖，「我隨口說說的，午食吃得晚，這會兒不餓。」

謝容與笑了笑，「到那兒就餓了。」

「哎。」青唯躊躇著道：「我真不想去。我身上……不舒服，不想走動。」

謝容與稍稍一怔，明白過來她的意思。

昨夜幾番情動，他食髓知味，到底累著她了。

可他也是平生頭一遭經歷這種事，有點掂不穩輕重，「要不要請醫婆過來幫妳看看？」

青唯斂著雙眸，「不是那種不舒服。就是……乏得很，發痠。」她不知道怎麼說，想了好一會兒才道：「就跟練功夫似的，好久不練，猛地練了，身上也要痠疼一陣，但是天天練，久而久之習慣了就好了。」

青唯這話就是打個比方，謝容與卻聽出了別的意味，「娘子這意思？」

暮間陰陽交割，天色十分曖昧，霞光斜照入戶，像琉璃燈彩，謝容與抱起她，把她放在適才寫回函的書案，聲音沉得像夜中流轉的湖水，「那先習慣習慣？」

第二十章 夙願

翌日晨，謝容與起的時候，青唯還在熟睡。

雖然「新婚燕爾」，該辦的差事還是得辦，衙門那邊不必點卯，他今日得去曲侯府一趟。曲侯府在城南，從江府過去，要小半個時辰，德榮知道主子要出門，一早就套好馬車，在門口等著了。

而今曲不惟落難，多少波及到軍侯府，曾經光耀一時的高門貴戶門可羅雀，之所以沒徹底敗落，有兩個原因，曲不惟的正妻，曲茂的生母出身周氏，周氏乃名門望族，祖上更是大周朝的開國元勛，根深葉茂，要護住一個族女和外姓孫兒不難，此其一；其二，曲不惟雖獲重罪，曲茂卻在洗襟臺名額買賣一案中立下大功，案結後非但不會罰，照道理還該行賞的。

謝容與的馬車在侯府門口停下，周氏一早就在門口相候，她不卑不亢，知道曲不惟是被這位小昭王送入天牢的，眼中沒有絲毫怨色，依禮喚了一聲：「殿下。」

得聞他是來見曲茂的，打發尤紹去裡院請人了。

不一會兒，尤紹一臉愧色地回來，對謝容與道：「殿下，我家五爺……五公子昨晚去明月樓吃酒，喝得爛醉如泥，三更才回，眼下怎麼喚都喚不起，您看……」

曲茂愛吃酒，謝容與知道，他酒品不好，吃多了就說胡話，謝容與也知道，但曲茂從來不會喝多起不來身，他是能睡，拎著耳朵喊個兩三聲，人也就清醒了。眼下他沒跟著尤紹出來，不外乎兩個字——不見。

這已是謝容與第二回登門了。

從脂溪回京的這一路上，曲茂一直渾渾噩噩的。

章蘭若為何會受重傷，為何讓他把撿到的錦囊交出去，封原是怎麼被擒的，他一概弄不清狀況。等行隊都過中州了，他才惶惶然回過神來，半夜溜去封原的囚車前，急問：「封叔？封叔您究竟怎麼了？到底出了什麼事，您為什麼被關起來了？」

封原手上戴著鐵枷，花白的髮鬚在初秋的寒風中瑟動，他似乎一下就老了，見了曲茂，張了張口，一下貼近囚欄，「五公子，保住侯爺，侯爺他縱是做了錯事，可是其他人就沒有錯嗎？侯爺他罪不至此，罪不至此——」

曲茂不明白父親究竟做錯什麼事了。直到這時，他才後知後覺地想起章庭曾問過自己的一句話——「曲停嵐，如果有一天，你發現你所認為的對的，其實都是錯的，你最相信的人，做了最不可饒恕的事，你該怎麼辦？」

曲茂這才開始懷疑，他這一路是不是踩了別人下的套了？

是不是因為他，封叔才變成了這樣，那幅〈四景圖〉，還有他和章蘭若拚命搶回的木匣子，都是用來害人的——害自己人的。

曲茂一夜未睡，隔一日，他找到了謝容與。

晨間秋寒未褪，曲茂立在風中，懵然問：「你是不是……又騙了我？」

謝容與沉默須臾，「停嵐，有些事我本不該瞞你……」

曲茂於是這才知道，原來那個陪他一起去上溪辦差的護衛邱茗，其實是他父親的眼線，派來盯著上溪衙門的。

曲茂這才知道，當年竹固山山匪之死的真正緣由。

那幅藏在他父親中州私宅裡的稀世名畫上頭有讀書人的血，有一對父女的生離死別，還有那個被他和章庭拚命搶回來的木匣子裡，全是他爹犯案的罪證。

曲茂平生從未面對過這麼多大是大非，這一刻他好似聽明白了，又好似沒有。茫然間，他甚至顧不上去分辨曲不惟究竟犯了什麼事，又會有怎樣的下場，只抓住他唯一聽懂的一點，「所以說，你就是騙了我？」

一旁的祁銘道：「五公子，虞侯瞞著您也是情非得已，案情未查明前概不外露這是朝廷的規……」

「我不要聽你說，我只聽他說！」曲茂憤然打斷。

是非對錯如飄蓬，風一吹就散了，可滿腔憤懣卻在胸中越積越深無處可洩，曲茂自知是個胸無點墨的廢物，所以他只活一個義氣，只活一個真，是故如今山陵崩塌，他也只看到了自己被折斷的義氣。

他上前一步，狠狠一推謝容與，「為什麼啊？你從前扮作江子陵騙我，他們說那是因為你有心病，得頂著一張面具才能活，我也原諒你了不是麼？我勸自己，那個真正的江子陵我都不熟，我這幾年結交的，一直都是你謝清執！京中這麼多名門子弟，我曲停嵐敗家出了名，同輩中人見了我，恨不得將兩眼擱在頭頂上，可他們又能好得到哪裡去？我是傻，是蠢，但我眼不拙心不瞎，我看得出這些年，只有你謝清執是真心實意地跟我結交，沒有一丁點瞧不上我的意思，所以我一直當你是最好的兄弟，什麼事都想著你，可是你為什麼又要騙我？！」

及至到了京中，曲茂跪在宣室殿上，聽階前的御史一樁一樁地念他的功勞：呈交〈四景圖〉、拚死與惡徒搏鬥、搶出岑雪明遺留的證物遞交朝廷。

曲茂都懵了，他什麼時候做過這種事啊，這些跟他究竟有什麼關係啊？

他覺得自己擔不起這樣的殊榮，如實說道，〈四景圖〉是他弟妹冒死取的，他只是做了個順嘴人情，在礦洞裡搏鬥是為了幫章蘭若，不是為了取什麼證據，還有木匣子裡那個錦囊，那是章蘭若交給他的，他都扔了，張遠岫又撿回來塞給他。

可朝廷上的人聽了這話，只是笑說他過謙，說曲不惟有個好兒子，誇曲茂身上不愧有周氏的血脈。

大殿上，那個比他還年輕的皇帝溫和地說，他大義滅親，等案結後會論功行賞。

曲茂聽到「大義滅親」這四個字，才真正意識到是自己把父親送進了牢獄，父親雖然有時候嚴苛，私心裡是非常非常寵愛他的，如果再給他一次機會，他一定不會這麼做了，至少……至少在山洞裡搶木匣子時，他會藉機把那匣子扔進火海裡，讓它消失在山崩地裂中。

從前黑白分明的一切都被罩上渾濁色彩，曲茂跪在宣室殿上，舔了舔乾澀的唇，最後道：「我家有錢，我不要官家的賞。」他不求功名利祿，甚至不想當官了，他只想挨父親的一頓鞭子。

周圍的人都笑了。

也是因為他，滿朝大員都願意相信侯府一門的清白，曲不惟的過錯由他一個人承擔。只是侯府還是不可避免地凋敝了，數日來，除了謝容與，幾乎無人登門造訪。周氏禮數周正地在府門相迎，府中上下見了這位小昭王，卻敬畏非常。

尤紹再次去裡院請曲茂，曲茂還是不見。

謝容與默坐了一會兒，謝過周氏，起身辭去。周氏一路將謝容與送至府外，臨上馬車，周氏喚住他。

「殿下。」周氏屈膝一拜，「妾身知道侯爺所犯罪孽牽扯多條人命，萬死不能贖罪，這一路若不是殿下為茂兒悉心鋪路，這麼大的侯府，想不受牽連都難，如何能如今日般置身事外？是故不管府中人怎麼想，妾身都該替這一府老小謝過殿下。只是茂兒他……從小就很糊塗，侯爺放縱他，妾身也以為出身軍侯世家的孩子，如果不能子承父業，將來必然當不了大官，倒不如糊塗些好。畢竟心思太重的人，未嘗能有一日開心，如果可以懵懂無憂地度過一生，不失為幸事，左右家底殷實，妾身是故從不勸他苦學。可惜人一糊塗，難免執著於眼前愛恨，他今日對殿下避之不見，心結難解，還望殿下能夠諒解。茂兒他其實不傻，他的心是乾淨的，請殿下相信他，只要多給他一些時間，他就能想明白了。」

謝容與道：「夫人言重了，我本有對不住他的地方。我知道依他的脾氣，眼下不該登門，只是……」

他本想說曲不惟眼下寧死不肯招出章鶴書，恐怕是有把柄落在了章鶴書手中，而當時在陵川，能被章鶴書拿住把柄的只有曲茂。曲茂忽然出現在脂溪礦山這事本就有異，他擔心曲茂是著了章鶴書的道。

可是即便他把這些說出來，曲茂就肯見他麼？周氏說得不錯，曲茂是個糊塗又純粹的人，一條道走到黑，一根筋從腦子直接搭往心上，他得自己想明白。

謝容與搖頭：「算了，沒什麼……今日唐突登門，清執告辭。」

從侯府出來，還沒到午時。這幾日都有學生士子鬧事，馬車路過朱雀街一帶，被遊街的人群阻滯，幾乎不能前行，城中各處雖然增派了禁衛，因為趙疏沒有明令禁止遊街，禁衛只能勉力維持秩序。禁衛長見江家的馬車被阻在了巷口，上前驗看，車簾一撩，裡頭坐著的竟是小昭王。

禁衛長大怔，連忙吩咐隨行兵卒開道。兵卒在擁擠的街道分行列陣，兩旁的路人紛紛避讓，一個穿粗布衣的中年男子躲避不及，撞在一旁一個學生身上，學生正是義憤填膺，斥道：「做什麼推攘？」

粗衣男子連忙拱手賠罪：「對不住對不住。」

學生的火氣原不是衝他，聽他賠罪，擺擺手也就算了。

粗衣男子打完揖，逆著人群往另一側的巷子走，巷子裡停著一輛沒有掛牌的馬車，馬車裡坐著一個方臉長眉的中年人，正是章鶴書手下的辦事大員顏盂。

章鶴書雖被停職，他在朝多年，在衙門豈能沒有耳目。

顏盂今早本欲拜訪章鶴書，章府和侯府離得近，路上不慎撞見江家的馬車，知道裡頭的人是小昭王，只能在一旁暗巷中避上一時——眼下這個風口浪尖，萬事都得小心——等到小昭王離開了，才匆匆趕到章府，被老管家請入正廳。

章鶴書正坐在廳中慢條斯理地吃茶，一見他便笑道：「來得正好，我近日得了些上好的翠螺，正愁無人品茗，老袁，快給宗朔沏上一盞。」

顏盂看他這副閒適的模樣，忍不住回身關上門，急道：「我的章大人，您眼下怎麼還有心情品茶？您知不知道單這幾日，大理寺已提審了曲不惟三次！今天一早，小昭王又去了侯府，那曲不惟縱然被您拿住了把柄，寧死不肯招出您，那張調兵令到底是經我們手腳做的，您難道就不怕小昭王查出端倪？再說脂溪礦山這事，您不覺得奇怪嗎？岑雪明知道那些名額是從我們手裡流出的，他手上必然有我們的罪證，可他留下的證物，為什麼跟我們半點關係都沒有？您就不懷疑小昭王私底下藏了證據，等到關鍵時候才拿出來指證我們嗎？」

曲不惟為什麼不招出章鶴書？很簡單，脂溪礦山事發前，章鶴書讓人騙曲茂簽下了一張調兵令，兵令上言明封原麾下的近千兵馬，是曲茂幫忙跟樞密院請調的。眼下曲不惟落網，封原獲罪，那近千兵馬也成了叛軍，這一張調兵令只要交給朝廷，曲茂就是他們的同謀，侯府上下都要受牽連，再也洗不乾淨了。這張調兵令一式兩份，章鶴書在手裡留了個底，曲不惟入獄前，章鶴書把它拿給了曲不惟看，曲不惟自然知道招出章鶴書的後果是什麼。

章鶴書淡淡道：「調兵令一共兩份，封原手裡的那一份早就銷毀了，我手裡的這個底，只要震住曲不惟就行了，做什麼會給小昭王瞧見？至於岑雪明留下的罪證裡為什麼沒有我們的？」

他用茶碗蓋撥著茶沫子，笑了笑，「還能為什麼？張忘塵幫我們把東西隱下了。」

「張忘塵？他一個烏臺言官，如何幫我們隱下證據？」

章鶴書道：「你別忘了，脂溪兵變當日，張忘塵比所有人都先一步到入山口，後來山洞被炸毀，上山的路被巨岩截斷，他早早就等在山腰，只要想幫忙，自然有法子……」

章鶴書說到這裡便收住，或許因為章庭也曾為了搶奪證據身受重傷，他竟不願提張遠岫究竟隱下了什麼罪證。

顏盂看他不提，便也不好追問。章鶴書的話並沒能安慰他，凡做過必留下痕跡，何況章鶴書拿去威脅曲不惟的調兵令，是他幫忙從樞密院請的，萬一還有痕跡沒抹乾淨呢？萬一那一向糊塗的曲五爺覺察出調兵令的端倪，沒有任由人把它銷毀呢？

可這些話顏盂不好問，問了就是不信任章鶴書，他思前想後，只好把所有當緊的話都嚥進肚子裡，附和章鶴書說道：「不過眼下官家倒是一副平事的態度，手中一碗水端得很平，就說買賣名額這事，頭一個就該查翰林，查翰林就要查老太傅，官家興許覺得京中士人鬧得太狠了，如果老太傅被問罪，這些讀書人豈不翻了天？官家擔心事態不好控制，眼下已有大事化小的趨勢，前陣子居然暗示三司繞開翰林，逼得小昭王沒法子，成日跟禮部一起追查什麼牌子。」

章鶴書道：「你可別小瞧了咱們這位皇帝，追查洗襟臺的真相，他的態度只會比小昭王更堅定。否則憑謝容與一個異姓王，帶著天子之師遠赴陵川查案，朝裡就一點異聲沒有？御史臺，禮、兵二部，私底下跟官家上了多少諫書，那些你瞧不見的風波，都是他為小昭王蕩平的。眼下到了這個當口，他不可能就這麼算了，為什麼不查翰林？因為老太傅德高望重？因為士子鬧事？都不是，他是因為先帝。」章鶴書說著，端手拍拍胸脯，長嘆一聲，「先帝於心有愧啊。」

「咸和十七年，蒼弩十三部入侵，滿朝文武主和，直至滄浪士子投江，才有了長渡河一戰。投江士子之赤誠固然不可置疑，我且問你，那些主和的滿朝大員，當真就是個個懷揣私心，畏而不戰？他們中，難道就沒有人說的是肺腑之言，在那樣的情形下，不戰其實比戰更好？否則後來修築洗襟臺，京中怎麼有士子反對呢？可惜先帝不聽啊，先帝他被一腔熱血沖昏了頭，他……」

章鶴書還沒把話說完，下頭老管家來報：「老爺，東街綢緞莊的魯三來了，說夫人前陣子跟鋪子上訂的軟煙羅沒了，問是換一種行不行？」

章鶴書道：「都是自己人，讓他進來說話。」

不一會兒，老管家就引著一名穿著粗衣短打的夥計過來了，夥計個很高，腰脊挺直，見了章鶴書，立刻道：「章大人，皇后娘娘著小的帶話，問外頭生了什麼事。」

這夥計不是別人，正是受了章鶴書恩惠，時而幫忙往外頭遞話的宮門侍衛。

但章元嘉是不知道他的，遞話的人一直是她身邊的芷薇。

章鶴書蹙了蹙眉，「是皇后讓你來的？」

「回章大人，皇后娘娘覺察到前朝出事，打聽不到消息，這一個月來寢食難安，芷薇姑姑擔心危及腹中龍子，只好將傳話的這條暗線告訴娘娘。娘娘聽後……並沒有怪罪芷薇姑姑，只讓她帶話問家中安否。」

章鶴書略想了想，「你給宮中回話，家中一切都好，讓皇后無須擔心……」

「章大人！」顏盂聽了這話，剛穩當的心神又焦急起來，「我們眼下哪裡一切都好了！分明一切都不好！宗朔知道您想讓皇后安心養胎，不願她為您擔心，可是萬一……萬一出了什麼岔子，皇后驚聞噩耗，豈能承受得了？只怕她也會受牽連！眼下皇后既然肯差芷薇相問，說明她並不在意您在她身旁安插眼線，哪怕避重就輕，我們也該把我們的困境告訴她，多一分助力是一分，一旦你我行動不方便，說不定有些話、有些消息，還要透過皇后娘娘往京外遞！您忘了士子名牌的事了？」

顏盂看章鶴書仍是猶豫，再度勸道：「章大人，官家與皇后情篤，加上皇后腹中懷有龍子，她不會有事的！」

章鶴書聽了這話，終於被說動，狠狠一嘆：「也罷！」

隔日一早，葉梢上的露珠還沒乾，江家書齋的門就被推開了，祁銘一大早便在府外讓人通傳，到了書齋，逕自將一封手書呈上，「虞侯，士子名牌有消息了。」隨後跟立在一旁的青唯見了個禮，「少夫人。」

趁著謝容與看信，祁銘說道：「禮部那邊說，當年士子登臺所佩戴的名牌雖然不可複製，但是可以改製，就是用紋飾一樣的士人牌符，改做成士子登臺牌符。咸和十七年陵川舉人、昭化元年進士，以及昭化七年中州的舉人，他們的牌符上，都有同樣的紋飾。」

當年修築洗襟臺，朝廷一共遴選了一百五十七名士子登臺。這一百五十七人都配有一塊由禮部鑄印局特製的名牌，作為登臺士子的象徵，因為名牌不可複製，所以是獨一無二的。然而蹊蹺的是，後來謝容與在上溪查到蔣萬謙，蔣萬謙稱是曲不惟為了讓他閉嘴，給了他兩塊空白的名牌，稱是今後待洗襟臺再建，另許諾他兩個登臺名額，就以空白名牌為證。

士子登臺的名牌既然不可複製，鑄印局也沒有鑄多餘的，那麼這些用來息事寧人的空白名牌究竟是哪裡來的呢？

謝容與正是抓住這一點蹊蹺，才與禮部一起亟亟往下追查。

且有個念頭，他一直沒有對外說，曲不惟的手腕簡單粗暴，出了事，喜歡直接下狠手，竹固山的血戮可見一斑，拿名牌息事寧人，不像是曲不惟做的，反倒像是章鶴書的手筆。只要證明這幾塊名牌確係出自章鶴書之手，坐實他是曲不惟的同夥，朝廷便有證據捉拿他了。

鑄印局的手書寫得簡單，只說明把舉人、進士牌符改做成登臺士子名牌的法子，謝容與看完，問祁銘：「禮部怎麼說？」

祁銘道：「禮部知道此事隱祕，暫且沒有對外宣稱，只讓屬下來請示虞侯，能否派玄鷹衛去中州、陵川等地徵集印有同樣紋飾的牌符，以便查證？」

謝容與當機立斷：「派，讓衛玦立刻去營裡調集人手。」

他說著，對青唯道：「我去一趟衙門。」吩咐德榮備好馬車，很快往紫霄城去了。

時候說早也不早，馬車到了宮門，已快辰時了，宣室殿上還在廷議，宮門口的侍衛剛換了班，有幾個正待往禁中去的見了小昭王，連忙上來拜道：「昭王殿下。」

謝容與目不斜視，逕自往玄鷹司去了。

幾個侍衛到了西面宮門，跟夜裡守宮的交了班，其中一個高個兒的似想起什麼，跟侍衛長說道：「瞧我這記性，內侍省那邊說，入冬前各門樓瓦簷要清理一次，以防冬雪堆積太深，我們守著的這地兒眼下還沒雜役來呢，可要過問一聲？」

侍衛長擺擺手，打發他去了。

這侍衛於是到了宮門後的甬道，對著那處的一個灑掃太監招招手，與他低聲囑咐了幾句。

太監握著笤帚的手緊了緊，應一聲「知道了」，隨後似有什麼急事，一路往內宮趕去。

他是宮中最低賤的人，遊走在宮門內外，像一個白日幽魂，沒有人會注意到他的存在，只當是他是牆上斑駁的蘚，足下的一縷灰，靠近了都嫌晦氣，是以當他不經意撞到元德殿的芷薇姑姑，頓時嚇得跌跪在地，「姑姑饒命，姑姑饒命。」

深宮之中，皇后娘娘柔善是出了名的，而她身邊的這位姑姑自然也善解人意，芷薇絲毫不嫌棄眼前這個低賤的太監，喚他起身，溫聲道：「莫怕，我不會怪你。倒是你，跑得這樣急，可是出了什麼事？」

元德殿的宮門大敞，去太醫院取安神藥的芷薇回來了，她見宮人來回走動，知是章元嘉已經起身了，到了寢殿門口，逕自接過宮婢手裡的羹湯，「我來伺候，你們都退下吧。」

待宮人們都退到外殿，芷薇把羹湯往一旁的高几上擱了，快步步去章元嘉的榻前，往地上一跪，淚眼婆娑道：「娘娘，出事了！老爺被冤枉停職，大少爺也遭橫禍受了重傷，您快救救家裡吧！」

章元嘉今早一起就犯了頭風，此刻正倚在軟榻上歇息，聽了這話，她驀地起身，「怎麼會這樣？父親為何被停職，哥哥如何會受傷？哥哥他……不是去陵川督工了麼？」

「正是在陵川受的傷。」芷薇道：「年初小昭王去陵川徹查洗襟臺之案，與大少爺有公務上的交集，後來大少爺為了幫小昭王取證，與歹人發生衝突，不慎撞傷了頭顱。不過娘娘放心，大少爺的命已保住了，眼下尚在陵川養傷。」

章元嘉一聽「洗襟臺」三個字，搭在被衾上的手不由收緊，這座樓臺，一直是趙疏的心結。

「可是照妳這麼說，哥哥為朝廷立了功，為何父親反倒被停職了？」

「說是陵川的州尹參了老爺一本，狀告老爺牽涉洗襟臺名額買賣。眼下罪魁曲侯已經落獄，朝廷因為章曲二家走得近，由官家做主，停了老爺的職。對了，前陣子落芳齋那個哭了一夜的美人，她的父親也因此事獲罪，聽說大理寺的衙差連夜闖進她家中，帶走了十餘口男丁。娘娘，眼下朝中風聲鶴唳，只要跟這案子沾上一點關係，怎麼都跑不了。京中士子鬧事人心惶惶，外頭的人聽風就是雨，老爺縱然是被冤枉的，他在樞密院這麼多年，對曲侯多少行過一兩回『方便』，朝中黨派林立，如果被有心人抓住這一點，把老爺打為同黨，老爺再想翻身，恐怕就難了！」

章元嘉怔道：「妳適才說，父親停職……是官家的意思？」

芷薇點了點頭，「也是大理寺幾個衙門上書諫議的。」

這些話是章鶴書託人教給芷薇的，章元嘉的性情看著溫和，其實和她的哥哥章庭很像，她認死理，守規矩，如果就事論事只說洗襟臺之案，章元嘉作為後宮皇后，未必願意插手前朝事。反之，如果把今日風波歸咎於黨爭，稱章鶴書之所以落到今日境地，全因為朝中有人藉此案黨同伐異，得知父親遭受了不公的對待，做女兒怎麼都會相幫一二。

章元嘉本來因為身孕豐腴了一些，近一月寢食難安，臉龐肉眼可見地削瘦了，她揪著手帕，額梢滲出細密的汗液，芷薇的話將她連日來心中的疑惑一下炸開，變成千條萬條亂麻。她終於知道趙疏這些日子在忙碌些什麼了，終於知道身遭的人為何不約而同的緘默起來。章元嘉竭力想把這團亂麻理清楚，她問，「父親可說過讓我做些什麼？哥哥呢？哥哥怎麼不回來幫父親？」

芷薇沒有把章庭昏迷未醒的事告訴章元嘉，「大少爺是在陵川一處礦山受的傷，眼下礦山被炸毀，礦監軍被捉拿，大少爺留在礦山善後了，可能還要過一陣子才能回京。老爺說，眼前這一關，他自有法子度過去，只是過些日子，老爺希望娘娘透過自己的路子，往京外送一封信。」

章元嘉聽了這話，緊握著手帕的手慢慢鬆開，她重新在軟榻邊坐下，思量了片刻，對芷薇道：「妳過來，幫本宮去辦樁事。」

芷薇依言附耳過去，聽完章元嘉的話，她臉色大變，「娘娘不可，那落芳齋的美人已被看管起來，等閒不能召見，娘娘若貿然見她，只怕官家……」

「照本宮說的去做！」不等芷薇說完，章元嘉冷聲打斷，她緩緩撫著腹部，「到了這樣的關頭，本宮不能坐視不理……」她閉上眼，「快去吧。」

芷薇只好跪地稱一聲是，匆匆離開了。

天際烏雲密布，雲層灌了鉛似的低低地墜在宮樓頂，直到廷議結束，天也不見放晴。一個小黃門在深秋的寒風中縮了縮脖子，引著身後的大員登上拂衣臺：「張大人，這邊請。」

廷議剛結束不久，張遠岫到了殿上，跟趙疏拜下，「官家。」

趙疏將手裡的奏疏闔上，「聽聞早上張卿去了城郊查訪，怎麼樣了？」

近來京中多有士子學生遊街，朝廷為了平息事態，著令翰林、禮部、御史臺一起查問這些士人的訴求，張遠岫之父是當年投江的士大夫張遇初，他在士人中頗有威望，是以是督辦此事的不二人選。

「官家容稟，這些士人之所以鬧事，多半還是對買賣洗襟臺名額的不滿，洗襟臺在人們心中是無垢的，豈可用來做牟利斂財的手段？只要嚴懲買賣名額的罪魁，給天下一個交代，風波自會平息。」

趙疏頷首，「由張卿督辦此事，朕是放心的。」他隨即道：「其實今日朕傳你來，是為了私事，此前張卿在陵川督工，老太傅曾去過一封信，張卿可收到了？」

張遠岫道：「收到了，臣也看過了。」他知道趙疏想問什麼，稍頓了一下道：「臣身無長物，今承蒙官家賜婚，感佩在心，不勝惶恐。按說父母之命，媒妁之言，臣不該有二話，只是，一來，臣尚未有功業建樹，擔心自己配不上仁毓郡主，辜負了官家與恩師的一片好意；二來，」張遠岫在大殿上沉默須臾，「二來，先烈在上，臣不敢僭越，不敢自比謝公。」

張遠岫這話說得直白，趙疏也聽得很透澈。

所謂先烈不是旁人，正是小昭王之父謝楨。

張遠岫娶趙永妍，便如同當年謝楨娶榮華長公主，都是士人皇女配做一對，無論旁人怎麼看，私心裡必會拿他與謝楨做比較。當年的謝楨如果活著，憑他經世之才，眼下早該是宰執之臣，張遠岫如果娶了仁毓郡主，做了下一個謝楨，自藉此在士人心中更進一步，但是，走快了不是好事，高處不勝寒，雖然他早就木秀於林，又豈知山頂狂風？

趙疏看著張遠岫，這個立在滿殿秋光中的年輕大臣，有著一雙如春湖般安靜的眼，看著一覽無遺，目光卻很深，難怪永妍這樣不諳世事的小姑娘會喜歡他。

趙疏道：「其實這門親事起初是裕親王府那邊提的，可能是看在你的人品出眾，倒沒有太多別的意思，朕和老太傅都一樣，覺得終歸還是要你自己願意。也罷，朕明白你的顧慮，你既躊躇，朕再容你些時日多想想，想好了隨時來回話。」

張遠岫謝過，退出殿外。

剛走出一截，他似想起什麼，足下步子一頓，回身對那大殿外的老太監道：「不知公公可方便，張某有事要去趟惠政院，公公能否幫忙引路？」

惠政院建在東宮，是太子的輔政之所，趙疏登極後，東宮空置，惠政院只餘幾個值勤的坊官，張遠岫近日處理士子鬧事，那些坊官都是名正言順士人出身，要見他們無怪。

東宮雖在禁中周邊，張遠岫一個外臣過去，路上禁衛多有查問，所以才勞煩曹昆德引路。

曹昆德一搭拂塵，「張大人真是說笑了，咱家能有什麼不方便的？」說著，吩咐墩子等候通傳，引著張遠岫去了。

二人沿著宮道一前一後走出一段，曹昆德漸漸慢下步子，慢條斯理地道：「可真要恭喜張二公子，無心插柳柳成蔭，待娶了郡主，這大周朝廷之上，您說的每一句話都擲地有聲，再不用如昔日一般，為了重建一個樓臺煞費苦心，千里迢迢讓咱家把一個孤女引來京城了。」

張遠岫目光直視著前方，淡淡道：「公公與我各取所需，忘塵煞費苦心，公公又何嘗不是。」

曹昆德的聲音細而長，臉上掛著的笑像畫上去似的，像個假面，「張二公子今日來找咱家，不單單是為了敘舊的吧，怎麼，是咱家做了什麼，惹得張二公子不痛快了麼？」

「沒什麼，提醒公公一句，您要的人，我已經幫您請來上京城了，您有怨報怨有仇報仇，洗襟臺之案到此為止，多餘的事不必再做。」

「多餘的事？」曹昆德聽到這裡，嗤笑一聲，「怎麼，前幾日那溫小野闖宮，咱家不過就是依規矩讓人告了她一樁，離要她的命還差著好一截呢，居然又讓張二公子不樂意了？」

「張二公子讓咱家不要做多餘的事，公子多餘的事卻沒少做。」

曹昆德悠悠地道：「咱家老了，記性倒還不差。一年前薛長興投崖，似乎就是張二公子救的；後來溫小野能平安逃出京城，多虧張二公子相幫。要說公子優柔寡斷吧，瞧您這一樁樁事情辦的，真可謂一個殺伐決斷。就說何家囤藥的案子，要不是公子把寧州受瘟疫波及的百姓請上京，率先引起動盪，怎麼會有後來的士子鬧事呢。而今買賣名額的內幕暴露，張二公子知道任小昭王這麼查下去，洗襟臺的重建早遲都要擱置，脂溪山崩地裂，也不防著您隱下章鶴書的證據。刀尖什麼時候出鞘，什麼時候收回，公子一向遊刃有餘，怎麼偏偏遇上了這個溫小野，就亂了陣腳呢，怎麼，溫小野在張二公子心中，很特別？」

滿朝大員中，希望洗襟臺能夠重建的不只章鶴書一個。然而不是每一個人都有章鶴書這樣的權勢，能和天子做買賣置換的。沒有權勢怎麼辦？不難辦，找準時機在裡頭推波助瀾即可。

嘉寧三年初春，這個時機來了。

重建洗襟臺得到了嘉寧帝的應允，朝廷復查洗襟臺之案的疑點，捉拿了包括崔弘義在內的一批嫌犯，與此同時，洗襟臺下工匠薛長興決定上京，以一己之力追查洗襟臺坍塌的真相。不過想要徹底掀起波瀾，單憑一個工匠怎麼夠，張遠岫知道溫小野活著，甚至知道她當年為曹昆德所救，於是寫信給曹昆德，請他想法子讓這個逃脫了朝廷追捕，海捕文書上已經被畫了朱圈的溫阡之女來到上京城。

曹昆德其實知道，張遠岫對青唯多次相護，未必就是生了情，她對他而言很特別這是一定的，畢竟她步入這龍潭虎穴，或多或少有他的原因，但是曹昆德就是要說這樣的話來激他。

「公公與我有約在先。」張遠岫絲毫不被曹昆德激怒，語氣依舊不慍不火，「公公在必要的時候相幫於我，而我作為回報，也會幫公公達成心願。公公不是想為那位龐先生報仇麼，眼下仇人我已經幫你請來京中了，容我提醒公公一句，不管公公想做什麼，都請盡快，京中個個都是聰明人，晚一步，被人瞧出了端倪，公公的夙願也許就落空了。」

曹昆德瞇著眼，笑聲細而啞，「跟咱家交心的這些人中，最有趣的當屬張二公子，一腳踏入泥濘中，靴頭上盡是泥垢，衣擺居然潔淨，明明殺伐果決，時而又惦記著不想傷害無辜之人，看來是被老太傅用『忘塵』二字束縛得狠了。事到如今，咱家有一事想問張二公子，如果從頭再來，張二公子還願意讓溫小野上京嗎？」

張遠岫沒有應這話，他顯見得沒什麼談興，遙遙望見東宮的一角，頓住步子，「多謝公公引路，惠政院到了，公公留步吧。」

惠政院的坊官知道張遠岫要來，一早就在內等候，或許因為和曹昆德的一番周旋頗費心神，張遠岫今日竟是倦怠，把正事辦完，沒有回衙門值勤，看到天近暮裡，便回家了。

近日老太傅不在京中，張遠岫住在城西草廬，就是太傅的舊邸。

舊邸離紫霄城很遠，從宮門過去，要半個時辰，深秋的黃昏，朔風捲著秋寒一股一股襲來，街上的行人已經很少了，張遠岫掀開車簾，蕭條的街景有點像那年戒嚴的陵川。

張遠岫想起曹昆德問他的話。

如果重來一次，還願意讓溫小野上京嗎？

張遠岫不知道曹昆德的重來一次究竟是從何時重來，是嘉寧三年的初春，他給曹昆德寫信之時，還是六年前，他跟隨老太傅亟亟趕往陵川之時。

昭化十三年的五月，老太傅病過一場，待到病勢好轉，他們啟程前往陵川，已經是六月中旬了。

是以當洗襟臺坍塌的噩耗傳來，他們還在路上，張遠岫至今記得那個送信官兵臉上哀默的神情，「出事了，洗襟臺塌了，大公子與許多登臺士子都陷在了樓臺下，包括小昭王……凶多吉少，太傅大人、張二公子節哀。」

張遠岫聽到這個消息，起初是不信的。

他的母親早逝，父親也在滄浪江水裡化作一襲白襟，長兄如父，張正清是他在這個世上唯一的血親，從小到大，張正清告訴他最多的就是當年士子投江是何等壯烈，父親雖逝，他們該當以此為榮。

以至後來昭化帝要修建洗襟臺，即使最初朝廷有頗多非議，張正清也力持先帝之見。

昭化十二年，張正清趕赴柏楊山之前，對張遠岫說得最多的一句話就是「待到來年，草木蒼鬱，柏楊山中，將見高臺入雲間」。

於是張遠岫也一直嚮往著那個高聳入雲間的樓臺。

可是，明明那樣無垢的樓臺，怎麼就塌了呢？

就像哥哥，好端端的一個人，怎麼就沒了呢？

馬車瘋了一般往陵川趕，及至見到樓臺坍塌後的人間煉獄，張遠岫才真正明白，哥哥也許真的不在了。忘了是哪個大員對他說的，「登臺的士子，很少有活下來的，屍身陷得太深，挖都挖不出來，張二公子節哀。朝廷會徹查到底，會找到真相的。」

可能人傷心到極致，總會做一些無用的事。

那年張遠岫還不到十六歲，聽到這句話，腦中第一個念頭不是所謂是非、所謂真相，他沒見過自己的母親，父親的樣子他也不記得了，他只有一個哥哥，哥哥也只有他，而今哥哥不在了，他說什麼都要把他的屍身帶回去。

朝廷不幫他找哥哥的屍身，那他就自己找。

好幾個日夜，他不眠不休地跪在廢墟上，渴盼著能徒手挖出張正清的屍身，途中或有人見了不忍，想要上前相勸，卻被老太傅攔下，「隨他吧，也許這樣他心中會好受一些。」

後來的一個清晨，張遠岫終於支撐不住，在廢墟上睡去，待到他醒來，遠遠瞧見一個穿著青裳的小姑娘身輕如燕地躲過侍衛的巡邏，四下找著什麼。

他沉默片刻，剛要過去，忽見這個小姑娘被人從身後捂住嘴，帶著往遠處去了。

帶她離開的那個人是個穿著祥紋襆頭的太監，張遠岫知道他姓曹。

雖然兄長身亡神思恍惚，張遠岫還是瞧出了端倪，在這片殘垣斷壁之中，到處都是傷心人，有誰會刻意避開侍衛的巡邏呢？

隔一日，張遠岫找到曹昆德，「被你救走的那個人是重犯吧？你想包庇重犯？」

曹昆德打量了他一眼：「咱家認得你，你是張家的二公子。」說著，他道：「不錯，洗襟臺總督工溫阡之女，正是咱家救走的人。」

張遠岫聽了這話，頭也不回地往山下臨時的衙所走。

曹昆德悠悠道：「你要去衙所揭發她？你想害死她麼？」

張遠岫回過身來，「她父親督造的洗襟臺坍塌，我兄長喪生在樓臺之下，我如何不能揭發她？」

曹昆德搖了搖頭，「你想得太簡單了。」

曹昆德身後的門虛掩著，曹昆德招了招手，讓墩子撤開，很快，昨日那個穿青裳的小姑娘就出來了，她再度去了山間的殘垣之上，和幾日前的他一樣，跪在廢墟之上，拚命挖著什麼。

曹昆德慢慢靠近，「孩子，妳在找什麼呢？」

「我阿爹。」過了許久，青唯才道：「我阿爹被埋在下面了。」

她說這句話的一瞬間，似乎意識到了什麼，或許是溫阡再也回不來了，或許是辰陽山中匆匆一別，便是她和父親的最後一面，眼淚毫無徵兆地落下來，接連不斷地砸在手背上，砸在眼前的石塊沙土上，可是她整個人是無聲的，抬袖指了一把雙眼，又繼續往下挖，手指上遍布血痕。

這一刻，張遠岫忽然覺得同病相憐。

曹昆德於是回過頭，看了張遠岫一眼。

張遠岫看懂了曹昆德的眼神，他好像在問，「現在，你覺得這座高臺坍塌，是她的過錯嗎？」

你想得太簡單了，有一天你會懂的。

後來張遠岫的確漸漸懂了，他開始明白，洗襟臺的坍塌，是因為有人偷換了底層梁柱的木料，以至樓臺根基不穩，支撐不了許多登臺之人。

他甚至明白了這座樓臺的坍塌，本不應該怪到某一個人的身上，有人藉此牟利，有人居心叵測，甚至樓臺的建與不建都在兩可之間。

可是那又怎麼樣呢？

即便找到了偷換木料的罪魁，查清了一切真相，哥哥便能回來嗎？

每每夜中入夢，他總能看見將赴陵川前，那個立在院中，躊躇滿志地說著「待到來年，柏楊山中，將見高臺入雲間」的張正清，看到每年在士子投江的忌日，帶他跪在父親牌位前，教他說「江水洗襟，白襟無垢」的兄長。

張遠岫遺憾的只是，到了最後，張正清都沒能如他所願見到那個「高聳入雲」的洗襟臺。

也許是遺憾太深了吧，後來不知怎麼，這個樓臺入雲間的夢，便從張正清的夢，變成了張遠岫的夢。

他想，他要幫哥哥完成夙願。

馬車到了舊邸，白泉早就在門口相候，張遠岫從車上下來，白泉立刻呈上一封信，「章大人來信了。」

張遠岫沒接，逕自往府裡走，「說了什麼？」

「沒什麼，只是道謝。」

回京之後，張遠岫和章鶴書一直不曾見過，章鶴書是為了避嫌，張遠岫卻是懶得登門，本來也不是一路人。

到了書房，白泉打來清水給張遠岫淨手，猶豫著道：「公子，老太傅要回京了。」

張遠岫正在擦手，聞言愣了一下，「何時的消息？」

「早上聽說的，似乎是太傅府有人說漏嘴，讓老太傅知道了京中士子鬧事，臨時決定回京的。」

老太傅年紀大了，這幾年每年入秋，都要搬去慶明臨郊的莊子上，否則冬天不好過。那莊子建在山中，消息閉塞，太傅府的人也不雜，是故京中鬧得沸沸揚揚，老太傅也不曾耳聞。

眼下三司徹查洗襟臺名額買賣一案，朝廷的態度很能說明問題，朝廷如果不查翰林，那麼至少在外人看來，翰林就是無辜的，名額可能是從地方官府漏出來的，一旦朝廷查了翰林，哪怕只是傳審了老太傅，案子的性質就不一樣了，因此私心裡，張遠岫是不希望老太傅在這時候回來的。

張遠岫直覺老太傅回京是為了自己。

就像他當年為他賜字「忘塵」一樣，這幾年他總擔心他在一條路上走得太遠忘了來路，所以想方設法地拽住他。

曹昆德問，如果重來一次，還願意讓溫小野上京嗎？

可能是溫青唯將這一把野火點得太旺了，一切超出了他的預料，扳倒了何家重建了洗襟臺還不夠，還燒到了章家、翰林，包括他們每一個人身上。

張遠岫當時沒答，此刻只想反問，如果他不讓，溫小野便不會來嗎？

脂溪礦山爆炸的那一刻，他站在半山腰，其實看到了那個策馬狂奔而來的女子，她穿著黑袍，臉上似乎沾了血汙，青絲在風中翻飛如浪，山搖地動也只讓她停頓了一瞬，可能是擔心岳魚七，瘋了一般地往山上趕。

那一刻張遠岫實在羨慕她的義無反顧，他甚至想就這麼算了，管那些證據做什麼呢？就讓所有的真相都大白於天下，反正章鶴書罪大惡極，他何必要幫他，不如把一切放下，就這麼離開吧。

可是他不能，如果樞密副使、翰林，包括先帝全被牽涉進來，洗襟臺就再也重建不成了。

至少那座樓臺是無垢的。

可能是天意吧，張遠岫到了山間的空地，剛好看到了那個被曲茂扔在一旁的錦囊。

這是離爆炸的山洞最近的地方，附近幾具軀體早就沒了生息，遠處甚至還有殘肢，曲茂是唯一一個能坐起身的人，他扶著章庭，慌得連眼眶都紅了，不斷地道：「你撐一會兒，我給你找大夫，多撐一會兒，求你了……」

所以他根本沒注意到張遠岫。

但是章庭卻目不轉睛地注視著這個意外的山中來客。

他看著張遠岫把錦囊拾起，沉默地審視過裡面的證物，隨後將其中兩樣藏入袖囊裡，然後，露出非常非常失望的目光。

於是他問：「忘塵，洗襟臺在你眼中，是什麼樣的？」

「至少在我眼中，只見洗襟無垢，不見青雲。」

忘塵，你真的能夠忘塵嗎？

大周男子除了極少數幼時就被尊長賜了字的，大都是十八歲取字。

嘉寧元年，張遠岫十八歲，老太傅問：「遠岫平生可有什麼願望？」

張遠岫回說：「學生僅有一個夙願，就是為逝去的父兄修築洗襟臺，有朝一日，若能見柏楊山中高臺入雲間，學生此生足矣。」

老太傅聽後，沉默許久，長長地嘆了一聲，「為師為你想了一個字，從今以後，你就叫忘塵吧。」

老太傅想拉住他，張遠岫知道。

可是這世上有許多事都是注定的，單憑一人之力，如何改變既定的軌道？

就好像哪怕他不給曹昆德寫信，溫小野還是會上京；那個在黑暗中沉眠的昭王還是會睜開雙眼，揭下面具；而蟄伏在深宮中的帝王，靜待時機到來，還是會揭開舊案的一角。

他們已經各自走得太遠。

張遠岫看完半個時辰書，出了書房，天上的雲層竟比白日裡更厚了，低低地壓在穹頂，沉得像要墜下來。

快要落雪了。

——《青雲臺【第二部】不見青雲》未完待續——

高寶書版集團
gobooks.com.tw

YE 098
青雲臺【第二部】不見青雲（中卷）
作　　者　沉筱之
封面設計　張新御
責任編輯　楊宜臻
內頁排版　賴姵均
企　　劃　何嘉雯

發 行 人　朱凱蕾
出　　版　英屬維京群島商高寶國際有限公司台灣分公司
　　　　　Global Group Holdings, Ltd.
地　　址　台北市內湖區洲子街88號3樓
網　　址　gobooks.com.tw
電　　話　(02) 27992788
電　　郵　readers@gobooks.com.tw（讀者服務部）
傳　　真　出版部(02) 27990909　行銷部 (02) 27993088
郵政劃撥　19394552
戶　　名　英屬維京群島商高寶國際有限公司台灣分公司
發　　行　英屬維京群島商高寶國際有限公司台灣分公司
法律顧問　永然聯合法律事務所
初版日期　2024年10月

原著書名：《青雲台》由北京晉江原創網絡科技有限公司授權出版。

國家圖書館出版品預行編目(CIP)資料

青雲臺. 第二部, 不見青雲/沉筱之著. -- 初版. -- 臺北市：英屬維京群島商高寶國際有限公司臺灣分公司, 2024.10
　冊；　公分. --

ISBN 978-626-402-100-5(上卷：平裝). --
ISBN 978-626-402-101-2(中卷：平裝). --
ISBN 978-626-402-102-9(下卷：平裝). --
ISBN 978-626-402-103-6(全套：平裝)

857.7　　113014274

GOBOOKS
& SITAK
GROUP©